Ostseee im Herz

Verlag:
Zeilenfluss Verlagsgesellschaft mbH
Werinherstr. 3
81541 München

Texte: Alica H. White
Cover: Zeilenfluss
Korrektorat: Yvonne Schmotz - Lektorat Zeilentraum
Satz: Zeilenfluss

ISBN: 978-3-96714-489-5

Alica H. White

Ostsee im Herz

ZEILENFLUSS

PROLOG

ZWEI JAHRE ZUVOR

Bye, bye, Kalifornien.

Bloß weg hier!

Ich werde dich nicht vermissen.

Keinen hier!

Na ja, höchstens meine Familie.

Und die Ostsee natürlich.

Es ist wirklich erstaunlich, wie leicht mir der Abschied aus meiner Heimat fällt. Rauf auf die Landstraße, durch das platte Land mit grasenden Kühen, unterbrochen von Korn- oder Maisfeldern. Man kann morgens schon sehen, wer nachmittags zu Besuch kommt. Wirklich öde. Doch am Horizont blitzt die Sonne zwischen den Wolken durch.

Bloß weg von dieser lahmarschigen Küste, an der es viel zu viel regnet. Auf Richtung Süden!

Dort ist nicht nur das Wetter besser, die Menschen sind auch freundlicher. Überhaupt, das Leben ist dort leichter.

Vor allen Dingen, weil ich dort Jan nicht mehr begegnen muss.

Jan, dieser Mistkerl – wieso schleicht er sich bei jeder Gelegenheit in meine Gedanken?

Das muss aufhören!

Warum hat er mir das nur angetan? Meine Kehle schwillt zu, Tränen steigen auf.

Nein, nicht schon wieder! Mein Make-up verläuft doch.

Ich halte am Fahrbahnrand und lasse die Scheibe herunter. Der raue Wind bläst ein wenig Nieselregen herein und kühlt meinen erhitzten Kopf.

Obwohl es sich gerade angenehm anfühlt, das norddeutsche Schietwedder werde ich auch nicht vermissen.

Verzweifelt schließe ich die Augen und schlucke den Ärger herunter.

Mann, Mann, Mann, ich bin echt eine Heulsuse.

Aber was soll's. Wenigstens eine Sache habe ich richtig gemacht. Ich habe mich auf diese Stelle beworben. Noch vor kurzem wäre sie mir viel zu weit weg gewesen, auch wenn sie verdammt verlockend klang. Wahrscheinlich habe ich irgendwie geahnt, dass da was in der Beziehung zwischen Jan und mir gewaltig schiefläuft.

Egal, ich werde alles hinter mir lassen.

Ich werde vor meinem Liebeskummer davonlaufen.

Jetzt bin ich zum Vorstellungsgespräch eingeladen und werde mir den Job schnappen. Noch nie in meinem Leben wollte ich etwas mehr als das. Ich habe mich vorbereitet, aber so was von. Meine Mitbewerber können sich schon mal warm anziehen.

Ich schlucke. Ich bin höllisch aufgeregt, mein Kopf ist leergefegt. Was versuche ich mir da eigentlich vorzumachen?

Verdammt. Es muss einfach klappen!

Inzwischen habe ich die Autobahn erreicht, die Fahrt wird ruhiger. Jetzt kann ich alle Standardfragen für ein Bewerbungsgespräch noch einmal durchgehen.

Erstens: Erzählen Sie etwas über sich.

Natürlich werde ich niemanden hinter die Fassade blicken lassen. Ich bin die perfekte Arbeitnehmerin – versteht sich.

Zweitens: Warum haben Sie sich bei uns beworben?

Meine Hausaufgaben über das Unternehmen habe ich mehr als gründlich gemacht. Ich kenne die Anforderungen in allen Facetten. Natürlich erwarte ich keinen Nine-to-five-Job.

Drittens: Aus welchem Grund wollen Sie Ihren derzeitigen Arbeitgeber verlassen?

Ich suche selbstverständlich eine neue Herausforderung, weil mich die alte nicht mehr genug reizt und ich werde so was von durchstarten. Auf zu neuen Ufern!

Viertens: Was wissen Sie über unsere Firma?

Im Internet stellt sich die GET SMARTER GmbH & Co. KG als Teil der GET SMARTER-Group dar. Ein kreatives Start-up-Unternehmen mit einem ausgesuchten, kleinen Team auf Augenhöhe. Deshalb sind auch keine Bilder der Führungskräfte auf der Homepage zu finden, sondern nur ein großes Gruppenfoto. Das macht die Firma schon mal sympathisch. Wahrscheinlich wird es dort auch nicht so einen narzisstischen Chef geben, wie ich ihn bisher ertragen musste.

Wird schon …

Obwohl ich das Vorstellungsgespräch im Kopf schon zigmal durchgekaut habe, kreisen meine Gedanken während der ganzen Fahrt um das Thema. Hoffentlich kommt spontan auch die richtige Antwort, wenn ich sie benötige.

Ach, es wird schon werden.

Es muss einfach klappen!

Mein Gott, bin ich aufgeregt.

So sehr, dass ich die Anweisungen meines Handys nicht richtig verstehe. Ich kurve verwirrt durch die Straßen der mir unbekannten Stadt, bis ich endlich den Schriftzug der Firma an einem Gebäude entdecke.

Meine Finger sind schweißnass, denn ich bin spät dran, als ich auf den Parkplatz fahre. Er ist voll. Oh je, hoffentlich sind das nicht alles Mitbewerber. Wie viele Leute sind wohl vor mir dran?

Kurz vor dem Eingang finde ich endlich einen freien Platz. Die Parkbucht ist mit »Anstaltsleitung« beschriftet. Was ist das denn für ein schräger Verein? Wenn dort nicht der Firmenname GET SMARTER dabeistehen würde, hätte ich Zweifel, ob ich hier richtig bin.

Auf einem weiteren Parkplatz mit derselben Aufschrift steht ein Smart mit dem Firmenlogo. Ich werde skeptisch. Womöglich sind die hier gekünstelt locker oder das Gegenteil ist der Fall. Okay, das kann ich nur herausfinden, wenn ich reingehe. Der Manager, dem der freie Platz gehört, scheint nicht da zu sein. Er ist mir bestimmt nicht böse, wenn ich ihn kurzzeitig benutze.

Ich habe den Gedanken noch nicht zu Ende gedacht, da schneidet mich ein Mann auf einem Fahrrad und stellt sein Vehikel mitten auf dem Chefparkplatz ab. Er trägt Jeans und T-Shirt. Das kann wohl kaum eine Führungskraft sein. Was für ein Arsch! Warum benutzt er ausgerechnet den reservierten Stellplatz? So einen Drahtesel kann man doch überall hinstellen.

Unbeeindruckt davon, dass ich mit laufendem Motor vor der Parklücke stehe, schließt der sportlich aussehende Typ sein Fahrrad ab. Als er sich aufrichtet und mich durch meine Windschutzscheibe mustert, stockt kurz mein Atem. Nicht nur, weil er mit den dunklen, nach hinten frisierten Haaren, dem kantigen Kinn und den tiefblauen Augen ziemlich gut aussieht, sondern weil er mich an irgendjemanden erinnert.

Aber an wen?

Sein hübsches Gesicht wird von einer dicken Nerdbrille dominiert. Den nerdigen Eindruck komplettiert sein T-Shirt. »Ich war normal, bevor ich Informatiker wurde«, steht darauf.

Arbeitet der etwa hier?

Der Kerl sagt etwas und stutzt plötzlich.

Verdattert kurble ich die Scheibe herunter. »Bitte, was?«

Wieder stockt mein Atem. Unsere Blicke verbinden sich für den Bruchteil einer Sekunde. Was ist das denn? Verwirrt atme ich durch. Das fehlt gerade noch, dass ich mich am ersten Tag in so einen schrägen Vogel vergucke.

»Ich hatte gefragt, ob alles in Ordnung ist«, wiederholt er.

»Ja … nein«, stammle ich.

»Kann ich dir helfen?«

»Ich komme zu spät.«

Der Typ nickt. »Ach so, dabei kann ich natürlich nicht helfen.«

»Wie meinen?«

»Na, beim Zuspätkommen.«

Als er grinst, werden zwei Grübchen sichtbar. Wenn ich nicht so nervös wäre, würde mich das charmante Lächeln sofort locker werden lassen.

Ich will mich aber nicht entspannen. Ich muss mich konzentrieren!

»Sehr witzig. Wem gehört der Parkplatz, auf dem du dich breitgemacht hast?«

Er sieht zu seinem Rad und zuckt mit den Schultern. »Der Firma?«

»Warum stellst du es genau so hin, dass es den ganzen Platz wegnimmt?«

»Warum nicht?«

Wieder dieses verdammte Lächeln. Ich muss es einfach erwidern, obwohl er mir den letzten Nerv raubt.

»Kannst du es nicht da hinten in den Fahrradständer stellen?«, bitte ich ihn.

»Klar«, sagt er und wendet sich ab. Will er etwa gehen?

»Ist das dein Ernst?«

»Pardon?«

»Ich dachte, du stellst das Rad weg.«

»Warum?« Er zuckt mit den Schultern. »Du hast nur gefragt, ob ich es kann.«

Auweia! Ich lächle zuckersüß. »Weil ich dich darum bitte?«

Der Fremde hebt die Brauen. »Ach, so ist das. Na, dann sag das doch gleich. Nur sprechenden Menschen kann geholfen werden.«

Genervt unterdrücke ich ein Stöhnen. »Stellst du es dann bitte in den Ständer dort drüben? Ich komme sonst zu spät zum Vorstellungsgespräch.«

Sein Grinsen wird breiter. »Aha. Na, wenn du mich so lieb bittest, mach ich es gerne. Ich komme übrigens auch nicht pünktlich.«

Meine Gedanken rotieren, während ich ihm beim Umstellen seines Drahtesels zusehe. Könnte er mein Konkurrent sein? Auf einmal fühle ich mich ein bisschen überlegen. So ein Shirt trägt man doch nicht zum Vorstellungsgespräch! Aber möglicherweise hat er schwer was drauf und kann sich so ein Outfit leisten. Warum hat er keine Tasche mit Unterlagen dabei? Nein, er kann kein Konkurrent sein, vielleicht irgendeine Aushilfe.

»Jetzt fahr schon rein, sonst kommst du wirklich noch zu spät«, holt er mich aus meinen Gedanken.

Während ich in meinem Kopf noch nach der passenden Antwort krame, verschwindet er im Firmengebäude. Ob er der Facilitiymanager ist? Aber warum trägt er dann ein Informatiker-Shirt? Na ja, wahrscheinlich ist er einer der EDV-Fuzzis, die müssen sich ja nicht schick machen.

Erleichtert kombiniere ich nach einiger Zeit, dass die Firma wahrscheinlich auch noch eine Stelle für so einen Compi-Freak ausgeschrieben hat. Ich sehe aufs Handy. Jetzt muss ich mich wirklich beeilen. Schnell steige ich aus und mache mich auf den Weg zum Eingang.

Mein Puls rast, trotzdem nehme ich mir die Zeit und kontrolliere kurz mein Outfit in der spiegelnden Glastür. Ich habe mich dazu entschlossen, meine langen blonden Haare zu einem Dutt zusammenzubinden. Gute Entscheidung, das sieht sehr seriös aus. Mein Make-up ist auch perfekt so. Ich habe nur dünne Wimperntusche aufgelegt und auf Lippenstift verzichtet.

Als ich den Eingangsbereich betrete, ist mir sofort klar, dass hier ein sehr legeres Klima herrscht. Hinter der Theke sitzt ein junger Schnösel mit blonden Engelslocken und Babyface. »Leon« steht auf seinem Namensschild. Ich vermute, er ist ein Praktikant. Leon trägt ein schwarzes Shirt, auf dem »Rechenzentrum« steht, darüber sind bunte Abbildungen verschiedener Harken und Laubbesen.

Rechenzentrum – haha, sehr witzig.

Was ist das nur für ein schräger Laden, in dem man so empfangen wird?

Jetzt wäre noch Zeit abzuhauen, schießt es mir durch

den Kopf. Doch ich bin ja gerade erst aus Kalifornien geflüchtet. Nein. Ich werde mich nicht irritieren lassen. Ich ziehe das durch!

»Guten Tag«, begrüßt mich Leon.

»Moin«, antworte ich gehetzt, erst da wird mir klar, dass man sich hier gar nicht so anredet.

»Alles in Ordnung?«, fragt der Schnulli.

»Ist das ein Code?«, entfährt es mir.

»Hä?«

»Das war ein missglückter Witz, entschuldige.«

»Komischer Humor«, brummelt er.

Dann setzt er plötzlich ein Zahnpastalächeln auf. »Wie kann ich Ihnen helfen?«

»Luise Schmidt, ich habe ein Vorstellungsgespräch.«

Er nickt. »Okay, den Gang runter, letzte Tür«, murmelt er, während er in eine Richtung zeigt. Danach sieht er sofort wieder auf seinen Bildschirm.

Noch kann ich flüchten ...

Nein, kommt nicht infrage, ich habe mich so über das Vorstellungsgespräch gefreut und jetzt ziehe ich das durch! Meine Absätze klacken über den schwarzglänzenden Fliesenboden, als ich mit festem Schritt den Gang entlanggehe.

»Ja, bitte«, höre ich, als ich an die Tür klopfe.

Merkwürdig, eine ganz normale Antwort auf ein Klopfen. Irgendwie habe ich mich wohl auf etwas Schrägeres vorbereitet.

Ich trete ein. »Guten Tag. Luise Schmidt, ich habe ein Vorst–«

»Hallo, Luise! Schön, dich kennenzulernen«, begrüßt mich der Radfahrer von eben.

Ich schlucke. Das kann doch nicht wahr sein!

»Ich bin Paul«, stellt er sich vor. »Und das ist unser Firmenchef Ben.«

Er zeigt auf einen weiteren Typen, der ziemlich jung für einen Chef aussieht. Und seit wann stellt der Mitarbeiter den Leiter vor?

»Paul wird dein Vorgesetzter, wenn wir uns einig werden«, löst Ben das Rätsel auf.

Na ja, es ist ein Start-up. Hier sind bestimmt alle total locker.

Ich versuche, ein Kopfschütteln zu unterdrücken, als ich Bens T-Shirt-Aufdruck entziffere: ›Ein Chef ist wie ein normaler Mensch – nur smarter. ‹ Die Worte »Chef« und »smarter« sind so groß geschrieben, dass sie sich mir regelrecht in die Netzhaut brennen.

»Gefällt dir das Shirt? Das Wortspiel mit dem Firmennamen ist eine eigene Kreation«, verkündet Ben stolz.

Werbefirma, Luise! »Ähm … ja, sehr kreativ … und witzig«, antworte ich verdattert.

»Setz dich doch«, fordert mich Paul auf und zeigt mit der flachen Hand vor sich.

Ich stolpere zum freien Stuhl, der vor dem riesigen Schreibtisch steht. Die beiden Freaks mustern mich eingehend. Ob das ein Resilienztest ist? Widerstandsfähigkeit ist ja heutzutage wahnsinnig wichtig. Ich merke, ich kann mich nicht auf alles vorbereiten, was in so einem Vorstellungsgespräch auf mich zukommen kann. Natürlich macht mich das noch nervöser. Um mich abzulenken, krame ich die Bewerbungsmappe aus der Tasche, lege sie auf den Tisch und schiebe sie in Richtung meiner Gesprächspartner.

»Vergiss den ganzen üblichen Kram. Wir sind keine normale Firma«, murmelt Paul.

Er nimmt die Mappe und wirft noch nicht einmal einen Blick darauf, bevor er sie zu Ben schiebt.

Ich lächle freundlich. Die Tatsache, dass das hier keine normale Firma ist, ist mir nicht entgangen.

Ben sieht nur flüchtig auf die Bewerbung. »Du kommst aus Kalifornien in Schleswig-Holstein?«

»Ja, ein winziger Ort an der Ostsee, nur circa einen Kilometer von Brasilien entfernt«, witzle ich, um genauso locker rüberzukommen wie meine Gesprächspartner.

»Echt jetzt?«, fragen die beiden im Chor.

Ich nicke. »Ja, dort gibt es mehrere solcher Orte mit Namen wie Grönland, England oder Russland.«

»Schräg.« Die beiden lachen, während Ben die Bewerbung wieder zu mir zurückschiebt.

Ich muss unverständlich gucken, denn offensichtlich fühlt er sich zu einer Erklärung genötigt.

»Bla bla bla, da steht sowieso nicht das drin, was wir brauchen.«

Ich nicke mit zusammengepressten Lippen.

»Wie kommt es zu so schrägen Ortsnamen?«, erkundigt sich Paul.

»Keine Ahnung. Grön ist Plattdeutsch und bedeutet Grün. Eng ist Dänisch und heißt Wiese. Vielleicht hat es damit zu tun.«

»Und was heißt Kalifornien auf Platt?«

Was ist das für ein Vorstellungsgespräch? »Ähm … weiß nicht … Californio?«, antworte ich irritiert.

»Immerhin gibt sie es zu, wenn sie etwas nicht weiß«, sagt Ben zu Paul.

Der nickt wichtig. »Du weißt nicht, wie es zu den Ortsnamen gekommen ist?«

Ich krame fieberhaft in meinem Hirn. »Das hat die Gemeinde wohl einem Fischer zu verdanken, der vor etwa dreihundert Jahren Wrackteile eines Segelbootes vor dem Schönberger Strand entdeckt hat. Er holte die Planken aus dem Wasser. Auf einem der Bretter stand »California«, vermutlich der Name des Schiffes. Der Fischer dekorierte seine Hütte mit dem Brett und nagelte es über seinen Eingang. Ein neidischer Nachbar machte es nach und schrieb »Brasilien« über seine Fischerhütte. Aus diesem Scherz entwickelten sich schließlich die Namen der Ortsteile«, erinnere ich mich vage.

»Tolle Geschichte«, bemerkt Paul.

»Also sind es Ortsteile von Schönberg?«, hakt Ben nach.

»Jupp, aber immerhin mit einem eigenen Ortsschild. Ist sicher auch ein Gag für die Touristen.«

»Wie groß ist denn der Ort?«, fragt Paul.

»Keine Ahnung, müsste ich googeln.«

»Hab schon«, sagt Ben und sieht auf seinen Bildschirm. »Hier steht: Heute leben in Kalifornien 426 und in Brasilien neunzehn Einwohner.«

»Haha, neunzehn Einwohner in Brasilien«, amüsiert sich Paul.

»Mit eigenem Ortsschild, versteht sich«, ergänze ich schmunzelnd. »Aber was hat das jetzt mit meiner Bewerbung zu tun?«

»Gute Frage«, erwidert Ben. »Drücken wir es mal so aus: wir sind keine normale Firma, deshalb führen wir auch keine normalen Bewerbungsgespräche.«

»Wir brauchen spezielle Mitarbeiter, mit speziellen Eigenschaften«, sagt Paul.

»Selbstredend«, entfährt es mir.

»Genau. Talente die … sagen wir … unsere ergänzen«, führt Ben weiter aus.

»Aha«, antworte ich befremdet. »Die da wären?«

Paul lehnt sich zurück und legt die Fingerspitzen aufeinander. »Aaaalso. Wir sind Männer und deshalb beherrschen wir Frauenlogik nicht. Leider sind die Algorithmen, die in den sozialen Medien generiert werden, manchmal zu verwirrend.«

»Sagen wir, zu unlogisch. Wir brauchen eine Frau, die Bauchentscheidungen nachvollziehbar macht und nicht mit ihren Gefühlen hinter dem Berg hält«, erklärt Ben weiter.

Ich schnappe unauffällig nach Luft und erinnere mich an mein Mantra: *Ich lass mich nicht irritieren. Ich lass mich nicht irritieren. Ich lass mich nicht irritieren.*

»Dann bin ich ja genau richtig«, gebe ich so cool wie möglich vor.

»Möglicherweise. Wir haben auf jeden Fall schon gemerkt, dass nicht jede Frau mit uns klarkommt.«

Oh Mann, ich ahne Schlimmes, aber ich brauche diese Stelle. Leider gibt es mit meiner Qualifikation nicht gerade viel Auswahl und diese Ausschreibung klang perfekt. So leicht lasse ich mich nicht kleinkriegen.

Solche Typen schlägt man am besten mit ihren eigenen Waffen. »Okay, wie soll ich es beweisen?«

»Was?«, fragt Ben verblüfft.

»Dass ich mit euch klarkomme.«

»Nenne die sieben Todsünden«, fordert Paul.

»Waaas?«, entfährt es mir.

»Die kennst du nicht?«, erkundigt sich Ben überrascht.

Bei meiner Vorbereitung auf das Vorstellungsgespräch habe ich von Fragen gehört, die den Bewerber aus dem Konzept bringen sollen. Damit soll die Belastbarkeit getestet werden. In dem Artikel wurde spekuliert, dass diese Auskünfte meistens von narzisstischen Persönlichkeiten gefordert werden, die in der Chefetage leider nicht selten sind. Aber – bei aller Liebe – Narzissten habe ich mir anders vorgestellt. Ich mache das Spiel einfach mal mit.

»Mord?«, spekuliere ich ins Blaue.

»Was? Wie kommst du da drauf? Mord ist keine Todsünde«, erklärt Ben.

»Klar ist Mord eine Todsünde. Damit werden in der katholischen Kirche besonders schwerwiegende Arten der Sünde bezeichnet, durch die der Mensch die Gemeinschaft mit Gott bewusst und willentlich verlässt. Dazu gehört natürlich auch Mord«, berichtigt ihn Paul.

Ich schnappe unauffällig nach Luft. *Wer hat den beiden die Zwangsjacken ausgezogen?*

»An dieser Diskussion kann ich mich leider nicht beteiligen, denn da, wo ich herkomme, sind die meisten Menschen evangelisch oder Heiden«, erwidere ich und unterdrücke ein Grinsen.

Paul hebt die Hände. »Okay, okay. Dann lösen wir es auf.«

Ben holt Luft. »Die Todsünden sind …«

»Charaktereigenschaften, er meint Charaktereigenschaften«, berichtigt ihn Paul.

»Meinetwegen … auf jeden Fall sind es Hochmut, Geiz, Wollust.«

»Wollust? Wer sagt denn noch Wollust?«, ereifert sich Paul. »Begehren geht schon eher.«

Jetzt verdreht selbst Ben die Augen.

»Zorn, Völlerei, Neid und Faulheit«, führt Paul unbeeindruckt weiter aus.

»Aha«, werfe ich amüsiert ein.

Das ist das schrägste Vorstellungsgespräch aller Zeiten!

»Und was hat das jetzt mit meiner Stelle zu tun?«, kann ich mir nicht verkneifen.

»Na ja, wir zählen das jetzt auf, weil es die Grundlagen der Verführung sind. Bei diesen Eigenschaften greift die

Werbung, um die Kunden zum Verkauf zu verführen«, löst Ben Paul ab.

»Genau«, bestätigt dieser. »Die Kenntnis dieser Charaktereigenschaften ist elementar, um erfolgreich zu werben. Das Grundprinzip ist ja, die Leute neidisch oder gierig zu machen.«

Ich nicke. »Verstehe, Sex sells, Geiz ist geil. Mein Haus, mein Auto, mein Boot.«

»Genau. Auch dieses ganze Influencer-Gedöns zielt darauf ab. Du fragst dich jetzt sicher, wann die Standardfragen kommen«, vermutet Paul.

»Die beantwortet kaum einer ehrlich, deshalb verzichten wir darauf. Die Kurzbewerbung mit Lebenslauf reicht«, ergänzt Ben.

»Wie ihr meint«, erwidere ich mit einem angestrengten Lächeln.

»Wie findest du so ein unkonventionelles Gespräch?«, fragt Paul.

Ich zucke mit den Schultern. »Unkonventionell? Es ist eher schräg.«

Ben nickt. »Finden wir auch. Aber jetzt wissen wir schon mal, dass du keine Angst hast, deine Meinung zu sagen.«

»So feige Jasager können wir hier nämlich nicht gebrauchen«, versichert Paul.

»Kreativ, ehrlich und klug, damit kommen wir viel besser klar. Und zur Not gibt es ja noch die Probezeit.«

Paul nickt. »Wir wollen nicht ständig neue Leute einarbeiten.«

Ich frage mich ernsthaft, ob die beiden als Arbeitgeber zu gebrauchen sind. Obwohl … kreativ, ehrlich und klug klingt jetzt eigentlich nicht *so* schlecht.

»Eine Standardfrage hätten wir aber noch«, holt Ben mich aus den Gedanken.

»Genau, wie hoch sind deine Gehaltsvorstellungen?«, führt Paul weiter aus.

Warum wittere ich bei normalen Fragen jetzt eine Falle? »35.000 im Jahr«, presche ich vor. Mein Wunsch liegt in der oberen Spanne, runterhandeln lassen kann man sich ja immer noch.

»Laut Purdue University liegt das perfekte Gehalt zwischen 50.000 und 60.000 Euro. Sobald das Gehalt 75.000 Euro übersteigt, kommen Faktoren ins Spiel, die das Glück untergraben könnten«, verkündet Ben.

»Wir wollen nur zufriedene Mitarbeiter, die sind kreativer«, kommentiert Paul. »Also fangen wir mal mit 50.000 an. Dann haben wir noch Luft für zukünftige Gehaltserhöhungen.«

Meine Augenlider klimpern nervös.

Erwarten die jetzt eine Reaktion?

»Okay … also bin ich eingestellt?«, frage ich ungläubig.

Für so viel Geld will ich es auf jeden Fall versuchen. Wer weiß, vielleicht wird es ja ganz lustig, hier zu arbeiten. Das könnte ich gut gebrauchen – neben dem Geld, versteht sich.

»Wenn du willst«, kommt es im Chor.

»Habe ich keine Mitbewerber?«, erkundige ich mich verblüfft.

Paul kratzt sich am Kopf. »Keine weiblichen. Die, die da waren, wollten nicht.«

»Wahrscheinlich haben die Angst bekommen«, vermute ich forsch.

Ben nickt. »Unser Betriebsklima ist schon … speziell.

Aber wir suchen ja gerade eine Frau, um die weibliche Seite einfließen zu lassen. Warum bekommen die Angst?«

»Versteh ich auch nicht. Wir sind doch wirklich locker«, ergänzt Paul.

»In der Tat«, bestätige ich.

»Ist wohl so ein Frauending. Sie sagten, es wären zu viele Männer hier«, erklärt Ben.

»Verstehe.« *Aber so was von!*

Egal, Hauptsache das Geld stimmt und ich muss nicht mehr zurück nach Kalifornien.

1

MONTAG, KURZ VOR FEIERABEND

Meine Freundin Mia fuchtelt wild mit den Händen. »Wo sind meine Socken? In diesem Drecksloch findet man nichts!«

»Kann ich mir vorstellen, ich brauche mir ja nur eure Schreibtische anzusehen«, antworte ich amüsiert.

Mia grinst. Sie bezeichnet ihre Unordnung als kreatives Chaos.

»Und Ben antwortete auf mein Schimpfen nur betont gelassen: ›Willst du schon gehen? Der Tag ist noch fern. Es war die Nachtigall und nicht die Lerche, die eben noch dein banges Ohr durchdrang.‹«, knüpft sie gestikulierend wieder an unser eigentliches Gesprächsthema an.

Ich muss lachen. »Er zitiert aus Romeo und Julia? Echt jetzt?«

»Aber hallo! Ich mag es ja, aber natürlich nicht, wenn ich es eilig habe«, murrt Mia.

»Na, du hast doch gewusst, auf wen du dich einlässt. Ben hat eben einen speziellen Humor.« Den braucht man hier auch. Meine Freundin hat ihn auch – eigentlich.

»Vielleicht will wollte er nur romantisch sein?«, fällt mir ein.

»Sehr romantisch.«

»Und weiter?«, frage ich.

»Na ja … ich so: ›Das mit der Nachtigall ist dein dämlicher Tageslichtwecker mit Naturgeräuschen.‹

Daraufhin er so: ›Der sorgt für ein liebliches Erwachen, oder?‹

Und ich so: ›Die ganze Lieblichkeit ist dahin, wenn ich die Augen aufmache und die Unordnung hier sehe. Ich will eine Putzfrau.‹

Und er so: ›Ich nicht. Die bekommst du erst, wenn du hier richtig wohnst.‹

Und ich so: ›Wann ich hier wohne, kannst du nicht allein bestimmen. Außerdem bin ich doch eh schon hier eingezogen. Im Prinzip.‹

Und er so: ›Falsch, du übernachtest hier. Heirate mich!‹«

»Wow!«, kommentiere ich tief beeindruckt.

»Kannst du dir einen romantischeren Heiratsantrag vorstellen?«, fragt Mia ironisch.

Ich zucke mit den Schultern. »Na ja, immerhin bekommt man nicht jeden Tag einen Heiratsantrag. Ben sieht gut aus, ist schlau, nett, sportlich … und Millionär. Was willst du noch?«

»Und manchmal ziemlich anstrengend.« Bei Mia hat sich mittlerweile eine steile Falte auf der Stirn gebildet.

»Aber Ben ist doch … sagen wir … close to perfection.«

»Findest du? Er ändert sich garantiert nicht mehr, und wenn ich seinen Antrag annehme, muss ich das bis zur Scheidung ertragen. Jetzt kann ich noch jederzeit abhauen, wenn ich genervt bin. Aber das ist danach nicht mehr so leicht möglich. Er ist mir definitiv zu unordentlich.«

»Sagte die Frau, die selbst nicht besser ist.«

Mia grinst. »Das ist es ja gerade. Gegensätze ziehen sich an.«

»Ach, du willst jemanden, der deine Mutter ersetzt?« Ich zwinkere ihr zu.

»Hast du'nen Clown gefrühstückt, oder was?«

»Genervt von einem Heiratsantrag, das muss man erst mal bringen«, beharre ich und biete meiner Freundin etwas von meinen Apfelschnitzen an. »Sauer macht lustig.«

Mia nimmt sich einen.

»Warum ist das jetzt so ungewöhnlich?«, fragt sie, bevor sie hineinbeißt.

»Ja, liebst du ihn denn gar nicht?«

Dann überlass ihn mir, überlege ich, während ich auch einen Bissen nehme. Ich kann ihre Bedenken nicht nachvollziehen. Ben ist längst nicht so speziell wie einige andere Kandidaten hier in der Firma – zum Beispiel Paul.

Mia kaut zu Ende und schluckt. »Natürlich, aber er ist und bleibt nun mal ein Chaot.«

»Jeder hat doch eine Macke. Hat dich deine Mutter nicht mit ihrem Putzfimmel genervt?«

»Na ja«, antwortet Mia grinsend. »Das ist ja Teil des Problems.«

Ich lächle, schließe die Augen, recke mein Gesicht in die Sonne, die gerade in den Firmenhof scheint. »Sieh's nicht so eng.«

Mia lacht auf. »Dass ich das noch mal aus deinem Munde höre.«

Ich schaue auf. »Was meinst du?«

»Behauptest du nicht immer, du bist allein unter Nerds?« Sie schnappt sich noch ein Stück Apfel.

»Na ja, außer Ben gibt es in unserer Firma doch kein heiratsfähiges Material. Du bist mit ihm schon länger zusammen. Also, worauf wartest du?«

Mia zieht die Stirn kraus. »Vielleicht. Aber weißt du nicht, wie das mit den Puzzleteilen ist? Zwei gleiche passen nicht zusammen.«

Ich winke ab. »Blödsinn. Du hast nur Angst, dass es ernst wird. Die Braut, die sich nicht traut.«

»Und wenn schon«, grummelt sie. »Das liegt in unserer Familie, wir sind eben freiheitsliebend. Meine Oma war auch so.«

»Also ich würde da nicht lange fackeln. Niemand ist perfekt.«

»Sagte die Perfektionistin schlechthin.«

Ich rolle mit den Augen. »Nun übertreibst du aber.«

»Du vermittelst aber den Eindruck, als würdest du niemanden so richtig an dich heranlassen. Als wir uns damals kennengelernt haben, dachte ich auch, dass du zickig bist. Weißt du noch?«, erinnert sie mich. Mia hat mir einmal gestanden, dass sie mich am Anfang, als ich hier in Firma gekommen bin, ziemlich eingebildet fand. Zum Glück haben wir uns mittlerweile besser kennengelernt.

Gelassen recke ich mein Gesicht wieder in die Sonne. »Mag sein, wir Norddeutschen wirken manchmal so. Ich bin eben vorsichtig bei der Wahl meiner Freunde. Was ist daran falsch?«

Mia entfährt ein verächtliches Geräusch. Genau wie ich hält sie nie mit ihrer Meinung hinter dem Berg. Manchmal ist das anstrengend, aber dafür weiß man immer, woran man bei ihr ist. Das weiß ich zu schätzen und Ben wahrscheinlich auch.

»Eine Perfektionistin hat mich großgezogen. Aber seit meine Mutter mit Gerrit zusammen ist, redet sie ganz anders. Da sagt sie auf einmal, dass jemand nicht perfekt aussehen, sondern sich perfekt anfühlen muss.«

Ich schaue meine Freundin an. Gerrit ist Mias Ex-Freund und ein paar Jährchen jünger als ihre Mutter. »Perfekt anfühlen? Wie alt ist deine Mutter? Glaubt sie, dass sie sich immer noch perfekt anfühlt?«

»Natürlich meint sie es bildlich gesprochen.«

»Ist perfekt anfühlen eine Metapher?«, frage ich grinsend. »Dann könntest du *perfekt aufgeräumt* auch dazuzählen.«

»Willst du mich ärgern? Ich habe den Spruch nicht abgelassen«, beschwert sich Mia.

Mein Mundwinkel zuckt. »Ist nur ein Wortspiel.«

»Hm, ich glaube, du arbeitest schon zu lange hier«, neckt sie mich.

»Möglich. Ich weiß wirklich nicht, ob ich mit dir weiter über diese Themen reden soll, sonst tauche ich noch in einem deiner Bücher auf.«

»Aber nicht doch! Und wenn, dann ändere ich zumindest deinen Namen. Versprochen.«

»Warum tröstet mich das nicht? Du hast natürlich leicht reden, mit deiner Sahneschnitte von Millionär. Und behaupte jetzt nichts anderes, das hast du in deinem Buch selbst so zugegeben.«

»Da war ich auch noch frisch verliebt.«

»Ben ist mit Abstand der beste Millionär, den ich kenne«, behaupte ich.

»Ist er nicht auch der einzige Millionär, den du kennst?«

»Touché. Aber das heißt nichts.«

»Na, wenn das so ist … Was ist zum Beispiel mit Paul? Der sieht doch ganz passabel aus, ist klug und offensichtlich in dich verliebt. Und außerdem verdient dass er bei uns nicht schlecht.«

»Paul? Das meinst du nicht ernst! Der hatte gestern ein T-Shirt an, auf dem ›Frauen an den Nerd‹ stand!«, entrüste ich mich.

»Ja, er hat einen seltsamen Humor. Aber er ist sehr klug … und sportlich.«

»Stimmt, auch wenn man es nicht meinen sollte.«

»Als ich Ben kennenlernte, war sein niveablaues T-Shirt mit: ›Niveau ist keine Creme.‹ beschriftet.«

»Das hat doch noch Stil.«

»Findest du? Es ist nun mal so, dass unsere Spezialisten eine Vorliebe für seltsame Kleidung haben.«

»Ja, leider. Die sind manchmal so albern, dass ich nur noch mit den Augen rollen kann.«

»Vielleicht wollen sie dir ein Lachen entlocken. Du lachst so wenig«, gesteht Mia.

»Gibt es hier denn so viele Anlässe dazu? Ist mir noch gar nicht aufgefallen.«

»Und er sieht gut aus«, lässt sie nicht locker.

»Wenn er mal die Brille absetzen würde. Und diese komische Frisur … also, ich weiß nicht.«

»Er ist entspannt, witzig und klug. Was brauchst du noch, um ihm eine Chance zu geben«, preist sie ihn weiter an.

»Warum bist du eigentlich so hartnäckig? Ich kann doch wohl am besten beurteilen, bei welchem Typen es funkt, oder nicht?«

»Als er kürzlich auf einen Drink bei uns war, hat er gestanden, dass er dich gut findet, seit er dich das erste Mal gesehen hat. Paul hat Angst, dir seine Gefühle zu zeigen, weil du immer so spröde zu ihm bist.«

»Wirklich?«, frage ich ungläubig.

»Warum sollte ich lügen?«

»Na, ihr beiden? Pause beendet. Wie wär's mal damit, ein paar Brötchen zu verdienen?« Frech grinsend wirft Mias Ben einen Schatten auf uns.

»Hey«, entrüstet sich diese. »Geh uns aus der Sonne.«

Obwohl Ben tatsächlich unser Chef ist, und wieder einmal sein Chef-T-Shirt trägt, ist es mehr als Scherz zu verstehen. Er ist ein total lockerer Boss, das weiß ich zu schätzen. Die verrückte Horde meiner Kollegen würde ihn nicht ernst nehmen, wenn Ben es mit der Führungsrolle übertreiben würde. Ich habe die schräge Truppe mittlerweile ins Herz geschlossen, auch wenn es manchmal ziemlich anstrengend ist. Das gute Gehalt hilft mir, das zu übersehen. Und ich weiß nicht nur die Toleranz, sondern auch die Freiheiten hier in diesem Medienunternehmen sehr zu schätzen. Zum Beispiel, dass man auch mal ohne weiteres die Arbeitspause verlängern darf.

»Wir führen gerade wichtige Grundsatzgespräche«, erklärt Mia grinsend.

Bens Augenbrauen heben sich. »Über die Arbeit?«

»Geht es nicht irgendwie immer um die Arbeit?«

»Fast«, antwortet ihr Freund. »Worüber habt ihr denn geredet?«

Mia schürzt die Lippen. »Na, darum was Frauen so gefällt ...«

»Aha. Das könnt ihr jetzt gleich in die Besprechung einbringen. Kommt ihr?«

Als Antwort erhält Ben ein unzufriedenes Brummeln.

»Mädels, ihr seid systemrelevant. Wer soll sonst das Protokoll führen?«

Die Frage ist leider nur zu fünfzig Prozent ernst gemeint. Und zu hundert Prozent meint er mich, weil es mir meistens zu blöd ist, dass immer wegen dieses notwendigen

Jobs gestritten wird. Ich lasse einfach das Handy mitlaufen und archiviere es danach sofort.

»Möchtest du, dass ich kündige?«, knurrt Mia solidarisch.

Bens Augen werden zu skeptischen Schlitzen. »Sehr witzig.«

»Dein Humor auch«, gibt sie zurück.

»Wir müssen etwas Dringendes mit unseren amerikanischen Freunden beratschlagen. Also rafft euch auf und kommt in den Besprechungsraum. Für die ist es noch mitten in der Nacht, da ist es gar nicht lustig, wenn wir nicht da sind.«

»Okay, wir kommen ja schon«, erwidere ich.

»Heute steht viel auf der Abhakliste«, sagt Ben im ernsten Ton, dreht sich um und geht.

»Na komm.« Mia tippt mich an und erhebt sich.

»Geh schon mal vor, ich komme nach. Ich muss mich noch präparieren.«

Mia reißt die Augen auf. »Was?!«

»Du hast keine Ahnung, oder?«

»Wovon?«

»Wie die virtuellen Meetings mit den Amis so ablaufen.«

»Nein, beim letzten Mal hatte ich Urlaub. Ben hat noch gar nichts davon erzählt. Klär mich auf.«

»Weißt du denn, warum er nie Dienstreisen dorthin macht?«

»Spuck's schon aus«, fordert Mia.

»Er hat dir noch nichts von seiner Flugangst erzählt?«, frage ich ungläubig.

Mia grinst breit. »Echt jetzt? Er hat Flugangst?«

»Jup.«

»Und was ist das andere, von dem ich keine Ahnung habe?«

»Oooch … da lass dich mal überraschen.«

Mia sieht mich seltsam an.

»Was ist?«, erkundige ich mich verunsichert.

»Nichts, ich hab gerade ein Memo an mich selbst geschickt.«

Als ich in den Besprechungsraum komme, ernte ich staunende Blicke. Die Gespräche verstummen sogar, weil es nur sehr selten vorkommt, dass ich diesen T-Shirt-Wahnsinn mitmache.

Bisher habe ich immer an meinen Blümchenblusen als Gegengewicht zu den Shirts mit den semilustigen Sprüchen festgehalten. Sozusagen als blühende Oase in der Wüste. Jetzt, da ein Treffen auf Englisch abgehalten wird, haben wir Shirts mit Sprüchen an, die wörtlich übersetzt worden sind.. Mich wundert ja, dass es so etwas überhaupt zu kaufen gibt, aber selbst bei den Damenshirts hatte ich die Qual der Wahl.

Stolz drücke ich den Brustkorb durch, während ich zu meinem Platz gehe. Auf meinem roten Shirt steht: »I know how the bunny is running.«

Ich sehe mich um. Auch Ben hat sich schnell ein neues Shirt übergestreift, mit der Aufschrift: ›I have much around the ears.‹

Ich muss grinsen, als ich Noah sehe. »My english ist onewallfree« steht auf seinem Shirt. Der ist doch noch gar nicht so lange hier. Woher kennt er die Gepflogenheiten?

Ich kann nur mit den Augen rollen, als ich Paul erblicke. Er schmückt sich in natürlicher Bescheidenheit mit der Aussage: »No one can reach me the water.«

Jessi, unsere Programmiererin, hat »With me is not good cherry eating« auf der Brust stehen.

Bei dieser Sitzung ist auch Lia, die Controllerin aus der Buchhaltung, dabei. Anscheinend freut sie sich, aus ihrer trockenen Abteilung mal in die Kreativecke zu kommen. »Tell me nothing from the horse«, ist bei ihr zu lesen.

Mia sieht mich irritiert an, damit habe ich gerechnet. Ich zwinkere ihr zu, während ich ihr mein Ersatzshirt mit »I think my pig whistles« gebe. »Damit du dich nicht als Außenseiterin fühlst«, erkläre ich grinsend.

Die Aufmerksamkeit wendet sich von mir ab, als Peter, unser Mann in Kalifornien, mit einem triumphierenden Lächeln auf dem Bildschirm erscheint.

Er trägt ein blaues Shirt mit den Worten: »Es ist erst zu Ende, wenn die dicke Frau singt.«

»Ich dachte mir, was ihr könnt, kann ich auch«, erklärt er stolz dazu.

»Okay. Lets get the cow off the ice«, antwortet Ben.

Was für ein Kindergarten! Heute ist wirklich ein Höhepunkt erreicht. Ich weiß manchmal selbst nicht, wie ich es ohne Beißbrett aushalte. Und ich verstehe nicht, warum ich bei diesen Meetings unbedingt dabei sein muss. Es geht hier sowieso nicht um konkrete Projekte. Was soll ich als Spezialistin für visuelles Marketing bei grundsätzlichen Strategiefragen mitreden? In Kalifornien hat Peter natürlich seine eigenen Leute am Start. Was bei den Kunden vor Ort ankommt, ist ohnehin in den einzelnen Ländern unterschiedlich. Aber nein, Paul denkt, dass mein Horizont nicht weit genug sein kann. Na schön, wie er meint.

Beim Verlassen des Besprechungsraumes fühle ich mich wie durchgenudelt. Ich hatte die meiste Zeit etwas anderes im Kopf und frage mich immer noch, warum ich dabei sein musste.

»Dein Shirt bringe ich dir demnächst gewaschen wieder mit. Ich mach Feierabend, tschüss!«, ruft Mia mir zu.

»Alles klar, ich bin dann auch weg«, erwidere ich winkend. »Schönen Feierabend. Bis morgen.«

Unsere Wege trennen sich und ich gehe in mein Büro, um meine Tasche zu holen.

Auf einmal steht Ben vor mir.

»Luise, hast du noch einen Moment?«

Ich zucke zusammen.

»Nur ungern«, antworte ich wahrheitsgemäß, schließlich wird hier Ehrlichkeit großgeschrieben. »Das Meeting hat mir den letzten Nerv geraubt. Ich bin ziemlich fertig.«

Ben holt tief Luft. »Und ich erst! Du musst mich unbedingt beraten.«

»Doch nicht etwa bei deinem Kleidungsstil? Da seid ihr doch alle beratungsresistent.«

»Nein, ich muss Mia jetzt endlich verstehen. Sie treibt mich mit ihrem Dickkopf in den Wahnsinn.«

»Ja, es ist immer etwas Wahnsinn in der Liebe.« Ich seufze. »Aber ich glaube, bei mir bist du da an der falschen Adresse.«

»Jup, es ist aber auch immer etwas Vernunft im Wahnsinn. So lautet jedenfalls der zweite Teil der Redewendung. Komm in mein Büro, ich geb ein Wasser aus.«

»Ich glaube, ich brauch was Stärkeres.« Ich seufze.

»Kaffee?«

»Kaffee klingt gut.«

»Dann lass uns doch in mein Lieblingscafé gehen. Die Kanne ist leer.«

»Das Café, in dem du Mia kennengelernt hast?«

Er nickt.

»Nö, lass mal, das ist ein zu weiter Weg für eine Dosis Koffein. Dann nehme ich doch lieber ein Wasser.«

Inzwischen sind wir in Bens Büro angekommen. Er deutet an, dass ich mich hinsetzen soll. Eigentlich habe ich keine Lust zum Plauschen, aber er hat diesen Blick aufgesetzt.

»Okay, schieß los«, fordere ich ihn auf, während ich Platz nehme.

Ben setzt sich auch. »Du musst mir irgendwie helfen, damit Mia endlich meinen Antrag annimmt.«

»Und dafür soll ich jetzt Überstunden machen?«, frage ich mit unterdrücktem Entsetzen.

»Och, komm schon. Mia darf das nicht mitkriegen. Ich weiß wirklich nicht, was ich falsch mache.«

»Hm, ich denke, du bist nicht romantisch genug.«

»Das kann ich mir nun gar nicht vorstellen. Mia ist doch gar nicht der Typ für Herzen aus Rosenblättern auf dem Bett.«

»Bist du dir sicher?«

»So ziemlich«, stammelt er.

Ich unterdrücke ein Stöhnen. »Okay, dann gehst du nicht genug auf sie ein … oder sie will einfach nicht heiraten. Such dir was aus.«

Ben zieht die Schultern hoch und seufzt herzerweichend. »Na toll, da hätte ich mir auch gleich einen Beziehungsratgeber kaufen können. Was da drinsteht, verstehe ich auch nie.«

»Versuchs doch mal mit einem Buch, in dem verschiedene Heiratsanträge vorgeschlagen werden. Und dann nimmst du das, was dir gefällt.«

»Und wenn sie das Buch kennt oder findet, weiß sie genau, woher die Idee ist. Hast du nichts besseres auf Lager?«

Ich beiße genervt auf meine Unterlippe. »Wieso sollte

sie Bücher über Heiratsanträge lesen, wenn sie gar nicht heiraten will?«

Ben kratzt sich am Kopf. »Klingt logisch. Die Frage ist berechtigt.«

Hilfe! Ich möchte nach Hause.

»Ich sag dir mal was. Bevor du ihr den Antrag machst, räumst du auf, wäschst die Wäsche und putzt die Wohnung. Danach gehst du vor ihr auf die Knie. Glaub mir, dann kann sie gar nicht Nein sagen.«

»Das klingt ziemlich anstrengend. Was ist, wenn es nicht funktioniert?«

»Dann hast du etwas Arbeit zu viel investiert.«

»Ich könnte doch eine Putzfrau engagieren.«

»Das ist nicht dasselbe.«

»Warum nicht?«

»Weil du dich anstrengen sollst. Umsonst ist nur der Tod.«

»Und wenn ich mich umsonst anstrenge?«

»Keine Rose ohne Dornen. Vertrau mir, sie wird dein Bemühen erkennen und kapieren, dass es dir ernst ist«, versichere ich und zwinkere ihm zu. »Kann ich jetzt gehen?«

»Ja … ja, ja. Aber ich kann dich noch mal konsultieren, wenn es nicht klappt?«

»Meinetwegen.« Ich seufze.

2

FREITAG, UND DAS UNHEIL NIMMT SEINEN LAUF

Gott sei Dank, es ist Freitag. Nur noch ein paar Stunden Arbeit überstehen, dann ist Wochenende.

»Guten Morgeeen«, begrüße ich meine Kollegen gut gelaunt.

»Sag mal, spinnst du?«, entrüstet stürmt Mia im Flur der Firma auf mich zu.

»Dir auch einen guten Morgen«, wünsche ich und bleibe stehen. »Warum spinne ich?«

Meine Freundin baut sich vor mir auf. »Ben hat mir noch einmal einen Heiratsantrag gemacht … so mit allem Pipapo.«

»Das ist doch toll! Und? Was hast du geantwortet?«

»Das war so romantisch, ich konnte gar nicht Nein sagen.«

»Herzlichen Glückwunsch!« Mit einem Strahlen strecke ich ihr meine Hand hin.

Mia kräuselt die Lippen. »Ich konnte gerade noch Zeit schinden, aber dazu musste ich mir etwas einfallen lassen.«

»Wieso? Was?«

Inzwischen haben wir unser Büro erreicht und ich drücke die Türklinke hinunter.

Geladen schmeißt Mia ihre Handtasche auf ihren Platz. Wir setzen uns an unsere Schreibtische, die einander gegenüberstehen. Mias Stuhl ächzt unter ihrem Gewicht, weil sie sich so schonungslos draufplumpsen lässt. Definitiv, sie ist immer noch verärgert.

»Also, erzähl, was ist passiert?«, frage ich und fahre meinen Computer hoch.

»Gleich, ich brauch erst mal einen Kaffee.«

Es klopft.

»Ja?«

Ben öffnet die Tür und sieht durch den Spalt. »Kaffee?«

»Seit wann verteilst du Kaffee?«, knurrt Mia.

»Seit ich aufmerksamer werden will. Aber ich kann auch wieder gehen.«

»Nein bitte, ich nehme gerne eine Tasse«, werfe ich eilig ein.

Ben kommt herein und stellt mir den Becher mit der dampfenden braunen Flüssigkeit hin. Natürlich steht auch auf unseren Firmentassen ein dummer Spruch. Auf meiner steht: »Ja Boss.« Mias ist neu, auf ihr steht: »Ich werde dich für den Rest deines Lebens nerven.« Diese Drohung zaubert Mia tatsächlich ein Lächeln auf die Lippen.

»Mein Instinkt sagt mir, dass ich jetzt besser wieder gehe«, säuselt Ben und entfernt sich aus dem Raum.

Mia nickt, als sie ihm hinterherschaut.

»Was hat er denn angestellt?«, frage ich, nachdem er die Tür hinter sich geschlossen hat.

Mia bläst in ihre Tasse. »Nichts, das ist es ja. Er hat alles perfekt gemacht, mit aufgeräumter Wohnung, Lichterherz auf dem Boden und klassischem Kniefall.«

Ich lehne mich zufrieden zurück. »Es ist ihm wirklich ernst.«

Mia nickt. »Leider. Ich tu mich wirklich schwer, noch eine Ausrede zu finden.«

»Warum willst du einen Vorwand, wenn dich ein heißer Millionär, der dich offensichtlich ehrlich liebt, heiraten will?«

Mia sieht mich gequält an. »Ich weiß auch nicht. Ich habe Angst, schätze ich. Ich komme aus einer Familie, in der die Frauen nicht zur Ehe taugen.«

»Wer sagt das?«

Sie bläst immer noch nervös über ihren Kaffee. »Ich. Meine Oma hat gar nicht geheiratet und die Ehe meiner Mutter war dic rcinstc Katastrophe.«

»Aber das sagt doch nicht, dass es bei dir genauso sein muss. Du liebst ihn doch, oder nicht?«

»Ja, aber was heißt das schon? Das ist doch nur ein hormoneller Zustand, der ein paar Jahre anhält. Ich bin meiner Oma ziemlich ähnlich; und die wollte sich auch nichts vorschreiben lassen.«

»Warum vorschreiben?«

»Na, sie sollte mit meinem Opa nach Kalifornien kommen. Seine Familie hat dort ein Weingut«, sagt sie und nimmt einen Schluck Kaffee.

»Und das wollte sie nicht?«

»Genau. Sie wollte ihr Ding machen und nicht die Gutsbesitzerin spielen.«

»Aber damals waren die Zeiten anders, auch in Amerika.«

Mia schüttelt den Kopf. »Kann sein. Auf jeden Fall möchte ich weglaufen können, wenn Ben etwas will, das ich nicht will. Immerhin habe ich mich schon von Gerrit damals breitschlagen lassen, was auch in die Hose gegangen ist.«

Ich sehe meiner Freundin in die weit aufgerissenen Augen und lege den Kopf schief. »Du vergleichst Ben jetzt nicht mit diesem Lackaffen, oder?«

»Warum nicht? Sind Männer nicht irgendwie alle gleich? Es soll immer nach deren Kopf gehen.«

»Ja, vielleicht«, erkenne ich seufzend. Schließlich habe auch ich schlechte Erfahrungen mit dem anderen Geschlecht gemacht. »Ich weiß nicht, wie ich reagieren würde. Es braucht Vertrauen, auch in sich selbst.«

»So sehe ich das auch.«

»Und was hast du dann gemacht? Du hast doch gesagt, du konntest nicht Nein sagen.«

»Ich habe mich rechtzeitig daran erinnert, dass du vor ein paar Tagen von Bens Flugangst erzählt hast.«

Mir schwant, das war ein Fehler. »Und?«

»Ich habe ihm gesagt, ich heirate ihn nur in Kalifornien. Am Strand.«

»Oh«, entfährt es mir. »Und wie hat er reagiert?«

»Blöd geguckt.«

»Das kann ich mir vorstellen«, antworte ich nickend.

»Aber was ist, wenn er seine Flugangst für mich überwindet?«

»Vielleicht ist das gar nicht so schlecht, denn dann kannst du deinen Opa kennenlernen und ihn fragen, wie das damals war.«

»Das hoffe ich nicht. Ich setze darauf, dass mich Bens Flugangst vor der Heirat verschont.«

»Ich versteh's zwar immer noch nicht ganz, aber du musst ja wissen, was du tust.«

Mia sieht mich ratlos an. »Und ich kann mir nicht

erklären, wieso Ben auf einmal so perfekt ist. Als hätte er sich von einer Frau beraten lassen.«

Ich zucke mit den Schultern. »Glaubst du? Vielleicht von seiner Schwester?«

Meine Freundin schüttelt energisch den Kopf. »Eher nicht. Wenn ich diejenige erwische, die mir das eingebrockt hat.«

Fast verschlucke ich mich am Kaffee. »Na ja, jetzt muss ich was tun, sonst kann ich nicht pünktlich Feierabend machen.« Ich lächle gekünstelt und wende mich meiner Arbeit zu.

»Jup, du hast recht. Bloß schnell fertig werden und dann nichts wie weg hier.«

Zwar verzichte ich auf die Mittagspause, trotzdem geht Mia vor mir. Ich freue mich heute besonders aufs Wochenende, während ich meinen PC herunterfahre. Plötzlich klopft es. Wer will denn um diese Zeit noch was von mir?

»Ja?«, sage ich und schicke einen Seufzer hinterher.

»Oh, schlechte Laune?«, fragt Ben, kommt ungebeten herein und setzt sich auf Mias Platz. »Luise, hast du noch mal einen Moment?«

Ich unterdrücke ein Augenrollen. »Kommt drauf an, was du willst«, knurre ich.

»Du musst mir wieder helfen. Leider war deine Strategie nur semi-erfolgreich.«

Meine Zähne knirschen. »Und daran bin ich jetzt schuld? Dankbarkeit ist nicht gerade deine Stärke, oder?«

»Was soll ich denn tun? Du hast mich da in eine fürchterliche Situation gebracht.«

»Ich hab's schon gehört, aber ich kann beim besten Willen nichts dafür. Verrate Mia bloß nicht, dass ich dir die Tipps gegeben habe, sonst ist sie böse auf mich.«

»Was habe ich nur falsch gemacht?« Bens Stimme bricht.

»Nichts. Wenn ich es richtig verstanden habe, ist das ja das Problem.«

»Das fällt wohl wieder unter Frauenlogik«, brummelt Ben.

»Ich denke, das fällt eher unter Bindungsangst.«

Ben setzt seinen berühmt-berüchtigten Welpenblick auf. »Meinst du?«

»Meine ich. Sie hat mir heute Morgen davon erzählt, dass die Ehen in ihrer Familie nicht besonders lange gehalten haben.«

Er zieht die Augenbrauen hoch. »Ach ja, stimmt. Aber was mache ich denn jetzt?«

»Weitermachen, nicht lockerlassen. Du musst ihr Vertrauen gewinnen. Überrasch sie noch einmal.«

Ben schnaubt genervt. »Hat sie dir erzählt, was sie verlangt?«

»Ja, hat sie. Sie spekuliert auf deine Flugangst.«

»Ist das unfair oder ist das unfair?«

»Das ist ihr letzter Strohhalm.«

Mein Chef schlägt sich mit der Hand gegen die Stirn. »Das kann sie doch nicht verlangen.«

Ich zucke mit den Schultern. »Was soll ich dazu sagen? Denk noch mal darüber nach, ob du nicht eine Lösung findest.«

»Eher nicht. Ich hab schon so viel versucht, sämtliche Therapien gegen Flugangst ausprobiert.«

Ben seufzt mitleiderregend.

»Gib nicht auf, irgendwann vertraut sie dir. Du musst nur hart genug darum kämpfen«, tröste ich ihn.

3

SCHON WIEDER MONTAG – UND WAS FÜR EINER

Mein Wochenende war ziemlich langweilig. So öde, dass ich mich fast auf die Arbeit freue. Das beunruhigt mich. Fast alle meine freien Tage sind trostlos, aber bis jetzt habe ich noch keine befriedigende Lösung für dieses Problem gefunden. Das Internet war für mich schon immer reizlos, mir reichen die Spielkinder auf der Arbeit. Doch nur Malen und Spazierengehen sind als Hobby auch nicht genug. Ich muss mir endlich weitere Freizeitbeschäftigungen suchen und dabei neue Freunde finden.

Wenn Mia Bens Werben doch nachgibt, könnte es sein, dass sie noch weniger Zeit für mich hat. Zwei Jahre lang fühlte ich mich in meiner selbstgewählten Einsamkeit einigermaßen wohl, doch jetzt der geeignete Moment ist das Schneckenhaus zu verlassen.

Es braucht ja kein Mann sein, den ich auf meine Liste der neuen Freizeitaktivitäten setze. Nach ein paar enttäuschenden Tinderdates fühle ich mich definitiv noch nicht bereit dafür. Für die kostenpflichtigen Plattformen bin ich zu jung, da suchen nur ältere ihr Glück. Um mir in einem

Club oder in einer Bar jemanden aufzureißen, bin ich nicht mutig genug. Also, dieses Partnerthema steht ganz hinten an.

Ganz ehrlich, wer braucht schon einen Mann?

Anstatt in eine Partnervermittlung investiere ich mein Geld lieber in die Miete einer tollen Wohnung mit atemberaubendem Blick über die Stadt. Eingerichtet ist sie mit schicken Möbeln und einem riesigen Fernseher, auf dem ich alles an Liebesfilmen und Serien suchte, was die Streamingdienste hergeben. Natürlich ist auch Mode ein Thema, schließlich komme ich aus der Branche. Ich kann mir alle schicken Schuhe und Taschen, die mir über den Weg laufen, leisten. Was will Frau mehr?

Trotzdem merke ich in letzter Zeit verstärkt, dass mir etwas fehlt. Und zwar nicht nur das Gefühl von Heimat, sondern eher ein Kamerad. Eine weitere gute Freundin vielleicht, ähnlich unkonventionell wie Mia, die ebenso Single ist wie ich. Jemand, mit dem ich die Sachen unternehmen kann, die ich nicht gerne allein mache.

Meine Schwester half mir beim Einzug in meine neue Wohnung. Als mir dabei plötzlich schwante, dass ich unter Einsamkeit leiden könnte, riet sie mir, zu träumen und dann daran zu arbeiten, meine Träume Wirklichkeit werden zu lassen. Ich fing an, für große Reisen zu sparen. Doch was nützt das Geld, wenn ich niemanden habe, der mit mir reist? Meine Schwester ist unter der Haube, sie verbringt ihre wenige Freizeit mit ihrem Enno auf Fehmarn. Dem gehört dort ein Hotel, in dem sie auch arbeitet. Und eine Singlereise … so weit bin ich noch nicht – bis jetzt.

Mias Schreibtisch ist nicht besetzt. Das ist keine Überraschung, sie gehört nicht gerade zu den frühen Vögeln und überlässt den Wurm gern mir. Leider sind diese »Würmer«

oft unbekömmlich. Was kann an einem Montagmorgen schon Gutes passieren?

Kaum habe ich meinen Computer hochgefahren, steckt Ben erneut den Kopf ins Büro.

»Luise, hast du einen Moment?«

Ich ahne Schlimmes. »Was ist denn schon wieder?«

»Du musst mir noch mal helfen.«

Mir entweicht ein tiefer Seufzer. »Ich weiß nicht, ob dir noch zu helfen ist. Worum geht's?«

»Dies mal habe ich einen größeren Anschlag auf dich vor.«

Meine Güte, das klingt nicht gut. Ich schnappe heimlich nach Luft.

»Ich hatte am Wochenende die rettende Idee … Also, du kommst doch aus Kalifornien.«

»Ben, sag es nicht«, mahne ich mit erhobener Hand. »Das ist mit Sicherheit keine gute Idee.«

»Ich könnte Mia doch da heiraten.«

»Auf keinen Fall! Wie stellst du dir das vor? Wieso willst du sie überhaupt heiraten?«

»Es ist doch ein Unterschied, ob man nur zusammen ist oder verheiratet. Eine Ehe macht eine Beziehung zu etwas Besonderem.«

Hektisch versuche ich, meine aufkommende Rührung hinunterzuschlucken. Warum trifft es Mia, die es gar nicht will? Ich wünsche mir insgeheim, dass auch ich einmal einem Mann begegne, dessen Herz ich so berühre.

»Findest du?«, krächze ich.

»Bitte, hilf mir. Du bekommst auch eine Beförderung«, bettelt er.

»Wie soll die denn aussehen?«

»Ich weise dir einen Teil von Pauls Mannschaft zu.«

Den schrägen Typen nicht mehr als Chef zu haben, klingt verlockend.

»Und was ist mit Paul? Ist er damit einverstanden?«

»Der will doch sowieso weniger arbeiten. Also, was ist jetzt, willst du die Beförderung?«

»Das ist Erpressung«, sprudelt es spontan aus mir heraus.

»Das ist Dankbarkeit. Auch Mia wird dir irgendwann dankbar sein, glaub mir.«

Ich kräusle die Lippen. »Wie stellst du dir das vor?«

»Fahr in deine Heimat und bereite alles für einen Antrag und auch eine Zeremonie am Strand vor. Sie hat versprochen, sie heiratet mich in Kalifornien.«

»Das hat sie damit sicher nicht gemeint.«

»Es war aber indirekt dein Vorschlag.«

»Wenn du nur alles tust, was ich dir vorschlage, dann lass es besser«, mahne ich eindringlich.

»Klar, aber du hast gesagt, ich soll sie überraschen. Jetzt ist mir etwas eingefallen und nur du kannst mir bei der Durchführung helfen.«

Ich trommle genervt mit den Fingern. »Was soll ich machen? Das Aufgebot bestellen? Mal ganz davon abgesehen, dass es ganz schön lange dauern kann, wird sie sich überrumpelt fühlen und dann geht der Schuss nach hinten los.«

»Nein, nein, ich hab noch einen fantastischen Trumpf in petto. Als ich Mias Opa einweihen wollte, habe ich erfahren, dass er Reverend ist.«

Ich krause die Stirn. »Was ist ein Reverend? Ist das nicht ein Pastor von irgendwelchen kruden Sekten?«

Ben schüttelt den Kopf. »Es gibt ihn innerhalb von religiösen Glaubensvereinigungen, aber eben auch in einer rein weltlichen Amtsausübung. Im Rechtsverständnis der USA ist das unter anderem eine Person, die rechtmäßige Eheschließungen durchführen darf.«

»In den USA vielleicht, aber gilt das auch für Ehen, die in Deutschland geschlossen werden?«

»Warum nicht?« Ben keucht unwillig. »Ich habe noch mal mit Mia geredet, warum sie mich unbedingt dort heiraten will. Sie möchte ihren Opa kennenlernen und ihn fragen, warum es damals mit der Heirat zwischen ihm und ihrer Oma nichts geworden ist. Ich versteh das nicht, sie kann ihn doch anrufen. Das ist nur vorgeschoben, oder?«

Ich lächle und sage Ben lieber nicht, dass es mein Vorschlag war. »Es gibt gute Kurse gegen Flugangst.«

»Schon probiert, das weißt du doch. Glaubst du mir etwa nicht? Meinst du, mir macht das Spaß?«, echauffiert sich Ben, dann holt er tief Luft. »Also, ich habe mir gedacht, was sie kann, kann ich auch. Sie will mich doch mit dieser Kalifornien-Nummer nur verarschen«, ereifert er sich.

Ich lege skeptisch den Kopf schief. »Und du glaubst, dass du sie so überreden kannst?«

»Keine Ahnung. Ich weiß nur, dass ich alles andere versuchen muss, bevor ich meine Todesangst überwinden kann und wirklich mit in die USA fliegen. Das ist erst der nächste Schritt, wenn alles andere nicht hilft. Du kannst dir mein Leiden nicht vorstellen, niemand kann das, der nicht dasselbe Problem hat. Jetzt probiere ich erst mal das und habe heute auch mit Mias Opa telefoniert. Er ist sehr erfreut und würde gern nach Deutschland kommen, um seine Enkelin kennenzulernen.«

»Woher hast du die Nummer?«

»Internet. Ich kenne den Namen seines Weinguts, ist ein ziemlich großer Laden.«

Ich nicke. »Hoffentlich verrennst du dich da nicht.«

Ben holt tief Luft. »Ich darf nicht aufgeben. Hast du das nicht selbst gesagt?«

Sein hoffnungsvoller Blick entlockt mir ein mattes Lächeln.

»Hilfst du mir?«, fleht er.

»Ähm … mein Auto ist kaputt. Selbst wenn ich wollte, ich kann nicht«, entschuldige ich mich mit einer bedauernden Geste.

Sein Gesicht hellt sich auf. »Oh, dafür habe ich auch eine Lösung. Paul fährt mit dir!«

Mein Herz schlägt höher – aber nicht im guten Sinne. »Wessen Idee war das? Deine?«

»Nein, Pauls.«

Dieser Filou! »Wie kommt er darauf, dass ich ihn mitnehme? Er ist mein Chef. Ich fahr auf keinen Fall mit einem Dienstwagen«, versuche ich mich rauszureden.

»Ach, du denkst, dass Paul nur ein Fahrrad hat? Da liegst du falsch, er hat ein Auto. Du wirst staunen«, verspricht Ben mit einem Grinsen.

Ich werde staunen, das glaube ich auch. Mein Puls pocht immer schneller in den Schläfen. Ich sehe mich schon mit einer klapprigen Ente durch die Felder eiern.

Trotzig verschränke ich die Arme vor der Brust. »Selbst wenn, ihm fehlt doch die Fahrpraxis. Er ist höchstens ein Klotz am Bein.«

Ben schüttelt den Kopf. »Das vermute ich nicht. Du kennst ihn nicht richtig. Ich denke, du hast Vorurteile.«

»Das glaube ich nicht, schließlich bin ich schon ein Weilchen hier in der Firma.«

»Du kennst ihn wirklich nicht, gib ihm eine Chance«, wiederholt er flehend.

»Was soll das? Hat er dich belatschert?«, spreche ich meinen aufkeimenden Verdacht aus.

»Büüütte, es würde mir sooo viel bedeuten«, bettelt Ben.

Er hat wieder diesen Blick, dieser Charmebolzen. Damit hat er damals sicher auch Mia eingewickelt.

»Du bekommst auch zwei Monate Sonderurlaub«, setzt er nach, als ich nicht sofort antworte.

Ich schnappe heimlich nach Luft. »Zwei Monate? Echt jetzt?«

»Na ja, sagen wir einen Monat und ich bezahl dir eine Urlaubsreise. Es würde mir wirklich viel bedeuten. Wir sind doch auch Freunde … irgendwie … über Mia«, schnurrt er.

Oh Mann, das ist doch nah an der emotionalen Erpressung!

»Aber ohne Paul«, beharre ich.

»Allein? Er kann dir eine Hilfe sein. Bestimmt! Außerdem hat er Prokura, das könnte sich als nützlich erweisen.«

»Du willst das doch nicht auf Kosten der Firma abrechnen?«

Ben schluckt, als hätte er etwas verraten. »Nein, natürlich nicht. Lass es dir von Paul erklären.«

»Nicht mit der Nervensäge. Bitte!«

»Dann musst du mit einem Dienstwagen fahren.«

»Ich denke, ich bin nicht dienstlich unterwegs.«

»Überleg dir, was du willst. Einsam mit einem Dienstwagen oder komfortabel in einem Privatwagen mit Paul.«

»Also ehrlich, Ben. Das, was du hier gerade abziehst, geht gar nicht.«

Ben lehnt sich vor und sieht mich eindringlich an. »Warum denn nicht? Was hast du gegen Paul?«

»Er ist so … anstrengend.«

»Er himmelt dich an.«

»Ich weiß, das ist es ja.«

»Okay. Machen wir es so, du gibst ihm eine Chance. Wenn er dir danach immer noch auf den Wecker geht, verlängere ich den Urlaub auf zwei Monate.«

»Mit Reise.«

Bens Mund öffnet und schließt sich. »Mit Reise.«

»Über die ganze Zeit. Australien, Nordamerika oder so.«

»Meinetwegen, über die ganze Zeit. Du wirst schon sehen, die Wette verlierst du.«

Ich ziehe die Stirn kraus. »Ach, es ist eine Wette?«

Ben reibt sich verzweifelt über die Augen. »Nein, natürlich nicht. Du weißt schon, wie ich das meine.«

Ich mustere ihn skeptisch. »Tatsächlich?«

»Deal?«, fragt Ben und hält mir die Hand hin.

»Meinetwegen, aber ich übernehme keine Garantie und der eine Monat ist mir trotzdem sicher.«

»Ja, klar. Also was ist, Deal?«

Ich schlage ein und frage mich, ob ich nicht gerade einen fatalen Fehler gemacht habe.

»Super! Paul holt dich morgen früh um acht ab.«

»Was? Er hat schon einen Abholtermin? Also ist es doch ein abgekartetes Spiel.«

Ben schürzt die Lippen. »So hart würde ich es nicht ausdrücken.«

»Mir egal, wie du es ausdrückst. Du hast mich angelogen«, entrüste ich mich.

»Nein, das stimmt nicht. Ich habe nur nicht auf die Frage geantwortet, die du nie gestellt hast.«

»War das jetzt Männerlogik?«

»Nenn es, wie du willst. Vergiss nicht, du bist in einer Werbefirma, hier wird einem so manches …« Ben stockt.

»Aufgeschwatzt?«

Mein Chef bildet eine Raute mit den Händen. »Sagen wir, so manche Überzeugungsarbeit geleistet.«

Mir entfährt ein unwilliges Knurren.

»Komm schon, du hast wirklich gut verhandelt. Also zick jetzt nicht rum.«

»Du ziehst mich gerade über den Tisch, da wird man ja wohl mal zicken dürfen«, säusle ich. »So, und jetzt mach ich Frühstückspause.«

»Bist du denn mit deinen Morgenaufgaben schon fertig?«

»Nur mit den Nerven, aber das interessiert ja keinen. Ich brauche einen Kaffee, damit ich nachdenken kann.«

Heute mache ich bestimmt früh Feierabend.

Zu Hause kommen mir wieder Zweifel. Was habe ich nur getan? Wieso habe ich mich überreden lassen? Dieser verdammte Ben! Es ist doch wirklich schlimm genug, wenn ich mich in der Heimat meinen Dämonen stellen muss. Aber nun auch noch Paul ertragen? Wie soll der mir helfen?

Warum bin ich von der Arbeit abgehauen? Jetzt kann ich zwar den Koffer packen, aber danach nur rumsitzen und über meinen unfreiwilligen Heimatbesuch grübeln. Nachdenklich betrachte ich die vielen Bilder vom Ostseestrand, die ich gemalt habe, wenn ich Heimweh hatte. Die schönsten habe ich in der Wohnung aufgehängt. Es wäre wirklich nett, meine Eltern mal wiederzusehen. Nur der Preis dafür ist mir noch nicht bekannt.

Egal, ich habe zugesagt und nun muss ich da durch. Wenn nur nicht noch so viel vom Tag übrig wäre.

Nach einiger Überlegung beschließe ich, meine Sachen zu packen, und mich mit einer Flasche Wein vor dem Fernseher abzulenken.

Ein halber Liter des süffigen Tropfens vernebelt mein

Hirn, als mir klar wird, dass ich jemanden zum Reden brauche. Da Mia in diesem Fall wegfällt, bleibt nur noch meine Schwester. Vielleicht hat sie ja schon Feierabend.

»Schwesterherz, was gibt's?«, meldet sie sich.

»Nichts, ich wollte nur mal deine Stimme hören.«

»Komm, sag schon, was ist los?«, krächzt sie.

Jetzt erst fällt mir auf, dass irgendetwas an ihrer Tonlage anders klingt. »Sag du mir, was los ist.«

»Nichts, nur das Übliche. Immer dasselbe.«

»Was soll das heißen?«

Es entsteht eine verdächtige Pause, bevor sie antwortet. »Stress, soll das heißen. Ich bin urlaubsreif. Warum rufst du an?«

»Ich muss eine Reise nach Hause machen und weiß nicht, ob ich es emotional packe.«

»Nach zwei Jahren?! Wenn du immer noch nicht so weit bist, wirst du es wohl nie sein.« Sie stöhnt.

Ich merke, sie ist heute weder gut gelaunt, noch gesprächig, also sollte ich das Telefonat lieber beenden.

»Wahrscheinlich hast du recht.«

»Bestimmt habe ich das. Wie sagst du immer? Hilf dir selbst, dann hilft dir Gott. Du kannst dir doch nicht von so einem Scheißkerl dein Leben versauen lassen.«

»Okay, das war wohl der Arschtritt, den ich gebraucht habe. Danke«, antworte ich seufzend.

»Keine Ursache«, erwidert sie heiser.

Weint sie etwa? »Was ist mit dir? Du klingst so komisch. Gar nicht so gut gelaunt wie sonst.«

»Nichts, ich habe ein paar Probleme zu wälzen, bei denen du mir nicht helfen kannst.«

»Was soll das heißen?«

»Dass ich selbst eine Entscheidung treffen muss.«

»Verrätst du mir, was für eine?«

»Nicht jetzt. Irgendwann später, wenn ich weiter bin.«

»Aber vielleicht könnte ich dich unterstützen.«

»Eher nicht, dabei kann mir niemand helfen.«

Fast bin ich froh, dass meine Schwester mich nicht noch mit ihrem Kram belastet.

»Okay«, antworte ich und setze einen Seufzer hinterher.

»Tschüss, Schwesterchen.«

»Tschüss, Lene.«

Das Gespräch endet abrupt, was mir sehr seltsam vorkommt. Das ist so gar nicht ihre Art. Einen Moment überlege ich, meine Eltern anzurufen, um zu fragen, ob die mehr wissen als ich. Aber wenn sie das nicht tun, könnte ich sie beunruhigen.

Oh Mann, siedend heiß fällt mir ein, dass ich mich vor lauter Selbstmitleid noch gar nicht angekündigt habe. Aber in diesem labilen Zustand, in dem ich gerade bin, sollte ich das besser nicht tun. Ich könnte es morgen während der Fahrt machen.

Mit einem mulmigen Gefühl im Bauch schenke ich mir den Rest aus der Flasche ein. Bevor ich den nächsten Film starte, muss ich mir noch neue Taschentücher holen.

4

COUNTRY ROAD …

Ich reibe mir die Augen, als am Dienstagmorgen ein Audi Q4 e-tron, vor das Haus fährt und laut hupt. Paul steigt aus und winkt mir fröhlich entgegen. Oh Mann, ich wage es kaum, sein T-Shirt zu lesen. »Ich bin nichts für schwache Nerven«, steht darauf. Hätte er nicht wenigstens heute auf diese schräge Angewohnheit verzichten können?

Mit einem verkrampften Lächeln komme ich ihm entgegen. Paul öffnet mit der Fernbedienung die Heckklappe, auf der ein großer »Hetzt mich nicht«-Aufkleber prangt. Ich habe es geahnt! Angestrengt versuche ich, ein Augenrollen zu unterdrücken.

»Soll ich fahren?«, frage ich.

»Nein, das brauchst du nicht«, antwortet er mit souveränem Lächeln, öffnet mir die Beifahrertür und macht eine einladende Geste.

»Bist du schon mal Elektroauto gefahren?«, erkundigt er sich, als wir uns auf die schneeweißen Ledersitze setzen.

»Die Frage ist doch eher, ob du schon mal Auto gefahren bist.«

»Klar, sonst hätte ich es ja wohl nicht bis hierher geschafft, oder?«

Ich schaue mich im geräumigen Wagen um. Alles blitzsauber und aufgeräumt – im Gegensatz zu seinem chaotischen Schreibtisch. Es riecht so, als wäre das Gefährt noch nie gebraucht worden.

»Sehr witzig«, schnaube ich. »Ist das eigentlich dein Auto?«

Sofort kommt mir die Frage ziemlich dumm vor. Wer würde sich sonst diesen »Hetzt mich nicht«-Aufkleber auf seinen Audi pappen?

»Jup, ich fahre nicht viel Auto, aber manchmal lässt es sich einfach nicht vermeiden. Und wenn man über Land kutschieren muss, ist so ein SUV ja ganz angebracht. Irgendeinen Wagen muss man ja fahren.«

Ich seufze. »Ja, muss man wohl.«

»Angeschnallt?«, fragt er und startet den Wagen. »Three, two, one …«

»Lift off«, spotte ich, als der Wagen nur langsam ins Rollen kommt, dabei weiß jeder, dass Elektroautos eine bessere Beschleunigung haben, als Verbrenner.

Paul lacht auf. »Schau mal einer an, du hast deinen Humor ja doch nicht ganz verloren.«

»Den nie, mir vergeht höchstens mal das Lachen«, knurre ich.

Das kann eine heitere Fahrt werden, denn wie erwartet kriecht das Auto quälend langsam dahin. Ich verschränke die Arme vor dem Leib und versuche, meine Nervosität über die bescheidene Geschwindigkeit nicht zu sehr zu zeigen.

»Möchtest du einen Film streamen?«, fragt er und zeigt auf den großen Monitor, mit dem man die Funktionen des Fahrzeugs steuert. »Dann ist es nicht so langweilig.«

Besser nicht, denn das könnte auch ihn ablenken, dann kommen wir heute gar nicht mehr an.

»Nicht nötig«, knurre ich.

Paul zieht die Augenbrauen hoch und betrachtet mich prüfend. »Das sehe ich anders. Warum bist du so gereizt?«

»Ich bin nicht gereizt. Konzentrier dich lieber auf die Straße.«

»Wenn du meinst«, brummt er und macht, was ich wünsche. »Warum hast du dann keine Lust in deine Heimat zu fahren?«

Jetzt vorzugeben, dass er irrt, wird natürlich schwierig, deshalb schweige ich.

»Liegt es an mir?«, fragt Paul plötzlich unsicher.

Mir wird klar, dass er nur der Blitzableiter für meine schlechte Laune ist.

»Nein, natürlich nicht«, versichere ich versöhnlich. »Es gibt einen Grund, warum ich damals von dort weg bin.«

Mein Geständnis scheint ihn zu überraschen. »Oh.«

»Ja, oh.«

»Möchtest du darüber reden? Ich kenn mich zwar hauptsächlich mit Werbepsychologie aus, aber vielleicht kann ich dir ja trotzdem einen Rat geben.«

»Nur, wenn hier eine Couch wäre«, witzle ich zynisch.

»Kein Problem, ich fahre dir die Lehne nach hinten.«

»Untersteh dich, das war ein Witz!«, fauche ich.

»Ach so«, erwidert er mit einem Zwinkern. »Beim Singen wird meine Laune besser. Sollen wir vielleicht ein Lied anstimmen?«

Ich hebe abwehrend die Hände. »Auf keinen Fall!«

»Okay, dann wird es aber eine langweilige Fahrt.«

»Meinetwegen. Ist mir egal. Ich werde versuchen, zu schlafen.«

»Soll ich das Radio anmachen?«, fragt er und sieht zu mir herüber.

»Wenn's sein muss … aber keine Schlager.«

Paul schnaubt entrüstet. »Natürlich nicht. Was denkst du von mir?«

»Das willst du nicht wissen.«

»Doch klar, natürlich.«

»Du bist anstrengend, weißt du das?« Ich stöhne.

»Das habe ich schon vermutet, aber im Grunde will ich es nicht sein.«

Meine Augen werden zu Schlitzen. »Aha … und warum bist du es dann trotzdem?«

»Weil ich dich zum Lachen bringen will.«

»Dafür brauchst du nicht anstrengend sein, da reicht dein Anblick«, entfährt es mir.

Paul grinst. »Die Sprüche auf den Shirts sind gut, nicht wahr? Die machen gleich gute Laune.«

»Findest du?«

»Du nicht?«

»Eher nicht«, erwidere ich genervt.

»Du lachst also eher über mich? Aber warum hattest du dann letzte Woche bei dem Meeting auch so ein Shirt an?«, bohrt er nach. »Ich habe mich gefreut und dachte schon, dass du endlich deinen Humor wiederhast.«

»Weil ich euch zeigen wollte, wie lächerlich das ist«, antworte ich ungerührt.

»Siehst du, in ›lächerlich‹ steckt doch schon ›Lachen‹ drin«, belehrt er mich grinsend.

»Ich geb's auf«, erwidere ich seufzend. »Mach endlich die Musik an.«

»Ich habe uns extra eine Playlist zusammengestellt. Willst du die hören?«

»Wenn du dann Ruhe gibst.«

Paul drückt einen Knopf am Lenkrad.

»Spiel die Playlist Kalifornien«, befiehlt er.

Brav startet die Musik und ich suche umgehend nach einem Beißbrett, als nicht nur »Take Me Home, Country Roads« erklingt, sondern Paul auch noch lautstark mit schmettert.

Ich halte mir die Ohren zu.

Paul sagt etwas, das ich nicht verstehe. Wahrscheinlich ist das Absicht, aber es zwingt mich trotzdem dazu, die Hände wieder herunter zu nehmen.

»Was hast du gesagt?«, erkundige ich mich.

»Macht gute Laune, nicht wahr?«

»Ich wollte doch keine Schlager hören«, grummle ich.

»Das ist doch gar kein Schlager, es ist ein Countrysong.«

»Das läuft doch aufs selbe hinaus.«

»Na dann, bitteschön.« Paul stellt die Musik wieder ab. »Ich glaube, dir kann man im Moment nichts recht machen«, ergänzt er beleidigt.

Wahrscheinlich, denke ich, spreche es aber nicht aus. Die Ruhe ist gerade so schön. Die öde Landschaft rauscht an uns vorüber. Ich lehne mich zurück, schließe die Augen, und genieße den leisen Lauf des Elektroautos. Doch schon nach kurzer Zeit fehlt mir Pauls Geplapper. Vorsichtig linse ich zu ihm hinüber.

Er merkt es sofort. »Was ist?«

»Nichts.«

»Warum siehst du mich dann so an?«

»Wie sehe ich dich denn an?«

»So erwartungsvoll. Ich denke, du willst nichts mehr von mir hören?«, knurrt er.

»Bist du jetzt sauer auf mich?«, frage ich unsicher.

Paul antwortet nicht. Also ja. Irgendwie überrascht es mich, dass er überhaupt mürrisch werden kann.

»Es tut mir leid. Ich habe keine Lust auf Kalifornien, weil ich dort Leuten begegnen könnte, die ich nicht treffen will«, gestehe ich, um ihn wieder etwas zu versöhnen.

»Lass mich raten, eine enttäuschte Liebe?«, spekuliert er.

»Wie kommst du darauf?«

»Ist es nicht immer eine enttäuschte Liebe? Warum sollte man sonst aus der Heimat flüchten?«

Ich zucke mit den Schultern. »Vor einem nervigen Chef?«

»Oder Kollegen?«, rät er weiter.

»Nein, du hast recht, es ist … Jan. Er hat mich mit meiner besten Freundin Sylke betrogen.«

Paul grinst in sich hinein. »Silke? Ein komischer Name.«

»Nicht Silke, Sylke, mit Y, bitte. Darauf legt sie Wert«, spotte ich.

»Aber anscheinend nicht auf deine Freundschaft.«

»Offensichtlich nicht«, krächze ich und muss schlucken.

»Hm … und vor was genau hast du jetzt Angst?«

»Kann ich nicht so direkt sagen.«

Paul sieht zu mir.

»Nicht?«, fragt er überrascht.

»Na ja.«

»So, wie ich das sehe, ist die Beziehung zu deinem Ex ein typisches Schrödingers-Katze-Problem der Liebe.«

Ich ziehe die Stirn kraus. »Wie bitte?«

»Schrödingers Katze ist dir kein Begriff?«

»Öhm, ne.«

»Auch nicht aus *The Big Bang Theory*?«

»Du meinst die Comedyserie?«

Paul nickt. »Ja, genau die.«

»Die tu ich mir nicht an. Das habe ich jeden Tag auf der Arbeit. Inklusive der schrägen Shirts.«

»Was stört dich eigentlich genau an meinen Shirts?«

»Ich bitte dich! Wer findet ein T-Shirt mit der Aufschrift ›Frauen an den Nerd‹ lustig? Da kannst du doch gleich ›Ich bin ein Idiot‹ schreiben.«

»Ich bin ein Idiot? *Das* findest du witzig?«

Ich weiß nicht, ob er die Frage ernst meint. »Oh, Mann! Nein, beides nicht.«

»Schade. Na ja, über Humor lässt sich nicht streiten.«

In der Tat. Ich muss grinsen.

»Erklärst du mir endlich das Ding mit der Katze?«, versuche ich, ihn vom Thema abzulenken.

»Also, Schrödingers Katze ist ein Gedankenexperiment aus der Physik, man kann es aber auf alle Lebenslagen übertragen.«

»Tatsächlich? Wie das denn?«

»Solange die Katze in der Kiste ist, kann sie lebendig oder tot sein.«

»Schon klar. Ich habe mir gedacht, dass jetzt so was kommt.« Ich winke ab.

»Na, da muss ich wohl weiter ausholen.«

»Musst du wohl.«

»Es ist ein Paradoxon, ein quantenmechanischer Begriff, übertragen auf die makroskopische Welt. Paradoxon ist dir geläufig?«

»Etwas, das dem Erwarteten zuwiderläuft?«

»Genau, man kann den Zustand der Katze nicht festlegen, solange man ihn nicht untersucht hat. Erst danach kann man sich auf lebendig oder tot festlegen.«

Eine Entenfamilie überquert in aller Seelenruhe die Straße. Paul ist gezwungen anzuhalten.

»Deine Erklärungen überfordern meine Geduld«, knurre ich genervt.

Paul klimpert mit seinen Wimpern und mir fällt auf, wie lang sie sind.

»Meine Erklärungen, oder die Enten?«, fragt er unschuldig.

»Beides.«

»Du wolltest, dass ich so weit aushole.«

»Okay, gewonnen«, seufze ich. »Trotzdem, komm zum Punkt.«

Er holt theatralisch Luft. »Also, in dem Gedankenexperiment befinden sich in einem geschlossenen Kasten eine Katze und ein instabiler Atomkern, der innerhalb einer bestimmten Zeitspanne mit einer gewissen Wahrscheinlichkeit zerfällt. Der Zerfall löst mittels eines Geigerzählers die Freisetzung von Giftgas aus, welches die Katze tötet.«

»Das ist abartig.«, murre ich.

»Ist doch nur ein Gedankenexperiment.«

»Bin ich jetzt Penny, oder was?«

»Aha, du kennst die Serie doch.«

»Klar. Das hättest du bereits daraus schließen können, dass ich von den merkwürdigen Klamotten wusste, aber ich kann sie mir nicht ohne körperliche Schmerzen anschauen.«

»Echt nicht? Warum?«

»Egal, verstehst du sowieso nicht. Erzähl weiter, damit wir fertig werden.«

»Ich glaube, da ist ein Denkfehler drin. Schrödinger ging davon aus, dass Biologie eine Wissenschaft ist. Er hätte aber zusätzlich definieren müssen, was tot und lebendig für Zustände sind.«

Ich muss lachen.

»Okay. Meinetwegen. Und was hat das Ganze jetzt mit mir zu tun?«

»Na, liegt das nicht auf der Hand? Du kannst nicht wissen, wie es deiner Freundin und deinem Ex geht. Ist die Beziehung lebendig oder tot? Oder vielleicht war es nie eine Beziehung.«

»Warum denkst du, interessiert mich das?«

»Weil du den beiden das Glück nicht gönnst.«

»Das ist jetzt nur eine Behauptung«, schnaube ich.

»Das ist offensichtlich. Das weiß ich, ohne eine Kiste zu öffnen.«

»Blödsinn! Die beiden sind mir egal!«, fauche ich genervt.

»Merkt man schon allein an der deiner gelassenen Reaktion«, antwortet Paul spöttisch. »Natürlich sind sie dir *nicht* egal. Sind sie glücklich, ist es ganz und gar nicht fair. Dann hätten sie ihr Glück auf deinem Unglück gebaut.«

Ich zucke mit den Schultern. »Na und? Sollen sie doch!«

»Wenn es dir egal wäre, wärst du schon längst wieder in der Heimat gewesen.«

»Ich habe Angst vor dem Glanz, vor dem strahlenden Glück, das von den beiden ausgeht. Und ich hab …«

»Noch nicht mal einen neuen Freund«, ergänzt er. »Das habe ich mir gedacht. Da hilft nur eins, ein Strahlungsschutz.«

»Genau. So hatte ich mir das auch vorgestellt. Ich komme erst zurück, wenn ich selbst wieder strahle. Ich überstrahle die beiden einfach.«

»Indem du dir einen Wahnsinnstypen angelst und mit ihm angibst, sodass deiner alten Freundin die Augen aus dem Kopf fallen?«

»Okay, erwischt«, gestehe ich.

»Und jetzt kommst du nur mit mir daher«, spekuliert er grinsend.

»Leider.« Mir entfährt ein Seufzer.

»Tja, Pech für dich. Wie soll dein Traum-Schutzschild denn aussehen?«

»Mein Traummann hat natürlich einfach alles. Eine Traumfigur, er sieht überhaupt blendend aus, hat Geld, Charme und Geld … jede Menge Geld.«

»War ja klar.«

»Ja, weil Jan so verdammt gutaussehend ist und einen großen Bauernhof hat«, erkläre ich und spüre, wie die alte Wut langsam wieder in mir hochkriecht. Ein Gefühl, das ich wahrlich nicht vermisst habe.

»Anscheinend ist er aber nur bauernschlau«, behauptet Paul.

»Wieso?«

»Na, klug kann er nicht sein, wenn er dich hat stehenlassen.«

Ich mache eine abwertende Handbewegung. »Plumpe Schmeichelei.«

»Das war ein ernst gemeintes Kompliment. Deshalb wäre es ein Trumpf, wenn dein Traummann neben den ganzen anderen Kleinigkeiten auch noch klug wäre … so wie ich zum Beispiel.«

Ich schnappe nach Luft und drehe mich zu ihm hin. »Du?!«, frage ich überrascht.

»Du glaubst mir nicht, dass ich klug bin?«

»Doch, natürlich …«

»Aber die anderen Kriterien erfülle ich nicht?«

»Na ja …«

»Das ging jetzt aber unter die Gürtellinie. Lenk nicht

ab. Ich sag dir mal was, bevor du meine Kiste nicht geöffnet hast, weißt du gar nichts«, murrt er.

»Warum das? Ich glaube, dass die Kiste sich eher als die Büchse der Pandora erweist.«

»Glaubst du, aber du weißt es nicht. Die Katze könnte genauso gut tot sein.«

»Hör jetzt bitte mit diesem schrägen Katzenvergleich auf.«

»Aber die Katze steht doch nur metaphorisch für deine Gefühle.«

Ich will nicht über meine Emotionen nachdenken. Ich verschränke die Arme und sehe trotzig aus dem Fenster. Paul eiert weiter über die Autobahn. Manchmal ist das Buschwerk oder die Lärmschutzwände unterbrochen und geben die Sicht auf das, was dahinter ist, frei. Vielleicht hat Paul recht, und es ist tatsächlich an der Zeit, mich der ganzen Sache zu stellen, damit ich die Enttäuschungen der Vergangenheit überwinden kann. Aber mit ihm als Schutzschild?

5

… TAKE ME HOME

Paul erweist sich als einfühlsam und redet eine Zeit lang nichts.

Ich bin dankbar dafür, bis er plötzlich »Spiel ›Someone like you‹ von Adele« sagt und der Song startet.

»Trifft das ungefähr deine Gefühle?«, fragt er und zwinkert.

»Nein, natürlich nicht«, knurre ich genervt.

Auf Pauls Gesicht erscheint ein wissendes Grinsen. »Ah, ich schätze, dann weiß ich, was du magst. Spiel ›Geiles Leben‹ von Glasperlenspiel.«

Ich grinse zurück. »Schon besser.«

Wir lauschen dem Song. Irgendwie macht mir das gute Laune. Das Lied und Pauls Hartnäckigkeit. Es ist zwar anstrengend, zwingt mich aber, nicht im Trübsinn zu versinken. Vielleicht sollte ich Ben sogar dankbar dafür sein, dass ich nicht allein fahren durfte.

»Was muss eigentlich passieren, damit du deinem Jan auch so gelassen ein schönes Leben wünschen kannst?«, fragt er, als das Lied verklingt.

»Worauf willst du hinaus?«

»Es geht doch darum, ihm zu zeigen, dass er dir überhaupt nicht fehlt, du nicht an ihn denkst und ein tolles Leben ohne ihn hast. Stimmt, oder?«

Ertappt. Ich sinke tiefer in den Sitz.

»Na ja.«

»Also, was muss passieren, damit du so auftrumpfen kannst, wie du dir das wünschst?«

Ich schürze abschätzig die Lippen während ich überlege.

Pauls Augen glänzen. »Das ist ziemlich süß, weißt du das?«

Sein Lächeln bringt mich aus dem Konzept. »Was?«

»Wie du aussiehst, wenn du überlegst.«

Mir entfährt ein unwilliger Knurrlaut.

Paul duckt sich übertrieben. »Ist ja schon gut, ich will doch nur spielen.«

»Paul«, rüge ich ihn scharf.

»Also, sag schon. Was muss passieren?«

»Erst mal muss ich die Gefühle wirklich überwunden haben und dafür brauche ich Zeit.«

»Wie lange bist du schon bei uns in der Firma?«

»Zwei Jahre.«

»Das ist doppelt so lange wie ein normales Trauerjahr. Ich würde sagen, du läufst davor weg. Glücklich ist, wer vergisst, was nicht zu ändern ist«, murmelte er.

Ich schnaube. »Würdest du bitte deine Glückskeksweisheiten für dich behalten?«

»Woher weißt du, dass sie aus einem Glückskeks sind?« Er sieht zu mir und zwinkert. »Und warum rollst du mit den Augen?«

Ich schwöre, ich wollte nicht, dass er diese Geste mitbekommt und sie nur in Gedanken machen. Offensichtlich ist es mir nicht gelungen.

»Was ist, wenn er verdammt glücklich mit Sylke ist?«, frage ich traurig.

»Glaubst du das denn wirklich? Was sagt dir dein Instinkt? Passen die beiden wirklich besser zusammen?«

Ich zucke mit den Schultern. »Keine Ahnung, aber mit mir wird ihm etwas gefehlt haben, sonst wäre es doch nicht so weit gekommen. Oder nicht?«

»Vielleicht, aber möglicherweise ist er auch nur ein Scheißkerl«, tröstet Paul.

»Möglich. Aber wenn nicht, wird es …« Ich hole tief Luft bei der Vorstellung.

»Schmerzhaft«, vollendet Paul.

»Genau. Ich bin immer noch allein und er und Sylke sind womöglich überglücklich. Vielleicht sind sie verlobt, verheiratet oder … keine Ahnung. Wer weiß, eventuell bekommen sie sogar schon ein Baby.«

»Hm. Wenn's so wäre, würdest du das nicht irgendwie erfahren? Du telefonierst doch sicherlich noch mit Leuten aus der Heimat.«

»Nur mit meiner Familie. Und der habe ich verboten, darüber zu sprechen. Ich habe damit gedroht, dass sie sonst nichts mehr von mir hören.«

»Ist das nicht ein bisschen heftig?«

»Damals hätte ich es nicht ertragen und später wollte ich mir nicht die Blöße geben und einen Rückzieher machen.«

»Immerhin könnten sie dir auch erzählen, dass die beiden gescheitert sind oder es nie etwas Ernstes zwischen ihnen wurde.«

»Nie etwas Ernstes?«, wiederhole ich stammelnd.

Paul sieht mich an. »Hast du darüber bisher gar nicht nachgedacht?«

»Ich kann mir nicht vorstellen, dass es nur eine Bettgeschichte war. Das wäre ja noch schlimmer, denn dann hätte er mich nur schnöde betrogen«, antworte ich zögernd.

»Und er hätte es wahrscheinlich immer wieder getan«, spekuliert Paul.

Ich nicke. »Anzunehmen.«

»Also brauchst du doch gar nicht auftrumpfen. Der Typ ist sowieso für die Tonne«, schlussfolgert er.

»Ja, das sagt der gesunde Menschenverstand. Ich würde mich aber trotzdem sicherer fühlen, wenn ich sagen könnte, dass ich einen tollen Freund oder noch besser, einen neuen Verlobten habe.«

Der Wagen macht einen leichten Schlenker. »Ihr wart verlobt?«, fragt Paul überrascht.

»Hatte ich das noch nicht erwähnt?«

Er schüttelt den Kopf. »Nein. Aber das ist jetzt wirklich schnöde.«

»Genau.«

Paul reibt sich am Kinn. »Was hältst du davon, wenn ich mich als dein Verlobter ausgebe?«

»Jetzt ist die Katze aus der Kiste … äh, aus dem Sack. Du wolltest doch die ganze Zeit darauf hinaus«, vermute ich und sehe ihn skeptisch an.

»Ach, *du* darfst diesen blöden Katzenvergleich machen.« Er schnaubt.

»Lenk nicht ab«, murre ich.

»Oder nimmst du mich schon wieder auf den Arm?«

Ich muss lachen. »Such dir was aus.«

»Traust du mir die Rolle als cooler Verlobter nicht zu?«

Ich tippe mit einem Finger gegen mein Kinn. »Hm. Wenn ich ehrlich bin, nicht.«

»Warum nicht?«

»Du bist nicht …«

»Smart genug? Wenn du dich da mal nicht täuschst. Ich

war in der Schule in der Theatergruppe. Die Lehrerin hat mir großes Talent bestätigt.«

»Als Klassenclown«, witzle ich.

Paul schnappt nach Luft. »Gib mir einfach eine Chance, mehr will ich nicht.«

»Und wenn du sie verhaust? Dann hast du mich blamiert.«

»Das wird nicht passieren«, erwidert er selbstbewusst. Sein Lächeln hat Charme. Überhaupt zeigt er sich mir von einer Seite, die ich bei ihm noch nie so wahrgenommen habe. Aber ich habe bisher auch nicht über so viel privates Zeug mit ihm geredet.

»Und wenn doch?«, zweifle ich trotzdem.

»Dann mache ich es wieder gut.«

»Wie das?«

»Das muss ich mir noch überlegen.«

Wenn das mal nicht nach hinten losgeht.

»Ich weiß nicht, ob mich das überzeugt«, murmle ich nachdenklich.

»Du musst selbst wissen, welches Risiko du eingehen willst«, erwidert er selbstsicher.

Wo er recht hat, hat er recht – und im Grunde hat er die Karten in der Hand. Mit ihm als Fake-Freund würde ich mich wahrscheinlich sicherer fühlen als ohne.

»Und wie denkst du dir das so?«, erkundige ich mich.

»Ich glaube, es ist am überzeugendsten, wenn wir die Sache konsequent durchziehen.«

»Aha, und das heißt?«

»Dass wir von vornherein als Verlobte auftreten.«

Ich schlucke. »Als Verlobte? Und wenn das scheitert?«

»Es ist ein großer Unterschied zwischen einem Freund und einem Verlobtem, das betont die Ernsthaftigkeit«, belehrt er mich.

»Oder es betont die Blamage«, murmle ich. Meine Hirnwindungen glühen, während ich darüber nachdenke.

»Du sagst ja gar nichts«, bemerkt er nach einiger Zeit mit einem Anflug von Enttäuschung.

»Verlobt. Also auch vor meiner Familie und so?«

Paul grinst. »Wer ist denn ›und so‹?«

»Weiß nicht … alle.«

»In eurem Dorf kennt jeder jeden, nicht wahr? Deshalb ist es so wichtig, dass es ein lückenloser Fake ist. Sonst ist die Gefahr aufzufliegen viel größer.«

Ich nicke. »Jupp … Hm, ich weiß immer noch nicht so recht.«

»Sei ehrlich. Glaubst du, dass man mit mir nicht angeben kann?«

»Nein, nein«, flunkere ich.

»Vertrau mir, ich werde dich nicht enttäuschen.«

»Probleme mit dem Selbstbewusstsein hast du nicht, oder?«

»Warum sollte ich, die hast du ja schon für mich mit.«

»Ich habe keine Probleme mit dem Selbstbewusstsein«, antworte ich entrüstet.

»Aber sicher. Du denkst, wenn du dich so zeigst, wie du bist, und deine Schwächen präsentierst, machst du dich angreifbar.«

Ich verschränke verärgert die Arme. »Ach ja? Du bist natürlich nicht angreifbar, weil dein Ego so groß ist wie ein Elefant.«

Paul kraust die Stirn. »Findest du wirklich?«, fragt er grüblerisch. »Ein selbstbewusster Mensch hat kein Problem damit, sich so zu zeigen, wie er ist.«

»Das mag ja sein, aber deine Klamotten sind nun mal alles andere als repräsentativ und zumindest das müssten sie sein. Du weißt, dass ich aus der Modebranche komme und alle aus dem Dorf würden erwarten, dass ich dich … berate.«

»Wolltest du ›ausstatten‹ oder ›anziehen‹ sagen? Du bist und bleibst eben eine Blümchenblusenträgerin«, antwortet er spöttisch.

»Das finde ich jetzt ein bisschen krass formuliert.«

Paul seufzt. »Ich nicht. Aber wenn dein Herz so sehr daran hängt, kannst du mich ja verkleiden. Ich glaube allerdings nicht, dass ich dann mehr Eindruck schinden werde.«

Ich schürze die Lippen. »Aber sicher, wir müssen nur etwas finden, das zu dir passt.«

»Okay, aber Ben bezahlt. Ich gebe dafür kein Geld aus.«

»Warum sollte er?«, frage ich irritiert.

»Er will doch, dass die Mission erfolgreich ist. Also keine halben Sachen.«

»Meinetwegen, du riskierst den Ärger«, stöhne ich.

»Und wo sollen wir das jetzt auf die Schnelle besorgen?«, erkundigt Paul sich.

»In meinem alten Laden gibt es auch eine Herrenabteilung. Robert hat ein gutes Gespür, den kann ich dir als Berater empfehlen.«

»Du meinst deinen alten Arbeitgeber?«

»Exakt.«

»Aber dann wissen die doch Bescheid.«

»Egal, keiner von meinen alten Kollegen kommt bei uns aus der Gegend.«

»Wo ist das Geschäft?«

»In Kiel.«

»Auf nach Kiel!«, verkündet Paul fröhlich. »Spiel ›Seemannslieder‹ von Santiano«, verlangt er vom Auto und drückt sogar aufs Gas. ›Leinen los, volle Fahrt Santiano‹ erklingt.

Paul grinst mich schelmisch an. »Weißt du was? Ich hab voll Bock auf so ein cooles Piratenoutfit.«

Oh Mann, ich schätze, das gibt Diskussionen.

»Die Tränen sind salzig und tief wie das Meer, doch mein Seemannsherz brennt lichterloh!«, schmettert Paul.

Eigentlich kann ich diese Art von Musik nicht ausstehen, trotzdem kann ich mich dem Schwung der Melodie nicht entziehen. Pauls Stimme ist gar nicht so schlecht und meine Laune hebt sich.

6

SCHRÖDINGERS KATZE

Wir erreichen Kiel und ich freue mich auf ein Wiedersehen mit meinen alten Kollegen. Doch als wir an meiner ehemaligen Arbeitsstelle ankommen, ist es nicht mehr derselbe Laden. Ich stutze und überlege, ob ich überhaupt reingehen soll.

»Was ist?«, fragt Paul.

»Fuck! Das ist nicht mehr mein alter Arbeitsplatz. Das Geschäft wurde von einer Kette übernommen.«

»Ja, alles ändert sich, und nicht immer zum Guten«, antwortet er seufzend. »Willst du jetzt nicht mehr hier einkaufen?«

»Verrückt nicht? Das ist wohl noch eine Schrödinger-Frage, mit der ich mich auseinandersetzen muss.«

»Na komm. Lasst uns die Kiste von Katze Nummer eins öffnen«, verkündet er großspurig und reicht mir die Hand. Zögerlich ergreife ich sie. Es fühlt sich seltsam normal an, wahrscheinlich weil wir schon so lange zusammenarbeiten. Wir gehen ins Geschäft. Dabei vergesse ich sogar, dass er ein dämliches Sprüche-T-Shirt trägt.

Nein, das ist nicht mehr mein Laden. Absolut nicht.

War hier früher eher klassische Kleidung in hoher Qualität zu erwerben, ist es jetzt derselbe Moderamsch wie in allen anderen Geschäften dieser Art. Die Sachen sind nach Farben sortiert und nicht gerade billig. In der Herrenabteilung hängen Teile, die früher eher Frauen trugen. Ich glaube, wir brauchen Beratung. Doch von den alten Kollegen findet sich weit und breit keine Spur.

»Lass uns wieder rausgehen«, sage ich und seufze.

»Warum?«, fragt Paul, der sich unbeeindruckt umschaut.

»Kann ich Ihnen helfen?« Ein junger Schnösel in übergroßen, bunten Klamotten kommt auf uns zu. Er trägt eine modische Undercut-Frisur, bei der auf der rasierten Seite eine Art Rautenmuster zu erkennen ist.

»Ich soll modisch eingekleidet werden«, antwortet Paul treuherzig.

Mist! Jetzt ist es zu spät für einen Rückzieher.

Ich lächle den Schnösel gekünstelt an. Paul muss jetzt selbst erkennen, ob die Katze lebt oder tot ist.

»Modisch ist gut, da sind Sie hier genau richtig«, verkündet der Verkäufer gut gelaunt. »Folgen Sie mir.«

Er eilt auf einen Ständer mit pastellfarbenen Kleidungsstücken zu. »Schon mal vorweg, oversized bleibt angesagt«, klärt er uns auf dem Weg auf.

»Ein sanftes Flieder, Altrosa oder dunkleres Lila ist für Männer auch diese Saison eine Trendfarbe. Ob bei Prada in Mailand oder bei Kilian Kerner in Berlin, es setzt sich mehr und mehr die Androgynität in der Mode durch. Moderne Männer trauen sich an die Farbpalette der Frauen.«

Pauls Kinnlade klappt nach unten.

»Aha«, entfährt es mir entgeistert. »Vielleicht nicht ganz so … farbenfroh?«

»Ist ganz in meinem Sinne«, bestätigt Paul nickend.

»Okay«, sagt der Verkäufer und nimmt trotzdem ein lila Shirt vom Ständer. »Zaghafte wählen zunächst ein T-Shirt, das lässt sich gut mit einem maskulinen Hemd kombinieren. Vielleicht einen kernigen Grünton als Kombination zu lila, um das Yin-und-Yang-Verhältnis wieder auszugleichen. Will heißen: So sieht es nicht zu feminin aus.«

»Kotzgrün?«, fragt Paul grinsend.

Die Kiefermuskeln des Verkäufers zucken.

»Auch gelb und orange werden als Farben in der Männermode eine noch größere Rolle spielen«, führt er mit sinkender Stimme aus. Wahrscheinlich ahnt er schon, was jetzt kommt.

»Zu bunt«, knurrt Paul.

»Okay, dann vielleicht erst mal eine schlichte Off-White Cargohose mit verschiedenen Seitentaschen. Topaktuelle Work- und Utilitywear, die auch immer mehr auf die Straßen der Städte kommt. Sie bricht sehr schön den soften Cozyness-Look. Wollen Sie ein ganzes Outfit in Weiß tragen? Dann können Sie das hier mit den Schattierungen reinweiß, cremeweiß, braun-beige machen und auch mit einem Materialmix spielen.«

»Ich soll weiße Klamotten tragen?«, fragt Paul entsetzt.

Ich grinse. »Nein, weiß ist nicht deine Farbe. Das macht dich zu blass, Schatz.«

»Wie recht du doch immer hast, Schatz«, antwortet er zuckersüß.

Der Verkäufer sieht uns ratlos an. »Dann vielleicht eine graue Jersey Hose. Zum Beispiel mit einem sportlichen Sakko oder einem farbigen Overshirt. Techwear passt perfekt dazu. Das schimmernde Material wertet die Jersey Hose auf.«

»So eine hat mein Opa immer getragen. Vielen Dank.

Und dann ein Joggingshirt dazu? Ist doch langweilig«, brummt Paul.

»In Neon, das sieht klasse aus«, startet der Verkäufer noch einmal einen Versuch.

Paul reibt sich am Kinn. »Ich möchte etwas Nachhaltigeres. Habt ihr auch eine Abteilung mit ökologischer Kleidung?«

Der Modeberater sieht aus, als hätte er in eine Zitrone gebissen. »Natürlich«, presst er unwillig hervor. »Folgen Sie mir.«

Wir begleiten ihn in eine abgelegene Ecke, in der verschämt ein paar Ständer mit der typisch gedeckt-farbigen Kleidung stehen.

Paul greift eine Jogginghose heraus und lässt den Stoff prüfend durch seine Finger gleiten.

»Wir verwenden nur Naturmaterialien in geprüfter Qualität«, preist der Modeberater an.

»Davon gehe ich aus«, antwortet Paul trocken.

»Das hat natürlich seinen Preis. Dafür bekommen Sie aber auch kein nullachtfünfzehn, selbst bei einer Jogginghose.« Der Modeberater verzieht fast unmerklich das Gesicht. Es ist offensichtlich, dass er kein Freund dieser schlichten Kleidung ist.

»Natürlich«, bestätigt Paul unbeeindruckt und zieht eine graue Jogginghose hervor. »Ich verliere gern die Kontrolle über mein Leben.«

»Hattest du sie denn je?«, foppe ich ihn schmunzelnd.

Paul kichert. »Keine Ahnung. Heutzutage sagt man wohl, ich lebe den Moment.«

»Um das modische Thema noch einmal aufzugreifen, hier passt doch ein Shirt mit Granddad-Kragen. Schauen Sie, hier. Ich empfehle neutrale Farbtöne wie blau, grün oder weiß.«

»Blau klingt gut.«

Der Verkäufer greift zu einem dunkelblauen Shirt und hält es vor Paul. »Was sagt die Gattin?«

Bevor ich »Wir sind nicht verheiratet« erwidern kann, fragt Paul: »Was meinst du, Schatz?«

»Die Farbe passt fantastisch zu deinen Augen«, entfährt es mir.

Die Bewunderung ist echt und ich versinke für den Bruchteil einer Sekunde in seinen tiefblauen Iriden. Ich schlucke. Er hat etwas in seinem Blick, das mein Innerstes berührt.

»Und dann probiere ich noch eine beige Jeans mit weißem Hemd für den besonderen Auftritt. Man weiß ja nie«, verkündet Paul.

Der Verkäufer holt die Sachen, während Paul die anderen Sachen probiert.

Ich muss schlucken, als Paul aus der Umkleidekabine kommt. Das Oberteil steht ihm fantastisch, es bringt seine sportliche Figur perfekt zur Geltung.

»Joah, ganz nett. Dann nehme ich natürlich noch das blaue.«

Der Verkäufer wirkt erfreut und holt eifrig das Gewünschte.

Auch das blaue Hemd steht Paul, als wäre es für ihn gemacht. Ich stelle fest, dass er viel besser aussieht, als ich bisher wahrgenommen habe. Aber warum? Weil ich mich von den schrägen Klamotten habe blenden lassen oder weil ich ihn noch nie so genau betrachtet habe? Wahrscheinlich bedingt das eine auch das andere.

»Haben Sie auch einfache schwarze Bio-T-Shirts?«, fragt Paul.

»Aber selbstverständlich.«

»Und dann probiere ich noch eine normale Jeans für

den Auftritt bei den Eltern. Und eines von diesen blasslila Poloshirts für meine weibliche Seite.« Paul zeigt auf das Gewünschte.

Erfreut eilt der Berater davon.

»Die Sachen sind ziemlich teuer, das kannst du woanders sicher billiger bekommen«, raune ich Paul zu.

»Mach dir darüber keinen Kopf, geht alles auf Ben.«

Ich krause die Stirn. »Echt jetzt?«

»Ja, ich habe uns ein ansehnliches Budget herausgehandelt«, sagt er mit zufriedenem Lächeln. »Und ich mag deinen Blick, wenn ich aus der Kabine komme.«

Als ich ihn kritisch ansehe, zuckt er mit den Schultern.

»Was denn? Ben kann es sich leisten.«

Er zwinkert und ich muss lachen.

»Die Kombi behalt ich gleich an«, sagt er zum Verkäufer. »Die ist perfekt, um sich bei den künftigen Schwiegereltern vorzustellen.«

Ohne mit der Wimper zu zucken, schiebt Paul eine schwarze Kreditkarte hin, »Platinum« steht darauf.

»Wo hast du die denn her? Bekommt man die nicht nur, wenn man richtig viel Geld umsetzt?«, frage ich Paul.

Der steckt sie gelassen wieder ein. »Na ja, hat ein paar Vorteile, die ab und zu ganz nützlich sind.«

»Und wobei?«

»Dienstreisen zum Beispiel. Du weißt ja, dass ich für Ben alle Flüge machen muss.«

»Ah ja, okay.«

Wir verlassen das Geschäft mit vollen Tüten. »So, jetzt brauchen wir noch einen Verlobungsring für dich.«

Mir klappt die Kinnlade herunter. »Einen Verlobungsring?«

»Sonst ist unsere Fake-Verlobung ja wohl nicht glaubwürdig.«

»Stimmt irgendwie. Aber einen kaufen? Leihen kann man ihn sich vermutlich nicht.«

»Du sollst doch die Hochzeit organisieren, da machst du Ben sicher eine Freude, wenn du ihm die Arbeit abnimmst und seinen Verlobungsring kaufst.«

Ich reibe mir nervös die Stirn. »Glaubst du, das hat er noch nicht?«

»Soweit ich weiß, nein.«

»Du bist lustig.«

»Ist mein zweiter Vorname.«

Ich schüttle den Kopf. »Ich weiß nicht. Was, wenn er doch schon einen hat und es deswegen Ärger gibt?«

»Darüber mach dir mal keine Gedanken. Ich bin mir ziemlich sicher, dass er nichts dagegen hat. Schau mal, hier, der Juwelier sieht gut aus.« Paul zeigt auf einen kleinen Laden mit wenig, aber teuren Stücken im Schaufenster.

Ich hebe abwehrend die Hände. »Auf keinen Fall. Da hat Sylke gearbeitet, vielleicht tut sie es noch.«

»Das ist doch super! Dann hast du gleich zwei Katzen auf einmal überprüft.«

»Nein!«

»Doch!«

»Nein!« Meine Stimme wird hysterisch.

»Vertrau mir. Da können wir gleich mal testen, wie glaubwürdig wir als Verlobte rüberkommen.«

Ich bleibe wie angewurzelt stehen. »Ich will nicht!«

Unbeirrt greift Paul nach meiner Hand und zieht mich zum Eingang des Geschäfts.

»Lass mich einfach machen«, sagt er, bevor er die Tür öffnet.

Mein Herz schlägt bis zum Hals, denn es ist tatsächlich Sylke, die uns begrüßt.

Sie ist ganz schön dick geworden, ist mein erster

Gedanke. Auf den zweiten Blick sehe ich, dass der Grund dafür – zumindest zum Teil – in einer Schwangerschaft liegt.

Tatsächlich! Meine Befürchtungen sind wahr geworden. Jan und sie bekommen ein Baby!

Sylkes Lächeln erstirbt, als sie mich sieht.

»Luise, hi. Gut schaust du aus«, stammelt sie.

»Hi Sylke, du siehst auch … schwanger aus«, würge ich hervor, mehr ist gerade nicht drin.

Das peinliche Schweigen, das darauf folgt, wird Gott sei Dank von Paul ausgefüllt. Er streckt ihr die Hand hin. »Hi, ich bin Paul, Luises Verlobter. Sie hat mir schon viel von dir erzählt.«

Ich schnappe nach Luft. Sylke kann sich ja an zehn Fingern abzählen, dass ich nichts Gutes über sie berichtet habe. Paul lächelt zufrieden. Das war ein Seitenhieb, für den ich im Nachhinein sogar irgendwie dankbar bin.

»Also, ich habe meinen Antrittsbesuch bei Luises Eltern, halte quasi um ihre Hand an. Da brauchen wir einen richtig schönen, fetten Klunker. Mindestens zwei Karat, würde ich mal sagen. Habt ihr da was?«

Sylke entgleiten die Gesichtszüge, doch sie fängt sich schnell.

»Ja … ja klar. Moment«, stammelt sie.

Nervös zieht sie an Schubladen hinter dem Tresen.

Damit mein Lächeln nicht erstirbt, blecke ich die Zähne. »Ist das nicht zu protzig, Schatz?«

»Aber nicht doch. Vergiss nicht, dass ich Millionär bin. Da gibt es eigentlich nur zwei Möglichkeiten für Verlobungsringe.«

»Die da wären?«, fragen Sylke und ich im Chor.

»Entweder einen schnöden selbstgebastelten aus einem Dosenring, einen aus dem Kaugummiautomaten oder ein richtig fetten Klunker. Den Kaugummiautomatenring hast du ja schon bekommen, Schatz. Er passte nicht einmal an den kleinen Finger. Und wenn ich ehrlich bin, spiegelt er auch nicht meine Gefühle zu dir wider«, prahlt er voller Inbrunst. »Du bist immer so bescheiden, Liebling. Warum nur?«

Das muss man ihm lassen, er spielt wirklich überzeugend.

Sylke unterbricht ihr Suchen und legt skeptisch ihren Kopf schief. »Millionär, hm?«

Paul strafft die Schultern.

»Exakt«, erwidert er überzeugend.

»Und da kommt ihr ausgerechnet hierher, um euren Ring zu kaufen«, stellt sie verwundert fest.

Ja, Paul trägt wirklich ein bisschen zu dick auf.

»Wir wollten es noch gar nicht offiziell machen. Eigentlich hatten wir verabredet, dass er erst einmal meine Familie richtig kennenlernt. Es gibt keinen Grund für diese Eile, Schatz«, erkläre ich eilig und setze ein zuckersüßes Lächeln auf. »Er macht es sozusagen gegen meinen Willen.«

Paul bleckt die Zähne. »Ich zeige nun mal gerne, wie ernst es mir mit dir ist.«

Dann wendet er sich an Sylke. »Was ist jetzt mit den Ringen? Wir können natürlich auch woanders hingehen.«

»Nein … äh ja, sofort.« Eilig legt Sylke zwei Schubladen auf den Tisch.

»Also, bei diesen Modellen hier sind es zusammen zwei Karat«, erklärt sie und nimmt nacheinander drei Ringe heraus.

Paul schüttelt bei jedem den Kopf. »Nö, hat nicht die Wirkung, die ich mir vorstelle.«

»Natürlich. Dann nehmen wir diese klassischen

Modelle hier, Zweikaräter in Krabbenfassung. Da kommt das Feuer so richtig zur Geltung. Hervorragende Reinheit und herausragender Schliff. Die Preise liegen alle so bei um die zehntausend Euro, je nach Stein sowie Material für den Ring. Ihr habt die Wahl zwischen Weißgold, Gelbgold und Platin.«

Paul sieht mich an. »Ich bin für Weißgold. Was meinst du, Schatz?«

Sicher sieht man mir an, dass das nicht in meinem Sinne ist. Mia würde so ein Ring wahrscheinlich nicht gefallen. Doch jetzt bin ich gezwungen, das Spiel mitzumachen, wenn ich mich nicht vor Sylke blamieren will.

Paul überspielt die Situation mit Nonchalance und nimmt sich einfach den teuersten Weißgold-Klunker.

»Probier mal, ob er passt.«

Sylke beobachtet die Szene genau, deshalb halte ich ihm zähneknirschend die verschwitzte Hand hin. Ich versuche, ihn missbilligend anzusehen, doch sein intensiver Blick entwaffnet mich. Meine Knie werden weich, als er mir den Ring über den Finger schiebt. Es fühlt sich verdammt echt an.

»Passt wie für dich gemacht«, bemerkt er zufrieden.

Ehe ich begreife, was geschieht, hat er mein Gesicht zwischen seine Hände genommen und presst seine Lippen innig auf meine. Sein glücklich funkelnder Blick geht mir durch und durch.

»Das hast du wirklich verdient, Schatz. Du hast mir so viel gegeben, lass mich jetzt etwas zurückgeben«, flüstert er zärtlich.

Ich kann nichts gegen die Schmetterlinge tun, die gerade ich meinem Bauch flattern.

Sylke schnappt ergriffen nach Luft. Fast könnte man denken, sie ist neidisch.

Möglicherweise bin ich sogar gerade neidisch auf mich selbst.

»Ihr seid wirklich ein schönes Paar. Habt ihr nicht Lust, morgen Abend vorbeizukommen? Ich könnte etwas kochen«, schlägt Sylke vor.

»Oh ja, sehr gern«, antwortet Paul, bevor ich ablehnen kann.

»Das ist super. Ich freue mich für euch … wirklich.«

Ich kenne Sylke gut genug, um zu wissen, dass sie den Satz ernst meint.

»Was gibt es denn Feines?«, erkundigt sich Paul.

»Das muss ich mir noch überlegen«, sagt Sylke.

Ich schüttle innerlich den Kopf. Dass Männer auch immer ans Essen denken müssen!

»Wir wollen keine Umstände machen«, versuche ich, die Sache abzuwenden.

»Aber das macht ihr doch nicht. Jan wird sich freuen, dich wiederzusehen.«

Aha, dann ist das Kind wirklich von ihm. Ich schlucke.

»Ich weiß nicht«, murmle ich.

»Wo müssen wir eigentlich hin?«, fragt Paul und ignoriert mich damit.

»Na, auf Jans Hof. Wohin sonst? Oder möchtest du ihn nicht sehen, Luise?«

»Er interessiert mich eigentlich nicht mehr.«

Sylke zuckt zusammen, denn es kommt ziemlich schroff heraus. Sicher merkt sie, dass mein Ex mir ganz und gar nicht egal ist.

Sie lächelt mich an. »Es wird bestimmt nett.«

Ich lifte die Mundwinkel und auch ihr Lächeln wirkt gekünstelt.

»Das wird sicher ein großartiger Abend«, würge ich hervor.

Als wir rausgehen, bin ich wütend darüber, dass ich mich so schnell habe überrumpeln lassen. Die einzige Erklärung dafür ist, dass ich wirklich neugierig bin, wie es Jan geht. Jetzt komme ich kaum noch aus der Nummer raus. Und vielleicht will ich das ja auch gar nicht. Sauer bin ich trotzdem. Pauls Verhalten ist ganz schön übergriffig.

7

KATZE IM SACK

Mit strammen Schritten stapfe ich zum Auto, reiße energisch die Tür auf, sobald das Schloss entriegelt ist, und lasse mich auf den Sitz plumpsen.

»Wieso hast du das gemacht?«, gifte ich und schlage die Autotür zu.

»Was denn?«, fragt Paul unschuldig.

»Das alles … war gegen meinen Willen«, grummle ich, während wir uns wieder anschnallen.

»Du redest in Rätseln. Könntest du deine Vorwürfe präzisieren?«

Paul startet den Wagen und das Fahrzeug zuckelt los.

»Wir sind hier nicht auf der Arbeit und ich bin nicht Ben, mit dem du deine Wortklaubereien betreiben kannst«, sprudelt es aus mir heraus.

Er atmet tief durch. »Meinetwegen. Also, was habe ich falsch gemacht?«

»Grrr, ihr Männer tut, was ihr wollt, und gebt euch dann immer so unschuldig wie ein kleines Kind«, setze ich nach.

Diese Ruhe, die er ausstrahlt, bringt mich auf die Palme.

»Ihr Männer – So pauschal kannst du das nicht sagen. Ich würde vorschlagen, du entspannst dich erst mal.«

»Ich will aber nicht! Du bist besserwisserisch und übergriffig.«

Paul drückt auf den Knopf am Lenkrad. »Spiel Santiano ›Auf nach Californio‹.«

»Spielst du nicht!«

Paul macht das Radio wieder aus. »Okay, aber dann sagst du mir ausführlich, was ich falsch gemacht habe.«

Ich verschränke die Arme. »Dass wir überhaupt in das Geschäft gegangen sind, war ein Fehler.«

Auf Pauls Stirn bildet sich eine senkrechte Falte. »Finde ich nicht. Es ist doch super gelaufen. Ich weiß nicht, was du hast. Sylke hat ganz schön große Augen bekommen.«

Ich schüttle den Kopf. »Der Ring ist viel zu protzig, Mia wird ihn nicht mögen.«

Paul hält in der nächsten Parkbucht. »Er sieht toll aus. Und dabei bin ich bestimmt nicht für Frauen, die wie Christbäume aussehen. Willst du nun authentisch rüberkommen, oder nicht?«

»Aber deswegen muss ich nicht gleich zu Jan zum Abendessen.«

»Warum nicht? Wirkungsvoller geht's doch gar nicht.«

»Weil ich schon sein süffisantes Grinsen vor mir sehe.«

»Die Gefahr halte ich für ziemlich klein. Sylke wirkt nicht gerade, als würde sie im siebten Himmel schweben. Denk an die Katze in der Kiste.«

»Will ich aber nicht! Es könnte auch eine räudige Katze im Sack sein. Ich würde lieber erst die Lage checken. Es muss doch nicht alles gleich sofort sein.«

Paul legt frustriert die Stirn aufs Lenkrad.

»Ich wollte nur die Gelegenheit nutzen.« Er hebt den Kopf und sieht mich an. »Heute sind wir ja erst mal …« Paul liftet die Brauen. »Ja, wo sind wir eigentlich?«

Mir geht auf, dass ich mich gar nicht zu Hause angekündigt habe. Himmel, was bin ich durch den Wind! Sicher hat das damit zu tun, dass ich Paul mitgenommen habe. Mitnehmen musste.

»Keine Ahnung, zur Not übernachten wir im Beach Hotel«, knurre ich. »Fahr endlich weiter!«

Paul brummt unwillig. Klar, ich nerve ihn, aber das beruht auf Gegenseitigkeit. Immerhin rollt er wieder los. Sehr langsam – zu langsam.

»Wieso eierst du so dahin? Das macht mich wahnsinnig!«, bricht es aus mir heraus.

»Weil ich sonst zwischendurch laden muss, dann sind wir auch nicht schneller«, knurrt er zurück.

Es kocht in mir und ich weiß nicht einmal warum, denn eigentlich hat Paul recht. Mit allem. Und irgendwann muss ich mir Katze Nummer zwei sowieso genauer ansehen.

Jetzt fängt es auch noch an zu regnen. Fette Tropfen prasseln auf das Autodach, die Scheibenwischer starten. Sie sind lauter als das Auto.

»Spiel ›It never rains in California‹«, reißt mich Paul auf einmal aus den Gedanken.

Er schmettert los und die Wischer quietschen dazu.

Ich atme tief durch und versuche zu überleben. Mit an die Nackenstütze gelehntem Kopf starre ich auf die Landschaft. Sie ist ein vertrauter Anblick. Dunkle Regenwolken schütten ihren Inhalt hemmungslos aus und hüllen den Horizont in eine blickdichte Suppe.

Als Paul dann ›California Dreaming‹ hört, möchte ich mir am liebsten die Ohren zuhalten.

»Komm schon, Luise. Sing mit, sonst bekommt deine schlechte Laune Oberhand.«

»Die hat sie jetzt schon«, grummle ich.

»Es ist Zeitverschwendung, sich über Dinge zu ärgern, die du sowieso nicht ändern kannst.«

»Aber du hättest sie ändern können«, murre ich und sehe aus dem Fenster.

»Das mit der Einladung ist wie mit einem Pflaster, wenn du's schnell abreißt, tut's weniger weh. Ruf deine Eltern an, sie werden sich freuen. Auch wenn sie überrumpelt sind, werden sie es sicher nicht zeigen. Mensch Luise, sie haben dich zwei Jahre nicht gesehen!«

Ich seufze. »Du hast ja recht.«

Paul hält am Straßenrand und sieht mich ernst an.

»Wieso bleibst du schon wieder stehen?«, gifte ich.

»Wovor hast du denn jetzt noch Angst?«

Angst? Ja, ich habe Angst, mein Herz pocht heftig in der Brust. »Ganz ehrlich? Ich weiß es nicht. Wahrscheinlich vor diesen Lügen, das ist nicht meine Art.«

»Mach dir keinen Kopf. Wir werden sehen, wer am Ende mehr lügt … Und dann haben wir ja auch noch einen Auftrag zu erfüllen. Du schaffst das schon, ich helfe dir«, tröstet er mich mit seiner sanften, tiefen Stimme. Sie hat ein Timbre, bei dem ich mich geborgen fühle. Und eigentlich war sein Auftritt beim Juwelier ziemlich überzeugend, selbst für mich. Ich verspüre das Bedürfnis, mich an seine Schulter zu lehnen.

Ich schlucke.

Wie viel mache ich mir gerade vor? Entwickle ich etwa unerwartete Gefühle für Paul? Habe ich womöglich davor Angst? Das kann doch nicht sein, immerhin begegnen wir uns seit zwei Jahren fast täglich. Allerdings habe ich ihn auf dieser Fahrt von einer ganz anderen Seite kennengelernt als im Arbeitsalltag der Firma.

Und wie viel werden Sylke und Jan uns vormachen?

Es hilft nichts, Paul hat mal wieder recht, ich muss die Kiste mit der Katze öffnen.

Ich nicke einsichtig.

Er lächelt aufmunternd und fährt wieder los.

»Meinen Eltern etwas vorzumachen, verursacht mir trotzdem Bauchschmerzen«, beharre ich.

»Ja, das ist blöd«, bestätigt er und sieht mich an. »Aber überleg mal, was die Alternative ist. Du müsstest erklären, was für eine Show du für Jan abziehst. Irgendwann würden er und Sylke es erfahren. Wie wirkt das dann?«

»Wohl eher lächerlich«, überlege ich laut. »Aber ungeschehen kann man den Auftritt beim Juwelier nicht machen. Ich glaube, ich hasse dich dafür.«

»Du wirst mir am Ende dankbar sein.«

»Wieso das denn?«

»Weil ich dich nach zwei Jahren ein bisschen kenne. Diese Krücke hilft dir, das wird sich bald zeigen. Vertrau mir.«

Er redet mich schwindelig. Offensichtlich hat er sich mehr mit meinem Charakter auseinandergesetzt als ich selbst. »Du redest wie ein Psychologe.«

»Na ja, in der Werbebranche kommt man ohne Psychologie nicht aus, wie du weißt.«

»Ja, schon. Aber was hat das mit mir zu tun? Ich kann dir nicht folgen.«

»Kurz gesagt: Entscheide dich, was du willst, und steh dazu. Mir persönlich wird es nicht schwerfallen, vor deinen Eltern den Verlobten zu spielen. Die Frage ist doch: Wie viel verlangt es dir ab, das wirklich überzeugend rüberzubringen? Oder solltest du deine Eltern lieber einweihen? Kannst du einschätzen, wie sie reagieren?«

»Das frage ich mich auch«, antworte ich erschöpft. »Im Grunde ist mir diese Show zuwider. Wenn meine Eltern davon wüssten, würde ich mich schämen.«

»Wir können uns ja gegen Ende unseres Aufenthaltes streiten, wenn du das willst. Dann käme eine Trennung nicht überraschend«

Mein Hirn ist wie leergefegt. Zu seinem Vorschlag gibt es wohl kaum eine bessere Alternative. Ich wusste gar nicht, dass er so ein guter Verkäufer ist.

»Aber dann müssen wir vorher Grenzen abstecken. Das mit dem Kuss vorhin …«, krächze ich hilflos.

Paul sieht grinsend zu mir herüber. »War er nicht überzeugend genug?«

»Doch, aber das geht nicht«, versuche ich, mich rauszureden.

»Ekelst du dich vor mir?«

Nein, das ist es ja gerade!

»Das können wir doch nicht …«, stammle ich.

»Warum nicht? Du nimmst doch kein Geld dafür und ich auch nicht, dann ist es doch in Ordnung.«

»Sehr witzig.«

»Okay, dann küssen wir uns nur, wenn es unbedingt nötig ist. Einverstanden?«

Und woher wissen wir, dass es das ist? Wobei, er hat mal wieder recht. So ganz ohne Küssen kommen wir nicht glücklich genug rüber. Ein mulmiges Gefühl macht sich in meinem Bauch breit.

»Bleibt mir etwas anderes übrig?«, ergebe ich mich seufzend.

Sein Gesicht hellt sich auf. »Dann solltest du schnell deine Eltern informieren«, erwidert er gut gelaunt.

»Mach ich«, antworte ich und überlege, ob ich anrufe oder lieber schreibe.

Nein! Keine Feigheit vor dem Feind. Ich werde mit ihnen sprechen.

»Mama?«

»Luise? Was ist los? Du rufst doch sonst nicht um diese Zeit an«, meldet sie sich.

»Ich hatte … vergessen dich zu informieren. Ich bin beruflich hier in der Gegend, deshalb komme ich vorbei und bringe einen Kollegen mit.«

»Was?«

»Habt ihr keine Zeit? Ich kann auch ins Beach Hotel gehen oder sonst irgendetwas finden.«

»Nein … doch, meine ich. Natürlich sind wir da. Wo sollten wir sonst sein?«

»Dann kommen wir in einer halben Stunde. Tschühüss!« Hastig lege ich auf.

Paul kraust die Stirn. »Kollegen?«

»Wieso nicht? Bist du doch auch. Ich kann ja wohl mit einem Kollegen verlobt sein, nicht wahr?«

»Hm, vielleicht war das mit der Fake-Verlobung doch keine so gute Idee«, brummt er.

»Sag ich ja die ganze Zeit, aber ein Zurück ist wohl unmöglich. Lass uns die Show einfach genießen.«

»Das ist mein Mädchen!«, antwortet Paul zufrieden. »Du weißt ja, ist der Ruf erst ruiniert …«

»Lebt es sich ganz ungeniert«, ergänze ich.

»Angeblich hat der Kabarettist Werner Kroll diese Lebensweisheit um 1945 genau so das erste Mal bei einem seiner Auftritte gesagt. Also zu Kriegsende. Interessant nicht?«, gibt er zum Besten.

Und ich weiß wieder, warum ich so oft ein Augenrollen unterdrücke. Ich hasse diese Klugscheißerei.

»Das passt. Im Krieg und in der Liebe ist ja angeblich alles erlaubt«, antworte ich mühsam.

Paul verreißt fast das Lenkrad, als er sich zu mir wendet.

»Liebst du deinen Jan etwa noch?!«

»Er ist nicht mein Jan und nein, ich glaube nicht.«

»Du glaubst?«

»Bist du etwa eifersüchtig?«, frage ich lachend.

Er grinst. »Ich? Auf Jan? Ich kenne weder ihn noch diese Sylke.«

»Okay, wenn du es so siehst, wäre es eher neidisch, nicht eifersüchtig«, stelle ich fest und muss innerlich grinsen. Anscheinend ist dieses analytische Betrachten von Gefühlen auf die Dauer ansteckend.

»Ach, stimmt. Nein, neidisch bin ich bestimmt nicht. Diese Sylke ist absolut nicht mein Fall. Ich bin mittlerweile echt auf deinen Jan gespannt.«

»Er ist nicht *mein* Jan.«

»Hoffentlich«, erwidert er amüsiert.

Es ist auf einmal alles so leicht. Warum nehme ich es nur immer so schwer?

Paul drückt erneut auf den Knopf am Lenkrad. »Spiel Santiano, ›Auf nach Californio‹.«

Er zwinkert und ich muss lächeln. Wie hat er es bloß geschafft, dass ich mich wieder gut fühle?

8

DÖNKES

Auch auf dem letzten Stück der Tour erfordert Pauls betont entspannte Fahrweise all meine Geduld. Aber irgendwann haben wir es doch geschafft und wir erreichen unseren Hof. Durch die lange Abwesenheit fällt mir erst richtig auf, wie hübsch unser altes reetgedecktes Bauernhaus mit seinem Fachwerk und den roten Backsteinen ist. Auf den Fenstersimsen stehen bunte Blumenkästen, Mama hatte schon immer ein Händchen dafür.

Eine Katze verschwindet im Stall, aus dem das Muhen der Kühe dringt. Die Tiere halten die Mäuse aus den Hofgebäuden. Ich muss schmunzeln, denn sie erinnert mich an Schrödingers Katze. Paul scheint dasselbe zu denken, denn er grinst und zwinkert mir zu.

Meine Eltern kommen beide aus dem Haus. Sofort fällt mir auf, dass sie mehr graue Haare bekommen haben als man beim Skypen sieht. Sie wirken beide ziemlich erschöpft und haben dunkle Ringe unter den Augen. Was ist hier denn los? Sofort überfällt mich mein schlechtes Gewissen, weil ich mich wirklich mehr um meine Familie kümmern könnte.

Meine Mutter strahlt und umarmt mich.

»Was für eine schöne Überraschung! Ich freue mich ja so, dass du uns endlich mal wieder besuchen kommst.«

Papa hat Malerklamotten an und ist voller Farbflecke. »Ik mok dat bedder nich«, sagt er und streckt mir den relativ sauberen Ellenbogen entgegen. »Moin, mien Deern.«

Im Gegensatz zu meiner Mutter spricht mein Vater öfter Plattdeutsch. Er hat es in jungen Jahren in seiner Familie noch getan, meine Mutter nicht. Verstehen tut sie allerdings alles, ich auch. Beim Sprechen stammeln wir jedoch rum.

»Ihr renoviert?«, frage ich erstaunt.

»Joh«, erwidert er in typisch norddeutscher Einsilbigkeit.

»Die Gästezimmer haben es dringend nötig«, erklärt Mama, als ob es ihr peinlich wäre.

»Das ist doch schön«, antworte ich.

»Dein Kinderzimmer wollen wir jetzt endlich auch zu einem Gästezimmer machen. Genauer gesagt, soll es ein Spielzimmer für die Familien mit Kindern werden. Wenn wir gewusst hätten, dass du kommst, hätten wir damit noch ein paar Tage gewartet. Ihr müsst in einem Gästezimmer schlafen, das schon fertig ist.«

Ich streichle beschwichtigend ihren Arm. »Das ist doch kein Problem.«

Meine Eltern blicken zu Paul, der tritt vor und streckt seine Hand aus.

»Ich bin Paul. Luises Kollege … und Verlobter«, stellt er sich selbst vor und betont den letzten Teil besonders eindrücklich.

Mit staubtrockenem Mund beobachte ich die Szene.

Meinen Eltern klappt die Kinnlade herunter, synchron schnappen sie überrascht nach Luft.

»Verlobter?!«, entfährt es ihnen im Chor.

Meine Mutter schlägt die Hände an die Wagen. »Wieso hast du uns das denn nicht gesagt? Dann hätte ich die Betten in einem Doppelzimmer bezogen.«

»Weil es noch ganz frisch ist«, antworte ich mit einem mulmigen Gefühl im Bauch. Gleichzeitig bin ich natürlich froh, dass wir Einzelzimmer bekommen. »Das macht gar nichts.«

»Ich mache euch gleich ein neues fertig. Wenn wir das gewusst hätten, hätten wir uns auch zur Begrüßung etwas anderes einfallen lassen als Kartoffelpuffer«, erwidert sie mit einem Hauch Enttäuschung in der Stimme.

»Kartoffelpuffer?«, fragt Paul.

»Reibekuchen. Mein Lieblingsgericht, als ich noch ein Kind war«, erkläre ich.

»Oh, lecker«, sagt Paul erfreut. »Ich habe einen Bärenhunger.«

»Na dann, ich bin Rieke«, stellt sich meine Mutter vor.

»Freut mich, dich kennenzulernen, Rieke«, antwortet Paul mit seinem gewinnenden Lächeln.

Diese Grübchen sind aber auch zu süß und lassen ihn so harmlos wirken.

»Ich bin Steffen«, schließt sich mein Vater an. »Moin, Paul.«

Meine Eltern sind nicht nur froh, dass es anscheinend einen neuen Mann in meinem Leben gibt, man merkt sofort, dass sie Paul auch sympathisch finden. Jan mochten sie nie und erst recht nicht, nachdem meine Beziehung mit ihm in die Brüche gegangen war.

»Kommt rein und erzählt uns alles«, lädt Mama uns ein.

»Warum wünscht dein Vater uns eigentlich einen guten Morgen?«, raunt Paul mir zu.

»Weißt du denn nicht, dass man ›Moin‹ hier zu jeder

Tageszeit sagt?«, flüstere ich erstaunt zurück, schließlich checkt er sonst immer alles. »Ich dachte, das ist bekannt. Ebenso, dass ›Moin, Moin‹ nur Schwätzer sagen.«

Paul nickt. »Gut zu wissen.«

Ich frage mich, wie ernst er meine Antwort genommen hat.

Seine Miene verrät nichts, er sieht sich in unserer Küche um. Dass hier noch der hübsche, alte Küchenschrank mit den Gardinen hinter den Scheiben steht, hat nicht nur nostalgische Gründe. Alles mit modernen Küchenmöbeln auszustatten wäre teuer gewesen.

»Ich zieh mich mal um«, sagt Paps, dreht sich um und winkt.

»Setzt euch«, bittet meine Mutter und zeigt zur Eckbank mit dem massiven Eichenholztisch und ein paar Stühlen davor. Der Tisch ist schon mit dem alten Friesenmuster-Geschirr eingedeckt. Mama legt ein Set für Paul hinzu. Sie geht zum Herd, stellt die Pfanne darauf und schaltet die Platte an.

»Luise nimmt immer Apfelmus auf die Puffer. Du auch, Paul?«

»Habt ihr Kraut?«

»Sauerkraut?«, fragt sie irritiert.

»Nein, Rübenkraut oder Zuckerrübensirup«, übersetze ich.

»Ach so, ja, haben wir.« Sie geht zum alten Küchenschrank, dem Schmuckstück unserer Küche, holt einen Topf heraus und stellt ihn mit einem freundlichen Lächeln auf den Tisch.

»Und ihr seid Kollegen und seit neuestem verlobt?«, kann sie ihre Neugier nicht mehr länger zügeln.

»Jup.«

Paul nimmt stolz meine Hand und dreht sie so, dass der Ring aufblitzt.

Ich ringe mir mit Mühe ein Lächeln ab.

»Oh, zeig mal. was für ein schöner Ring!« Die Augen meiner Mutter funkeln für einen Augenblick stärker als das Schmuckstück.

Inzwischen kommt mein Vater wieder herein.

»Ist das gewollt, dass die Pfanne raucht?«, grummelt er.

»Ach, du meine Güte!«, entfährt es meiner Mutter.

Eilig hastet sie zum Herd, schiebt die Pfanne von der Platte und wechselt das Fett.

»Sieh dir mal diesen Verlobungsring an, Steffen. Da meint es aber einer ernst«, sagt sie, während sie kleine Teigfladen einfüllt.

Oh Mann, wie peinlich! Am liebsten würde ich im Erdboden versinken, weil ich vor meinen Eltern so eine Schmierenkomödie abziehe. Was hat mich nur geritten, auf Pauls Vorschläge einzugehen? Er kann Quatschen wie ein Versicherungsvertreter. Offensichtlich habe ich ihn unterschätzt, was nur daran liegen kann, dass er sich auf der Arbeit eher als Idiot verkauft.

Paps setzt sich.

»Denn wies mol dat Prachtstück.«

Er nimmt meine schmale in seine große, raue Hand, die von der vielen Arbeit gezeichnet ist, und dreht sie im Licht. Der Stein funkelt und glitzert in einer Faszination, der sich wohl niemand entziehen kann.

»Oha! Dat nenn ik mal'n Klunker.«

»Wennschon, dennschon, dachte ich«, erklärt Paul stolz. »Luise wollte ihn gar nicht, sie ist immer so bescheiden. Aber dieser Sylke sind die Augen herausgefallen, allein das war es wert.«

Mama dreht sich mit großen Augen um. »Ihr habt ihn bei dem Juwelier gekauft, bei dem Sylke arbeitet?«

Oh Mann, Paul ist kein besonders abgebrühter Lügner, sonst wäre ihm das jetzt nicht passiert. Ich hätte es wissen müssen.

»Das mit dem Verlobungsring war wirklich sehr spontan und es war Pauls Idee, nachdem ich ihm die Geschichte mit Jan erzählt habe«, erkläre ich eilig. Es kommt mir sogar recht flüssig über die Lippen, denn es ist im Prinzip nicht einmal gelogen.

»Sehr, sehr spontan. Ich war noch gar nicht dazugekommen, einen Ring zu kaufen, als dieser Arbeitsauftrag für uns reinkam. Aber im Kopf hatte ich es schon lange.«

Ich nicke eifrig.

»Na ja, und ich sagte zu Luise, dass ich ja wohl kaum bei Ihnen um ihre Hand anhalten kann, wenn ich keinen ordentlichen Ring habe.«

Um meine Hand anhalten? Hilfe, ist das peinlich! Außerdem habe ich ihn doch schon am Finger.

»Wollten wir uns nicht duzen?«, wirft meine Mutter dazwischen.

Ich habe das Gefühl, dass gleich alles aus dem Ruder läuft. Mein Gesicht wird heiß. Um jegliche Regung zu verbergen, ziehe ich die Mundwinkel hoch.

Paps sieht mich irritiert an.

»Ik denk, dat mit den Verloven mutt Luise sülvs entscheeden.«

»Natürlich muss sie das, aber es ist doch eine schöne Geste für den Einstand«, wirft meine Mutter ein.

Was soll ich jetzt nur dazu sagen?

»Also ich wäre auch mit einer Nummer kleiner zurechtgekommen. Eigentlich ist mir der Ring zu –«

»Gefällt er dir nicht?«, fragt meine Mutter überrascht und stellt den ersten Teller mit Puffern auf den Tisch.

Um von dem Thema abzulenken, greife ich schnell mit meiner Gabel zu.

»Luise, hast du bei uns denn gar kein Benehmen gelernt? Erst unser Gast«, tadelt mich meine Mutter.

Der Puls pocht in meinen Schläfen. Wie schaffe ich es nur, dass dieses Gespräch weniger peinlich verläuft? Die Verlobung herunterzuspielen ist wohl die falsche Taktik.

»Aber ich gehöre doch so gut wie zur Familie, da können wir solche Höflichkeitsrituale einfach lassen. Dann fühle ich mich, ehrlich gesagt, auch wohler«, rettet mich Paul, schiebt sich einen Puffer auf den Teller und ertränkt ihn in Zuckerrübensirup. »Früher habe ich mich immer gefragt, warum dieses schwarze Zeug Goldsaft heißt«, plappert er gutgelaunt, während er sich ein Stück von seinem Pufferabsäbelt und es noch einmal dick eintunkt, bevor er es in den Mund nimmt.

Mein Vater beobachtet ihn fasziniert. »Und ihr habt euch auf der Arbeit kennengelernt?«, erkundigt er sich.

Paul schaut irritiert auf. Wahrscheinlich weil mein Vater ihn auf Hochdeutsch angesprochen hat. Er kaut gehetzt und schluckt seinen Bissen rasch herunter.

»Ja, ich habe sie eingestellt«, verkündet er stolz. »Sie hat mir gleich so gut gefallen.«

»Ach, dann bist du ihr Chef?«, fragt mein Vater hartnäckig weiter.

»Nein, so etwas haben wir nicht, höchstens Gruppenleiter oder Fachvorgesetzte. Wir sind in der Beziehung keine konventionelle Firma«, antwortet Paul.

»Genau, eher eine Anstalt«, bestätige ich kauend.

Auweia, ich rede auch viel dummes Zeug.

»Anstalt?«, wiederholt meine Mutter entsetzt und stellt den nächsten Teller hin. »Davon hast du nie was erwähnt. Überhaupt hast du nicht viel erzählt.«

Ich schlucke. »Ich weiß, tut mir auch leid, aber ich musste meine Wunden lecken und wollte erst mal die drei Affen machen.«

»Was?«, fragen meine Eltern im Chor.

»Kennt ihr nicht die drei Affen? Nichts hören, nichts sehen, nichts sagen.«

»Doch, aber in einem anderen Zusammenhang«, erwidert mein Vater und mustert mich skeptisch.

Na prima, jetzt werde ich noch nervöser.

»Genau. Es ist doch traurig, dass du dich verlobst, ohne dass wir etwas davon ahnen«, betätigt meine Mutter.

»Ja, das stimmt. Ich war einfach nicht gut drauf. Und es war wirklich kurz entschlossen, genau wie die ganze Beziehung«, gestehe ich und senke den Kopf. Vielleicht sieht man dann nicht so sehr, wie meine Wangen glühen.

»Von einem Freund hast du uns auch nie was erzählt«, tadelt mein Vater.

»Das habe ich mir lange und gründlich überlegt. Paul ist ja doch irgendwie mein Chef. Und warum sollte ich die Pferde scheu machen? Ich bin ein gebranntes Kind«, murmle ich verlegen und schnappe mir einen neuen Puffer.

»Es war ein hartes Stück Arbeit, sie zu überzeugen, dass ich der Richtige für sie bin«, verteidigt mich Paul und kann sich ein triumphierendes Grinsen nicht verkneifen.

»Und wie lange seid ihr schon zusammen?«, erkundigt sich mein Vater.

»Ein Jahr«, antwortet Paul.

»Ein halbes Jahr … knapp«, sage ich im gleichen Moment.

Fuck!

Heiße Schauer laufen mir über den Rücken. Warum haben wir nicht wenigstens solche elementaren Dinge abgesprochen?

Wir sehen uns an. Ich beiße auf meine Lippe. Wenn das so weitergeht, reden wir uns um Kopf und Kragen.

Paul grinst. »Na ja, vielleicht war bei mir zuerst der Wunsch Vater des Gedankens. Offensichtlich hat Luise manche Dinge anders gesehen als ich, und die erste Zeit nicht ganz so ernst genommen.«

Puh, gut gerettet!

Hoffentlich sieht man den Schweiß nicht, der auf meine Stirn getreten ist.

»Ja, wir haben ziemlich lange nur etwas zusammen unternommen.«

Paul legt den Arm um mich. »Bis auf den Zwischenfall auf der Weihnachtsfeier. Weißt du noch?«

Ich schnappe nach Luft. Kann er nicht endlich vom Eis gehen? Was ist eigentlich damals auf meiner ersten Weihnachtsfeier bei GET SMARTER geschehen? Ich hatte definitiv zu viel getrunken und konnte mich am nächsten Tag nicht mehr an alles erinnern – wollte es auch nicht.

»Das ist doch lange her, Schatz. Es passiert so viel auf Weihnachtsfeiern«, erwidere ich zuckersüß.

»Ja, erst recht, wenn Ben den Punsch ansetzt.«

»Du hest toveel dronken?«, fragt mein Vater.

»Der Punsch war wirklich gemein. Alle, die davon getrunken haben, hatten einen sitzen«, versucht Paul, seinen Sturm im Wasserglas abzuschwächen.

»Nun redet schon, wie seid ihr dann zusammengekommen?«, fragt meine Mutter und setzt sich, nachdem sie noch einen vollen Teller mit Puffern hingestellt hat.

»Es war auf eben dieser letzten Weihnachtsfeier. Wir

hatten, wie bereits erwähnt, oft Zeit zusammen verbracht. Als ich Luise so gegenübergesessen bin, wusste ich auf einmal, dass sie meine Traumfrau ist. Lass uns heiraten, habe ich da gesagt«, prescht Paul vor.

Ich schnappe nach Luft.

»Ach, daran kann ich mich sehr wohl noch erinnern. Aber ich habe es nicht für voll genommen«, antworte ich mit unterdrücktem Ärger. Am liebsten würde ich ihm stecken, dass er endlich die Klappe halten soll.

Doch das ahnt er sicher schon, denn er hebt einen Mundwinkel.

»Das habe selbst ich kapiert. Und deshalb habe ich meine Chance genutzt und sie auf der Fahrt gefragt, ob sie nicht doch ernst machen will, um Jan neidisch zu machen «, gibt er zurück.

Oh du Döskoppl!

»Watt et nich all gift.« Mein Vater schüttelt den Kopf.

Ich winke ab. »Quatsch! Glaubt nicht alles, der schnackt Dönkes.«

»Hör mal, natürlich habe ich es nicht ernst genommen, aber ich weiß ja, dass immer etwas Wahrheit im Punsch steckt. Besonders in Bens«, entrüstet sich Paul scherzhaft. »Nein, Spaß beiseite. Natürlich konnte ich das nicht glauben, aber durch ihre Reaktion wusste ich, dass ich nicht aufgeben darf.«

»Sehr gut. Du bist sicher die verlässliche Stütze, die Luise braucht«, bemerkt meine Mutter, steht auf und backt weiter Puffer.

Ich schlucke. Was sage ich jetzt bloß? »Stütze? Ich habe meine eigenen Beine, ich bin erwachsen und selbstständig.«

»Aber zu einem Liebesgeständnis hast du dich dann doch hinreißen lassen«, schiebt Paul dazwischen.

Es kocht in mir. Kann er nicht endlich Ruhe geben?!

»Habt ihr nicht eben gesagt, dass alles sehr schnell ging?«, fällt meinem Vater plötzlich auf.

»Ja, mit der Verlobung. Das war, als ich das erste Mal gefragt hatte. Natürlich hat sie da Nein gesagt. Weil es auch unser erstes Mal war, da kann man ja nicht gleich …« Pauls Stimme sinkt.

Wird auch Zeit, dass er endlich merkt, in was er uns da reingeritten hat.

Oder macht er das mit Absicht? Es wird schwer, aus dieser Peinlichkeit einigermaßen würdevoll herauszukommen. Ich muss unbedingt ein ernstes Wörtchen mit ihm reden.

Meine Eltern sehen von einem zum anderen.

»Zu viel Information«, brummt mein Vater.

»Sei doch nicht so, Steffen«, wirft meine Mutter ein.

»Wie bin ich denn?«

»Du bist doch sonst nicht so … altmodisch.«

»Warum nicht? Immerhin bin ich aus dem letzten Jahrhundert, da darf ich das«, erwidert er augenzwinkernd.

»Wir doch auch«, ergänzt Paul und zwinkert ebenfalls. »Deshalb halte ich ja auch nachträglich um Luises Hand an«, flötet er und wendet sich mir mit einem zuckersüßen Lächeln zu.

Mir gelingt nur ein Zähneblecken.

»Ist ziemlich heiß hier, findet ihr nicht?« Hastig wedle ich mit der Hand. Hoffentlich bemerkt niemand, dass mein Kopf seit längerem einer Tomate gleicht.

»Ja, wirklich«, bestätigt Paul und zupft an seinem Shirt herum.

»Ich mach mal das Fenster auf«, sagt meine Mutter.

Papa sieht mich an und schüttelt ungläubig den Kopf.

»Mien lüdde Deern is wedder verlobt, dat sund jo Norichten.«

Obwohl das nicht so klingt, als würde er denken, ich wäre blöd, dass ich mich noch einmal auf so etwas einlasse, habe ich das Gefühl mich rechtfertigen zu müssen. Wann hört das endlich auf?

»Na ja, das mit der Verlobung haben wir uns nicht umsonst erst auf der Fahrt überlegt«, versuche ich, das Thema abzuschließen. »Aber erzählt lieber, was es hier so Neues gibt. Wie genau wollt ihr die Zimmer renovieren? Warum habt ihr mich nicht gefragt? Ich hätte euch doch beraten können.«

Dieses Thema scheint wiederum meinen Eltern nicht zu gefallen.

»Wir machen das so, wie es das Budget hergibt. Die Buchungen werden mit jedem Jahr weniger. Man muss einen gewissen Komfort bieten und da sieht es bei uns nicht so gut aus, aber Renovierungen sind teuer«, windet sich Mama, dreht sich wieder zum Herd und wendet eine weitere Ladung Puffer.

»Wir haben ein paar Kühe verkauft, denn durch die Trockenheit ist das Futter teurer geworden. Unser eigenes hat nicht ausgereicht. Unser Hof ist nicht groß genug … oder zu blöd«, murmelt mein Vater.

»Wir hätten vor Jahren auf Bio umstellen sollen«, bemerkt meine Mutter.

»Dann hätten wir jetzt dasselbe Problem. Aber lass uns das jetzt nicht vor dem Kind ausdiskutieren«, knurrt er zurück.

Paul sieht von seinem Teller hoch. »Braucht ihr Hilfe?«, fragt er kauend und schluckt runter. »Ich liebe es, zu renovieren.«

Ich stoße verärgert gegen seinen Unterschenkel. »Schon vergessen? Wir müssen hier für die Firma arbeiten.«

Mein Pseudoverlobter sieht mich entsetzt an.

»Was ist das denn für eine Arbeit?«, fragt Mama.

»Wir müssen uns ein paar Dinge ansehen und planen. Eigentlich haben wir keine Zeit länger zu bleiben«, antworte ich nervös.

Paul zuckt mit den Schultern.

»Aber nicht doch, Zeit muss man sich nehmen. Schließlich haben wir keine Vorgabe von Ben bekommen. Vorrübergehend können wir doch helfen, oder nicht?«

Plötzlich komme ich mir egoistisch vor. »Ich weiß nicht …«

Ratsuchend sehe ich zu meinen Eltern, die scheinen auch nicht zu wissen, was sie davon halten sollen.

»Wir sollten uns die Sache zumindest ansehen und dann entscheiden, was wir tun können«, schlägt Paul vor.

»Heute nicht mehr. Morgen, okay?«, lenke ich ein, mir bleibt schließlich nichts anderes übrig.

Paul nickt. »Gut. Dann reden wir jetzt nicht mehr so viel, sondern essen. Die Puffer werden kalt.«

Meine Mutter stellt den Herd aus und den letzten Teller auf den Tisch, bevor sie sich auch etwas nimmt.

»Soll ich noch welche für dich backen, Mama? Ich bin schon satt«, biete ich an.

Sie schüttelt den Kopf. »Nein, danke. Ich habe nicht so viel Hunger.«

Ich mustere sie genauer. Sie könnte abgenommen haben, auf jeden Fall sah sie schon mal entspannter aus. Ob mein Weggehen an ihr genagt hat? Mein schlechtes Gewissen kocht hoch, ich weiß nicht, was ich sagen soll. Es wird nicht mehr viel gesprochen, bis alles aufgegessen ist.

Wahrscheinlich wollen beide Seiten unliebsame Themen vermeiden.

»Das hat ganz wunderbar geschmeckt. Die Puffer waren so schön knusprig. Vielen Dank, ich bin pappsatt«, meint Paul und schiebt seinen Teller ein Stückchen von sich.

»Ja, hat sehr gut geschmeckt, Mama«, bestätige ich.

»Das freut mich«, antwortet sie lächelnd.

»Mag jemand einen Kurzen? Nicht nur fetter Fisch, alles fettige Zeug muss schwimmen. Nicht wahr?« Paps blickt fragend in die Runde.

»Muss das sein?«, entgegnet meine Mutter genervt.

»Du brauchst ja nicht. Allerdings würde ich es dir empfehlen, vielleicht entspannst du dich dann ein bisschen«, kommt knurrend die Antwort.

»Nein, danke«, unterbreche ich hastig den Streit.

Offensichtlich scheint Papa mehr zu trinken, als gut für ihn ist. Weil ich weg bin? Aber nein, das kann ich mir nicht vorstellen. Geldsorgen? Ich hätte nicht so egoistisch sein dürfen, und mich mehr für meine Eltern interessieren müssen.

»Och! Willst du nicht mal auf deine Verlobung anstoßen?«, entfährt es meinem Vater.

»Ich hätte gern ein Bier«, wirft Paul plötzlich dazwischen. »Habt ihr das mit dem Plopp? Das kommt doch hier aus der Gegend.«

»Joh!«, ruft mein Vater begeistert und steht auf. »Möchte noch jemand etwas trinken?«

Mir wird bewusst, dass wir den ganzen Tag nur wenig getrunken haben.

»Ja, ich nehme auch eines«, sage ich und verdränge die Frage, ob Alkohol das richtige ist, um den Durst zu löschen.

Mama schweigt beharrlich, das gefällt mir gar nicht. Wahrscheinlich ist es wirklich gut, wenn wir morgen beim Renovieren helfen, dann habe ich vielleicht Gelegenheit, mit ihr allein zu sprechen.

»Wir können ja nach draußen auf die Terrasse gehen und das Bier in der Abendsonne trinken. Die lässt sich nämlich gerade blicken«, schlägt mein Vater vor.

»Gute Idee«, freut sich Paul.

9

ENJOY THE SHOW, BABE

»Erst mach ich euch das Doppelzimmer fertig«, bestimmt meine Mutter.

Das ist schon eine gute Gelegenheit, mit ihr allein zu sein!

»Ich helfe dir«, biete ich an.

»Und ich räume die Küche auf«, schlägt Paul vor.

»Eck go mal in'n Keller und hol wat to drinken«, informiert uns mein Vater.

Wir machen uns auf den Weg ins große Gästezimmer.

»Was ist los bei euch? Irgendetwas stimmt doch nicht, das sieht ein Blinder«, stelle ich meine Mutter beim Bettenbeziehen zur Rede.

lässt das Kissen sinken. »Es ist nichts, was nicht eben schon erwähnt wurde. Wir sind uns nicht einig darüber, wie es mit dem Hof weitergehen soll. Dabei kann uns niemand helfen.«

Ich kenne sie gut genug, um zu wissen, dass sie es so meint, wie sie sagt.

»Mir gefällt das nicht. Ihr hättet ruhig etwas erwähnen können.«

»Mir auch nicht. Aber dasselbe könnte ich auch zu dir sagen. Manche Entscheidungen muss man nun mal allein treffen. Es herrscht nicht immer Friede-Freude-Eierkuchen im Leben. Das wissen wir alle.«

Ich nicke. »Stimmt auch wieder. Aber ein bisschen mehr erfahre ich schon noch, ja? Ich will wissen, wann ich helfen kann. Warum habt ihr nicht früher was gesagt? Oder mal gefragt?«

»Du hast dein Leben, wir unseres. Und das ist gut so. Du weißt ja, wir wollen euch nicht in die Landwirtschaft zwingen. Wir haben uns noch nicht entschieden, wie es weitergehen soll. Es ist unsere Entscheidung.«

Auch wieder wahr.

Wie die Auffahrt zum Haus sind auch die Wege im Garten mit alten Pflastersteinen befestigt. Sie führen zu Blumen- und Gemüsebeeten, die mit niedrigen Buchsbaumhecken umrandet sind. In den Ritzen wuchern Moos und Unkraut, was dem leicht verwilderten Garten ein romantisches Flair gibt.

»Wow, ist das schön. Ein Bauerngarten wie aus dem Bilderbuch«, staunt Paul.

Ich frage mich, ob er sich damit anbiedern will, aber er scheint es ehrlich zu meinen.

»Setzt euch«, fordert uns mein Vater auf. Er hat unser Bier im Flaschenträger und ein Glas Wein für Mama in der Hand.

Meine Mutter kommt mit Polstern hinterher. »Wartet, das ist wärmer und es sitzt sich weicher.«

Die Vögel zwitschern ihr Abendkonzert. Ich atme tief durch und genieße den würzigen Duft der Kräuter und

Blumen in unserem Garten. Die Luft hier ist unbestritten besser als bei uns.

Unsere Plauderei bleibt seicht. Den Fragen über die Arbeit weiche ich aus. Ich habe keine Lust, daran zu denken. Meine Eltern erzählen, was es Neues aus dem Dorf gibt. Klatsch hat mich noch nie sonderlich interessiert, und jetzt, wo ich weg bin, langweilt er mich erst recht.

Als meine Mutter das bemerkt, wechselt sie das Thema. Nun schwärmt sie Paul von unserer Gegend vor. Für meine Eltern gibt es keinen schöneren Ort auf der Welt. Dabei sind sie noch nie weiter weg gewesen, denn die Tiere müssen ja jeden Tag versorgt werden. Paul interessiert sich sehr für ihre Geschichten.

»Musstest du dich bei meinen Eltern so anbiedern?«, zische ich, als wir im Schlafzimmer stehen.

Paul sieht mich verständnislos an. »Wieso habe ich mich angebiedert?«

»Weil du dich nicht nur mit deiner Hilfsbereitschaft, sondern auch mit der übertriebenen Schwärmerei bei meinen Eltern einschmeichelst. Ach, das ist ja alles so toll hier«, übertreibe ich mit wild fuchtelnden Armen seine Aussagen.

»Ich schmeichle mich nie ein und ich helfe gerne«, knurrt er.

» Schon mal daran gedacht, was passiert, wenn sie dich ins Herz geschlossen haben und wir uns dann ›trennen‹?«, frage ich und mache dazu die Gänsefüßchengeste.

»Soll ich etwa das Ekel spielen, damit sie erleichtert sind, dass wir uns ›trennen‹?«, erwidert er beleidigt und macht dabei ebenfalls Gänsefüßchenfinger.

Ich zucke ertappt zusammen, als es klopft. Mein Herz schlägt höher, denn unsere Stimmen klangen ziemlich gereizt und waren wahrscheinlich zu laut. Hoffentlich hat niemand etwas von unserer kleinen Auseinandersetzung mitbekommen.

»Ja?«, frage ich.

Meine Mutter steckt den Kopf durch die Tür. »Alles in Ordnung? Braucht ihr noch etwas?«

Ich atme heimlich durch. »Nein, danke. Oder, Schatz?«

»Ich glaube nicht. Ansonsten kann mir Luise sicher weiterhelfen«, antwortet Paul gelassen.

»Alles klar. Na dann, schlaft gut.«

Ihr Kopf verschwindet und die Tür schließt leise wieder.

»Können wir uns jetzt bitte etwas leiser weiter streiten?«, flüstere ich.

»Ich will mich überhaupt nicht zanken. Du musst mir nur erklären, warum ich deinen Eltern als Verlobter nicht gefallen darf.«

»Es war ein Fehler, das mit der Fake-Verlobung«, beharre ich und verschränke meine Arme vor der Brust.

»Und warum?«, fragt er genervt und ahmt meine Geste nach.

»Zum Beispiel, weil wir jetzt in einem Doppelbett schlafen müssen .«

Paul grinst. »Hast du etwa Angst vor mir? Oder vor deinen Gefühlen?«

»Träum weiter«, gifte ich.

»Genieß es doch einfach«, sagt er und zieht sich ungeniert aus, als ob wir ein altes Ehepaar wären.

»Kannst du mich nicht vorwarnen, wenn du dich entblätterst?«, grummle ich genervt.

»Belästige ich dich mit meinem Anblick?«, fragt er grinsend.

Die Muskeln seines Waschbrettbauchs spielen, während er die Hosen auszieht. Ich bin wie hypnotisiert von seinem durchtrainierten Körper und noch mehr von dem, was verdeckt, aber doch erkennbar ist. Ich schlucke beschämt, als mir klar wird, wie sehr ich ihn anstarre.

»Nur, weil wir für die Welt da draußen Verlobte spielen, müssen wir es hier im Schlafzimmer nicht auch tun. Du bringst mich auf die Palme«, stammle ich.

»Du hast aber schon mal einen Mann in Badehose gesehen, oder?«

»Natürlich, wieso?«

Paul stellt sich breitbeinig hin und streckt die Arme. »Weil dich offensichtlich mein Anblick in Unterhose, der ja nicht viel anders ist, verwirrt. Und ich frage mich, warum.«

»Das hättest du wohl gern«, knurre ich.

»Ist alles kostenlos und gehört zur Show, Babe«, kommentiert er zwinkernd.

Ich ärgere mich über meine mangelnde Coolness, das ist Wasser auf seine Mühlen. Eilig fange ich selber an, mich zu entkleiden, und stelle zufrieden fest, dass jetzt Paul seinen Blick nicht von mir lösen kann.

»Würdest du dich bitte umdrehen, während ich meinen BH ausziehe? Ich liefere keine kostenlose Show«, grummle ich.

»Dreh du dich doch um. Ein schöner Rücken kann auch entzücken«, gibt er unbeeindruckt zurück.

Ich knirsche mit den Zähnen. Wie konnte ich mich nur auf diesen Blödsinn einlassen? Es gibt tausende Filme und noch mehr Romane mit solchen Fake-Beziehungen. Hinterher sind die Protagonisten alle Pärchen. Ob Paul darauf spekuliert, dass unsere Scharade genauso ausgeht?

»Was wird das hier?«, echauffiere ich mich.

»Was meinst du?«, fragt er mit unschuldigem Grinsen. »Glaubst du, dass ich dich verführen will?«

»Pffft, zwecklos, das kannst du dir abschminken.«

»Da ich nicht geschminkt bin, kann ich mir auch nichts abschminken.«

Ich knirsche erneut mit den Zähnen. »Mach mich nicht wahnsinnig«, presse ich hervor.

Paul reißt die Augen auf. »Jetzt mach ich dich auch noch wahnsinnig?«

»Und wie!«

»Komm runter, Babe.«

»Wieso nennst du mich Babe?«

Er zuckt mit den Schultern. »Gute Frage, weil wir unsere Anrede nicht abgesprochen haben, und du das ›Schatz‹ immer so seltsam betonst, dass die Leute stutzig werden?«

Ich schließe genervt die Lider und atme tief durch.

Selbst schuld, ich bin selbst schuld! Warum habe ich mich nur darauf eingelassen?

»Weil du nicht als Loserin dastehen willst?«, spekuliert Paul ergänzend, als könnte er meine Gedanken lesen.

Ich schlucke. »Habe ich gerade laut überlegt?«

»Nein, aber es braucht nicht viel, um deine Mimik zu erraten. Mach dich locker, enjoy the show, Babe. Das gilt für die Renovierung morgen und genauso für das Essen bei Sylke.«

Ich seufze. Ich fürchte, mir bleibt nichts anderes übrig. Meine Fehler muss ich ausbaden, alles andere wäre noch peinlicher. Ich drehe mich um und krame meinen Pyjama aus dem Koffer.

»Wusstest du, dass du nicht nur einen schönen Rücken, sondern auch einen echt heißen Hintern hast?«

Wie von der Tarantel gestochen richte ich mich auf. »Sonst noch was?«

»Ne Menge, aber davon erzähle ich dir lieber Stück für Stück, sonst wirst du zu eingebildet.«

»Was wird das? Kannst du mich nicht in Ruhe lassen?«, knurre ich.

Paul hebt die Hände. »Das war ein Kompliment. Aber bitte, dann eben nicht.« Mit beleidigtem Gesicht schlüpft er unter die Decke auf der rechten Seite des Ehebettes.

»Willst du dir nichts anziehen?«, frage ich irritiert.

»Nö, ich schlafe immer nur in Unterhose. Das Bett sollte kühl sein und mein Körper muss es wärmen, dann kann ich am besten schlafen.«

Ich unterdrücke ein Seufzen und streife meinen Sommerpyjama über. »Wie du willst. Man sagt mir allerdings nach, dass ich gerne die Decke klaue.«

Warum hat dieses Bett nur so ein großes Ding? Aber wenn ich mich bei Mama darüber beschwere, wird sie stutzig werden.

»Eine Deckenklauerin bist du, soso. Übrigens, von mir behauptet man dasselbe.«

Er hat so ein freches Grinsen – und so süße Grübchen.

»Willst du damit etwa sagen, dass du schon mal mit einer Frau im Bett warst?« Mit so viel Abstand wie möglich, schlüpfe ich ebenfalls unter das dünne Federbett.

Paul zieht die Stirn kraus. »Du glaubst, ich bin Jungfrau?«

»Wenn ich ehrlich bin, ja.«

»Aha. Lass mich raten, das liegt daran, weil du glaubst, ich könnte dich sonst niemals gut finden.«

»Du bist gar nicht eingebildet, oder?«

Bei Paul blitzt doch immer wieder der Psychologe durch. Im Grunde hat er sein Ziel erreicht. Jetzt bin ich wirklich neugierig geworden, denn irgendwie hatte ich tatsächlich damit gerechnet, dass er noch Jungfrau ist. Ich drehe mich auf die Seite, stütze meinen Kopf auf den Unterarm und mustere ihn.

»Wer war denn deine Freundin? Kenne ich sie?«

Er stützt ebenfalls seinen Kopf und hält meinem Blick stand.

»Nein, das war vor deiner Zeit in der Firma. Deine Vorgängerin in dem Job.«

»Echt? Und woran ist es gescheitert?«

Paul seufzt. »Sie war nur hinter meinem Geld her. Ich hätte es wissen müssen.«

»Ach, bist du sicher?«, frage ich grinsend. »Vielleicht mochte sie nur keine schrägen Vögel.«

Er zwinkert. »Kann sein. Sie war auf jeden Fall selber etwas … extrovertiert.«

»Und dann? Was genau ist passiert?«, erkundige ich mich gespannt.

»Du willst es wirklich wissen«, stöhnt er.

»Klar, schließlich ist sie meine Vorgängerin.«

»Nachdem ich meine Firmenanteile an Ben verkauft hatte, hat sie ihn angegraben. Das fanden wir beide ziemlich stillos.«

»Du hattest Anteile an GET SMARTER?«, frage ich überrascht.

»Ja.«

»Warum hast du sie abgegeben?«

»Ich brauchte das Geld für den Umbau meines Elternhauses, in das ich wieder einziehen wollte.«

Er wohnt bei seinen Eltern? Ich schlucke entgeistert. »Hast du es gar nicht bereut, dass du aus einem so lukrativen Unternehmen ausgeschieden bist? Die Firma ist ja ziemlich abgegangen in den letzten Jahren.«

»Es ist ja nicht so, dass ich jetzt gar nichts mehr zu sagen habe. Außerdem heißt weniger Verantwortung auch weniger Arbeit. Das kann ich gut gebrauchen.«

Ich weiß nicht so recht, ob ich ihm die Antwort

abkaufen soll. Deshalb beschließe ich, nicht weiterzubohren. Ich werde sowieso nicht schlauer.

»Okay. Na dann, schlaf gut, Paul.«

»Gute Nacht«, sagt er und dreht mir den Rücken zu.

Nachdenklich betrachte ich seine breiten Schultern, bevor ich das Licht lösche. Warum bin ich über das abrupte Gesprächsende enttäuscht? Hatte ich ernsthaft ein tiefes Gespräch oder einen weiteren Annäherungsversuch erwartet?

10

KUSCHELFREUNDE

Als die Sonne durch die Vorhänge des Gästezimmers scheint, werde ich wach. Paul hat sich an mich gekuschelt, die Decke liegt fürsorglich über uns beiden. Ich gebe mir zwar Mühe, aber meine Empörung hält sich in Grenzen. Egal, ich beschließe, mich schlafend zu stellen, denn es fühlt sich gerade großartig an. Dieses Gefühl von Geborgenheit hatte ich schon lange nicht mehr.

Pauls Atem wird unregelmäßiger. Kurze Zeit später spüre ich, dass sich an meinem unteren Rücken etwas regt. Seltsam, eigentlich müsste mich das entsetzen, och ich habe ganz andere Gedanken, die mich nicht unbedingt weniger erschrecken. Wie es wohl ist mit ihm zu schlafen?

Ich atme heimlich durch. Will ich das wirklich wissen? Er ist mein Vorgesetzter. Okay, er benimmt sich nicht so, doch das macht es nicht besser. Eine richtige Beziehung auf der Arbeit wäre schon kompliziert genug, aber Gelegenheitssex? Das geht doch gar nicht!

Zwei Jahre keinen Verkehr, das ist einfach nicht gut. Anscheinend ist der Zeitpunkt gekommen, sich über geeignete Datingapps zu informieren. Aber jetzt muss ich mich schnell von meiner aufflammenden Libido ablenken.

»Du bist ja schon wach«, entlarve ich ihn, rolle mich weg und fange an, mich zu räkeln.

»Guten Morgen. Ich gestehe, ich schlafe schon seit ein paar Minuten nicht mehr. Lange genug, um zu merken, dass du es auch bist«, raunt er.

Erwischt. Seine Stimme verursacht ein Kribbeln im Unterleib.

»Aber nur, weil ich dich nicht wecken wollte«, erwidere ich eilig.

Rasch rücke ich noch ein Stückchen ab, damit er ja nicht die falschen Schlüsse zieht. Okay, falsch wären sie nicht, aber es wären Schlüsse, die er nicht ziehen soll.

»Na dann«, erwidert er gelassen. »Wie hast du geschlafen?«

»Gut, wieso?«

»Ah, ich habe geschlafen wie ein Baby. Das hast du sicher an meinem Kuscheldrang gespürt. Ist wohl so eine Art Urtrieb. Sorry noch mal.«

Die Entschuldigung irritiert mich.

»Macht doch nichts. So'nen Kuscheltrieb hat ja jeder irgendwie.«

Hoffentlich ermutigt ihn diese Antwort jetzt nicht. Auf jeden Fall liegt eine ganz seltsame Stimmung in der Luft.

»Dieses Zimmer ist eins mit eigenem Bad«, sage ich und deute auf die Tür. »Wer geht zuerst?«

»Wir wollen doch beim Renovieren helfen. Macht es da Sinn, vorher zu duschen?«

»Du meinst es wirklich ernst mit dem Angebot von gestern?«

»Natürlich. Kommst du dir nicht blöd vor, wenn du nicht hilfst? Du warst schon so lange nicht hier und du hast ja das Zimmer gesehen. Es braucht eine Hand, die sich mit so was auskennt.«

»Und Ben hat sicher nichts dagegen? Wir sind doch hierhergekommen, um zu arbeiten.«

Paul zuckt mit den Schultern. »Wenn du es arbeiten nennst, Bens Privatkram zu erledigen? Ich finde, wir müssen uns deswegen kein Bein ausreißen.«

»Meinetwegen, aber das beruhigt mich nicht. Ich möchte nicht, dass meine Eltern dich zu sehr ins Herz schließen. Das habe ich gestern schon gesagt und auch so gemeint.«

»Mach dir doch nicht so einen Kopf. Ich schwöre, ich halte meinen natürlichen Charme zurück.«

»Schade, vielleicht ist es gerade der, der sie abschrecken würde.«

»Sehr witzig«, knurrt er.

»Komm, lass uns aufstehen«, lenke ich ihn ab.

Ohne Kommentar springt Paul aus dem Bett. Ich drehe mich eilig weg, damit er nicht sieht, wie mir das Blut in den Kopf schießt.

Ich gehe mit meinen Siebensachen ins Bad, um mich anzuziehen. Als ich zurückkomme, steht Paul mit Zahnpasta und Bürste bereit.

»Wartest du auf mich? Ich bin gleich fertig, dann können wir zusammen zum Frühstück gehen.«

»Muss das sein?«, brumme ich.

Paul setzt eine hilflose Miene auf. »Ich weiß nicht, ob ich den Weg finde.«

»Das hier ist doch kein Hotel, in dem man sich verlaufen kann.«

»Es sieht doch sicher seltsam aus, wenn wir nicht zusammen zum Frühstück kommen. Noch sind wir glücklich Verlobte, denk dran.«

»Na schön, beeil dich«, antworte ich seufzend.

»Ah, da sind ja die Schlafmützen. Guten Morgen!«, werden wir von meiner Mutter begrüßt. »Steffen ist noch nicht vom Melken zurück.«

»Das macht nichts«, antworte ich großzügig.

Die Erleichterung vergeht, als ich mir den üppigen Frühstückstisch ansehe. Das mit dem »Nicht ins Herz schließen« scheint zu spät zu sein. Für mich hat Mama bestimmt nicht so aufgefahren, denn ich esse morgens meistens nicht.

»Vielleicht frühstückst du mittlerweile auch gerne«, erklärt meine Mutter, als hätte sie meine Gedanken gelesen.

Ich zwinge mich zu einem Lächeln, setze mich an den Tisch und schenke mir einen Kaffee ein. »Ich bin immer noch satt von gestern. Die Puffer halten vor.«

Paul langt zu, als hätte er seit einer Woche nichts mehr gegessen, und lädt sich gleich zwei Brötchen auf.

Das zufriedene Lächeln meiner Mutter spricht Bände.

Ihre Reaktion beunruhigt mich gar nicht mehr so stark wie gestern. Eine Erkenntnis, die mich wiederum beunruhigt.

»Und was habt ihr so geplant?«, fragt Mama.

»Wir fahren gleich in den Baumarkt und holen die Sachen, um das Kinderzimmer zu verschönern«, antwortet Paul und lächelt meine Mutter zuckersüß an.

Ich denke, er wollte seinen natürlichen Charme zurückhalten? Genervt trete ich ihm unter dem Tisch gegen sein Schienbein.

Er sieht mich entrüstet an. »Was soll das?«, fragt er lautlos, als sich Mama wegdreht.

Ich werfe ihm einen giftigen Blick zu.

Er lächelt frech zurück.

Meine Zähne knirschen, ich muss unbedingt runterfahren. Deshalb atme ich heimlich durch und kippe meinen Kaffee hinunter.

»Komm jetzt, wir haben einiges auf dem Zettel«, brumme ich, während ich aufstehe.

Paul rollt genervt die Augen, schnappt sich schnell noch eine Brötchenhälfte und folgt mir.

Während der Fahrt halte ich mich zurück, damit ich ihn nicht mit Vorwürfen überhäufe. Ich würde mich nur in Rage reden, was die Situation beim Einkaufen sicher nicht besser macht. Peinlich, wenn uns jemand dabei beobachtet.

»Wo willst du hin? Hier sind die Wandfarben.« Ich zupfe Paul am Ärmel.

Er bleibt stehen und sieht mich verständnislos an.

»Wieso? Gestrichen ist doch schon. In neutralem, langweiligem Grau. Ich dachte, wir sprühen ein paar Graffitis, um es für Kinder gemütlicher zu machen.«

Ich stemme die Hände in die Hüfte. »Jetzt bist du völlig übergeschnappt. Da kann man sie ja gleich bitten, es selbst zu bemalen. Wie denkst du dir das?«

»Einem alten Sprayer wie mir wird ja wohl noch was einfallen«, schnaubt er zurück.

»Was?! Du bist Sprayer?«

»Jetzt nicht mehr, früher.«

»Das wusste ich nicht.«

Paul legt den Kopf schief. »Woher solltest du auch, du kennst mich ja gar nicht.«

»Mit ein paar Wandtattoos wären wir schneller.«

»Aber das ist doch nichts Kindgerechtes.«

»Würdest du damit denn heute noch fertig werden? Das wäre mir wichtig, damit wir endlich mit unserer eigentlichen Aufgabe anfangen können. Ben ist mein Brötchengeber, nicht du und auch nicht meine Eltern.«

Paul schnappt nach Luft und mustert mich skeptisch.

»Sag mal, was ist eigentlich mit dir los? Da stimmt doch was nicht zwischen dir und deinen Eltern.«

Ich setze mich auf eine Palette mit Makulatursäcken und seufze.

»Es ist wirklich schwer, wieder hier zu sein. Nach all der Zeit hätte ich das nicht gedacht. Ich will so schnell wie möglich weg.«

»Aber warum? Deine Eltern sind doch super«, antwortet er und setzt sich neben mich.

»Das ist es ja gerade. Sie haben das mit Jan und mir damals prophezeit. Sie wissen immer alles und sind so ekelhaft perfekt. Wenn sie dich jetzt nett finden, und ich trenne mich von dir … Kannst du dir ausmalen, was dann los ist? Außerdem hasse ich dieses Theater. Und ein schlechtes Gewissen, weil ich nicht wirklich arbeite, habe ich auch. Ich will hier so schnell wie möglich wieder weg.«

Pauls Körper sackt nachdenklich zusammen. »Hm. Es läuft doch alles super. Wir finden schon einen glaubhaften Grund für die Trennung. Irgendwie habe ich Probleme, deine Bedenken nachzuvollziehen. Das muss Frauenlogik sein.«

»Vielleicht. Männerlogik ist ja immer so einfach.« Ich stöhne.

»Man sollte sich das Leben auch nicht schwerer machen als nötig. Denk dran, ich bin dein Vorgesetzter und ich übernehme die Verantwortung. Lass doch einfach alles auf dich zukommen.«

»Muss ich wohl. Aber trotzdem möchte ich Ben nicht verärgern und schnellstmöglich meinen Job erledigen«, antworte ich und schicke einen tiefen Seufzer hinterher.

»Noch mal. Du brauchst keine Angst davor zu haben, dass du Probleme bekommst, nur weil du Bens Privatkram nicht schnell genug erledigst. Erstens bin ich dein Chef und übernehme die Verantwortung, deshalb kann er höchstens mich in Schwierigkeiten bringen. Und zweitens würde er das sowieso nie tun, ich bin schließlich sein bester Freund. Er würde nie einen Bruch mit mir wagen.«

»Ich weiß nicht.«

»Ich aber. Dass er dich um diesen Gefallen bittet, ist eher ein Zeichen, dass du schon ein bisschen zu seiner Framily gehörst.«

Ich ziehe die Stirn kraus. »Framily?«

»Kennst du das nicht? Die Mischung aus Friends und Family.«

Ich hebe den Kopf und sehe ihn an. »Ach so, meinst du wirklich?«

»Hast du mich schon mal Blödsinn reden hören?« Er zwinkert.

Ich lache. »Muss ich das jetzt wirklich kommentieren?«

Paul streicht mir über den Rücken, umarmt mich und zieht mich zu sich. Ich lege meinen Kopf gegen seine Schulter und schnuppere heimlich seinen Duft. Es ist gut, dass er noch nicht geduscht hat …

Als mir klar wird, was ich da mache, versteift sich mein Körper. Ich richte mich auf, stelle mich hin und straffe meine Schultern. Ich fühle mich überrumpelt. Wie schafft er es nur immer wieder, dass ich mich in seiner Gesellschaft so gut fühle?

»Also, was für Graffitis hast du geplant? Disneyfiguren? Superhelden?«, lenke ich ab.

»Nein, das ist mir zu kommerziell. Ich dachte eher an bunte Tiere im Dschungel oder so ähnlich.«

»Lila Kühe? Das ist doch auch kommerziell.«

Paul lacht. »Kühe im Dschungel? Okay, landschaftsbezogene Tiere wären vielleicht besser. Aber dann würde ich die Kühe pink machen.«

»Und blaue Schafe«, schlage ich vor.

»Auf jeden Fall ein Trecker, der könnte lila sein. Und viele Blumen in allen Farben.«

»Klingt gut. Die Sonnenblumen müssen aber gelb bleiben.«

»Und die Sonne auch. Sie darf maximal orange werden, sonst spendet sie ja kein Licht.«

»Auf jeden Fall. Beim Himmel hätte man dann wieder mehr Freiheiten.«

Wir überschlagen uns mit Ideen, schnell ist der Einkaufswagen voller Farbdosen. Dass es mir plötzlich Spaß macht, wundert mich nicht, denn eigentlich ist die Sache ganz mein Ding. Meine Bedenken kann ich plötzlich verdrängen. Eine Tatsache, über die ich jetzt nicht weiter nachdenken will.

Elektrisiert fahren wir nach Hause und leben den kreativen Schub aus. Paul hat künstlerisch richtig was drauf und wir lachen und scherzen dabei. Er überrascht mich schon wieder. Es macht wahnsinnig viel Spaß, etwas mit den Händen und nicht nur am Computer zu machen. Ich bin so gelöst wie schon lange nicht mehr. Am Ende sind wir ziemlich stolz auf unser Werk.

Meine Eltern lassen sich nicht blicken, wahrscheinlich wollen sie uns nicht stören. Erst als wir fast fertig sind, klopft es zaghaft.

»Herein«, rufe ich, gut gelaunt.

Die beiden stecken vorsichtig den Kopf durch die Tür. Doch als sie unser Werk sehen, hat die Zurückhaltung ein Ende.

»Wow, ist das toll geworden!«, schwärmen sie im Chor.

Paul grinst zufrieden. »Wir sind auch ganz glücklich, dass es so gut gelungen ist.«

»Schade, dass das nur die Gäste sehen werden«, sagt mein Vater.

»Wieso? Wir können doch ein paar Bilder machen und auf die Homepage stellen«, erwidert Paul.

»Wir haben keine Homepage«, erklärt meine Mutter.

»Wir hams nich so mit dem Blickbrägen. Wir wollen uns auf die Tiere konzentrieren«, ergänzt mein Vater.

»Blickbrägen?«, fragt Paul irritiert.

»Blechgehirn, Computer«, erkläre ich.

»Es sind zu wenig Zimmer, die wir vermieten können, um davon zu leben«, stellt meine Mutter klar.

»Und wie habt ihr die Räume dann angeboten? Die findet doch keiner«, erkundigt sich Paul erstaunt.

»Über das Tourismusbüro«, antwortet mein Vater.

»Okay, aber so eine eigene Homepage ist doch kein Aufwand.« Paul sieht mich mit einer Mischung aus vorwurfsvoll und fragend an.

Ich zucke mit den Schultern. »Sie wollten es nicht.«

»Eine Homepage muss auch jemand pflegen, das ist nicht so unser Ding«, wendet mein Vater ein.

»Aber jetzt sieht die Sache anders aus? Jetzt wollt ihr vermieten? Oder warum renoviert ihr plötzlich?«, hakt er nach.

»Na ja, wir werden auch nicht jünger. Der Hofladen ist auch eine Menge Arbeit, der soll als erstes weg. Aber wir brauchen für die Einkünfte trotzdem einen Ersatz«, gibt meine Mutter zu.

Paul nickt. »Was produziert ihr denn?«

»Milch und Rindfleisch. Eier und ein bisschen selbst angebautes Gemüse«, sagt sie.

Mein Vater nickt. »Seit die Supermärkte ihr Angebot an solchen Dingen ständig ausbauen, kommen immer weniger Kunden zu unserem abgelegenen Hof.«

»Dann werden die Sachen alt und lassen sich nicht mehr verkaufen.«

Mama seufzt.

Ich schlucke schwer und sehe zu Paul. Er reibt sich am Kinn. Mir war nicht bewusst, wie schlecht die wirtschaftliche Situation unseres Hofes mittlerweile ist.

»Hm, ich überleg mir mal was«, verkündet Paul plötzlich.

Spinnt er? Was hat er vor? Will er sich noch mehr in die Familienangelegenheiten einmischen?

Meine Eltern sagen nichts dagegen. Ich schlucke meinen Ärger herunter – vorerst.

Heimlich atme ich durch. Dann wird mir klar, dass viel zu viel um mich selbst gedreht hat. Ich hätte merken müssen, wie es um den Hof steht. Ich hätte meinen Eltern viel früher helfen sollen, zumindest bei einer Homepage. Aber ich hatte Angst, mich den Tatsachen mit Jan zu stellen.

Unsere Beziehung ist gescheitert, so wie meine Eltern es vorhergesagt hatten. Dafür habe ich mich geschämt, wollte nichts hören und nichts sehen, während ich mich in meinem Unglück wälzte. »Das haben wir doch gleich gesagt« hing wie ein Damoklesschwert über mir.

Mein schlechtes Gewissen regt sich wieder. Doch wenn ich früher hierhergekommen wäre, hätte ich mir eingestehen müssen, wie sehr ich immer noch meinem Wunschtraum hinterherlaufe. Ich hätte es sicher kaum ausgehalten, Jan oder Sylke über den Weg zu laufen. Ekelhaftes Familienglück! Der heutige Abend liegt mir wie ein Stein im Magen, und der wird immer schwerer.

»Wenn wir das machen, muss ich Ben anrufen und um Urlaub bitten.«

»Ich glaube nicht«, antwortet Paul. »Wir verbuchen das als ein Ausloten von Unterbringungsmöglichkeiten.«

»Du traust dich was.« Ich stemme die Fäuste in die Hüfte.

Paul zuckt mit den Schultern. »Ben ja wohl auch. Immerhin missbraucht er uns für seine privaten Zwecke. Außerdem denke ich, dass Mia, falls sie sich überhaupt darauf einlässt, bestimmte Vorstellungen von der Unterbringung der Hochzeitsgäste hat. Der kann man nicht mit Schickimicki kommen, die braucht was Heimeliges, um sich wohlzufühlen. So was wie der Hof hier würde ihr sicher gefallen und das muss es, nur dann kann Ben sie auch rumkriegen.«

»Stimmt auch wieder. Ich staune echt, wie gut du dich plötzlich in Mia hineinversetzen kannst.«

Auf Pauls Gesicht erscheint ein stolzes Grinsen. »Es hat schon seinen Grund, warum ich unbedingt mitkommen sollte. Mach dir nicht so einen Kopf. Glaub mir, ich habe grünes Licht von Ben. Es darf ruhig etwas kosten, das geht schon klar«, nimmt er mir weiter die Unsicherheit.

Ich nicke zögerlich. »Okay. Aber morgen machen wir was für die Hochzeit, ja?«

Paul seufzt. »Meinetwegen. Was schwebt dir vor?«

Ich zucke mit den Schultern. »Vielleicht kann ich mit dir ein paar Locations checken und Vorschläge für ihn ausarbeiten. Mia wollte am Strand heiraten, ich weiß nicht, ob das hier überhaupt möglich ist.«

»Klingt nicht schlecht. Das Wetter ist doch gut, da können wir ihn uns ansehen und bei der Gelegenheit gleich noch ein bisschen baden.«

Meine Eltern folgen unserer Unterhaltung mit fragenden Gesichtern, sagen aber nichts.

Ich sehe aus dem Fenster und stelle fest, dass ich den Wetterwechsel gar nicht registriert habe.

»Es soll jetzt ein paar Tage so schön bleiben«, versichert meine Mutter.

»Okay«, antworte ich und unterdrücke ein Seufzen. Ich ahne, dass es dann mit Pauls Arbeitsdisziplin nicht allzu weit her sein wird. Langsam habe ich das Gefühl, er sieht die Sache eher als eine Art Urlaub mit der Gelegenheit, mich anzubaggern. Noch vor gar nicht langer Zeit hätte mich diese Erkenntnis verärgert. Jetzt weiß ich nicht mehr, was ich davon halten soll. Ich weiß nur eines: Solange ich mir nicht sicher bin, soll sich Paul gefälligst zurückhalten!

»Habt ihr gar keinen Hunger?«, holt Paps mich aus meinen Gedanken.

»Soll ich euch was Schönes kochen? Magst du Fisch, Paul?«, fragt Mama.

»Ja, aber ich habe vorhin ein Fischbrötchen an der Bude beim Baumarkt gegessen.«.

»Keine Ahnung, wo er das nach dem üppigen Frühstück noch hingesteckt hat«, ergänze ich lachend. »Aber wir sind heute Abend bei Jan und Sylke eingeladen. Habe ich das gar nicht erzählt?«

Meine Mutter zieht die Stirn kraus. »Jan und Sylke?«

»Ja, wieso sagst du das so komisch?«.

»Es wundert mich, dass du da freiwillig hingehst.«

»Sylke hat uns eingeladen, als wir den Ring gekauft haben. Paul hat voreilig zugesagt.« Erst als diese Erklärung raus ist, wird mir klar, wie dünn das Eis mal wieder ist, auf dem ich mich bewege. »Ich wollte mir keine Blöße geben, aber Lust habe ich natürlich nicht«, erkläre ich hastig.

»Irgendwann muss Luise doch die alte Enttäuschung überwinden, nicht wahr?«, fragt Paul.

Mein verlegenes Lächeln erstirbt. Normalerweise wären

meine Eltern längst skeptisch geworden – wenn Paul sie nicht so eingewickelt hätte.

»Also ich finde, du übertreibst.«

»Ich nicht. Lassen wir die Katze doch aus dem Sack.«

Meine Eltern sehen sich an.

»Ich dachte, das Thema ist durch?«, fragt meine Mutter.

»Ich geh dann mal duschen«, entzieht sich Paul der unangenehmen Situation und geht Richtung Zimmer.

Meine Mutter nimmt mich zu Seite. »Du hast Paul doch nicht mit der Verlobung unter Druck gesetzt, nur damit du vor Sylke triumphieren kannst?«, raunt sie mir zu.

Ich entspanne meinen verkrampften Kiefer, um zu antworten. »Wieso triumphieren? Keine Angst, ich bin hier bestimmt nicht die treibende Kraft«, zische ich gedämpft.

Trotzdem ernte ich einen skeptischen Blick von ihr.

»Ich muss auch duschen, damit wir nicht zu spät kommen«, murmle ich, drehe mich schnell um und eile davon.

11

KATZE AUS DEM SACK

Unzufrieden krame ich in meinem Koffer und finde nichts Passendes zum Anziehen. Natürlich nicht, schließlich weiß ich genau, was ich eingepackt habe. Ich war auf alles Mögliche vorbereitet, nur nicht darauf, bei Jan zum Essen eingeladen zu werden. Ich weiß, es ist kleingeistig, aber ich hätte gern einen glamourösen Auftritt.

»Wollen wir noch schnell was kaufen gehen? So ein sexy Teil, bei dem deinem Ex die Augen herausfallen?«, tönt es plötzlich hinter mir.

Pauls tiefe Stimme hinterlässt wieder sehr merkwürdige Vibrationen in meinem Körper. Seit ich hier bin, werden sie beständig stärker. Ein Schauer läuft mir über den Rücken und verrät sich als Gänsehaut auf meinen Armen. Ich schrecke hoch und drehe mich zu Paul um.

»Musst du mich so erschrecken?!«

»Ich habe dich erschreckt? Du wirktest eher ertappt. Vielleicht, weil ich deine Gedanken gelesen habe?«

»Das hättest du wohl gern«, fauche ich.

Ich unterdrücke ein Schlucken, als er frisch geduscht vor mir steht und mit einem Handtuch seine Haare rubbelt.

Ich habe vor unserer Tour nie so richtig darüber nachgedacht, dass unter den Nerd-Shirts ein trainierter, sexy Körper steckt. Wenn er redet, zeichnet sich ein definierter Waschbrettbauch ab, der meinen Blick einfängt und mir den Atem raubt. Mit so etwas konnte nicht einmal Jan punkten, trotz körperlicher Arbeit. Es gehört eben auch die richtige Ernährung dazu.

»Warum siehst du mich so an?«

»Was?«

»Warum du mich so anstarrst, möchte ich wissen. Stimmt was nicht?«

»Ich starre dich nicht an. Was soll diese Unterstellung?«

»Nicht? Okay, dann kam es mir wohl nur so vor.«

»Willst du mich ärgern?«

»Nein, warum sollte ich? Ich habe manchmal nur Schwierigkeiten, deine Mimik zu interpretieren.«

»Tatsächlich?«

»Ja, stell dir vor. Natürlich könnte es auch sein, dass du deine wahren Gefühle leugnest.«

Ich schlucke und lächle – wahrscheinlich dämlich.

Das Wasser läuft aus seinen dunklen Haaren vorbei an seinen schönen Augen. Warum habe ich nie gesehen, was für lange Wimpern er hat? Sie wirken fast künstlich. Wie er wohl aussieht, wenn er seine dunklen Locken nicht nach hinten frisiert? Diese Tropfen, die über seine Muskeln laufen … Nur schwer kann ich mich von seinem Anblick losreißen. Sein Blinzeln verschwindet, als er seine Nerdbrille wieder aufsetzt. An wen erinnert er mich jetzt auf einmal?

»Was ist denn nun?«, fragt er.

»Was?«

»Sollen wir noch schnell etwas zum Anziehen besorgen?«

Ich schüttle den Kopf. »Nein, das schaffen wir nicht. Wir sind hier am Arsch der Welt.«

»Auch gut. Ich finde dich auch in Jeans und T-Shirt supersexy«, sagt er grinsend.

Ich verkneife mir ein »Ich dich auch« und greife mir die Wäsche, die ich schon bereitgelegt habe.

Unter der Dusche muss ich an ihn denken. Himmel! Jetzt brauche ich den Mann nur anzusehen, schon ist es um meinen Verstand geschehen.

Seltsam, denn ich hatte jahrelang kein Bedürfnis mehr nach einem Kerl. Nun spielen meine Hormone verrückt, wo ich es am allerwenigsten gebrauchen kann. Womit habe ich das nur verdient? Bin ich nicht schon genug damit bestraft, dass ich Jan sehen muss?

Paul hat seine graue Jogginghose und das blaue Hemd aus Kiel an. Ich war ja bisher nie ein Freund von Jogginghosen, aber mittlerweile sind die Modelle ziemlich elegant und diese Mode passt zu ihm. Lässig sitzt er da und surft mit seinem Handy. Zwanghaft beobachte ich die schlanken Finger, die virtuos das Telefon bedienen. Als ich die Tür hinter mir schließe, sieht er auf. Das intensive Blau seiner Augen wird von der Brille abgeschwächt. Irgendwie schade.

»Du siehst toll aus. Trägst du eigentlich auch manchmal Kontaktlinsen?«, entfährt es mir.

»Du magst keine Brillenträger?«

»Doch, eigentlich stört es mich nicht«, murmle ich.

»Aber?«

»Nichts aber.«

»Warum dann eigentlich?«

»Musst du immer so nachbohren?«

Paul grinst. »Früher habe ich oft Kontaktlinsen getragen, aber es hat die Augen so gereizt. Dann kamen die Nerdbrillen in Mode und ich erfuhr zu meinem Erstaunen, dass sich manche so ein Teil sogar mit Fensterglas machen lassen, um intelligenter zu wirken. Da habe ich mich gefragt, warum ich diesen Zirkus überhaupt mitgemacht habe.«

»Aha«, murmle ich, binde meine Haare zu einem Pferdeschwanz und drehe ihn zum Dutt, den ich mit einem Gummi befestige.

Paul sieht mir interessiert zu. »Du solltest deine Haare öfter offen tragen, dein Dutt gibt dir so ein strenges Sekretärinnen-Aussehen.«

»Echt? Ich mag es nicht, wenn sie in meinem Gesicht kitzeln.«

Schnell beuge ich mich erneut über meinen Koffer und entscheide mich für ein schlichtes hellbraunes Chiffontop, das gut zu Pauls blauem Shirt passt. Meine bunte Kette mit den verschiedenen Anhängern setzt den perfekten Hingucker. Ich bin froh, dass ich wenigstens dieses farbenfrohe Schmuckstück eingepackt habe, obwohl ich zur Arbeit sonst eigentlich nur dezenten Schmuck trage.

Paul pfeift leise zwischen den Zähnen. »Du siehst fantastisch aus. Machst du das alles nur für deinen Ex?«

»Nein, nur für dich«, antworte ich spöttisch.

»Da bin ich ja beruhigt.«

»Jan soll auf keinen Fall erfahren, wie sehr ich unter seinem Fremdgehen gelitten habe. Also bitte, halte dich bedeckt.«

»Verstehe, dann können wir da ja so richtig auf die Trommel hauen und einen auf Turteltäubchen machen.«

»Untersteh dich! Übertreib es nicht«, mahne ich mit ernster Miene.

Paul schüttelt eifrig den Kopf. »Niemals, versprochen. Können wir jetzt?«

»Nein, erst muss ich mich noch schminken.«

»Okay.« Paul seufzt und sieht wieder auf sein Handy.

Nach einiger Diskussion, ob wir etwas trinken wollen oder nicht, fahren wir mit den Fahrrädern meiner Eltern zu Jans Bauernhof. Der Weg kommt mir immer noch sehr vertraut vor. Das Gefühl vergeht, als wir auf dem Hof ankommen. Der sonst so vorbildliche Betrieb wirkt heruntergekommen, dabei sind doch erst gut zwei Jahre vergangen, seit ich das letzte Mal hier war und Jan mit Sylke im Heu erwischt habe.

Vor der Scheune sammeln sich kaputte Arbeitsgeräte. Die befestigten Wege sind verdreckt und der ehemals blühende Bauerngarten ein Unkrautfeld. Auch die Hecken sind länger nicht geschnitten worden. Der Garten war immer das Hobby von Jans Mutter. Ob es ihr nicht gut geht?

Wir schieben unsere Fahrräder im Slalom an Dreck und Pfützen vorbei.

»Ich hätte Gummistiefel mitnehmen sollen«, spottet Paul.

»Vielleicht gar keine so schlechte Idee. Ich wundere mich auch gerade. Früher war hier alles immer blitzsauber und aufgeräumt.«

Als wir auf das Wohngebäude zufahren, fällt mir auf, dass die Fenster ungeputzt und die Gardinen dreckig sind. Ansonsten hat sich äußerlich nichts verändert, was nicht gerade positiv auf mich wirkt. Nach diesem ersten Eindruck sind meine Gefühle eine Mischung aus Neugier und Beklemmung.

Gerade vermisse ich das schwanzwedelnde Bellen von Kurt, dem Hofhund, da öffnet sich unvermittelt die Haustür. Sylke stürmt auf uns zu.

»Da seid ihr ja schon! Schön, dass ihr es einrichten konntet«, begrüßt sie uns mit ausgestreckten Armen.

Wir stellen unsere Fahrräder auf den Ständer.

»Komm, lass dich drücken, Luise. Ich freue mich so, dich wiederzusehen«, flötet sie und umarmt mich, ohne darauf Rücksicht zu nehmen, dass mir so viel unangebrachte Herzlichkeit gar nicht gefällt.

Ich entziehe mich schnellstmöglich und schiebe den Blumenstrauß, den wir heute beim Baumarktbesuch gekauft haben, eilig zwischen uns. »Vielen Dank für die Einladung«, presse ich hervor.

»Danke«, antwortet sie mit überfreundlichem Grinsen, während sie ihn entgegennimmt. Meine alte Freundin wirkt so fürchterlich aufgesetzt, sie kommt rüber wie eine falsche Schlange. Habe ich sie immer nur durch die rosa Brille betrachtet?

Sylke geht auf Paul zu und himmelt ihn regelrecht an, während sie ihm ihre Hand entgegenstreckt.

»Hallo«, antwortet er kühl.

Oh, der lässt sich nicht so leicht einwickeln. Mein Respekt vor ihm wächst.

»Kommt rein«, sagt Sylke mit einer einladenden Handbewegung zur offenen Haustür. »Jan sitzt schon auf der Terrasse und genießt seinen Feierabend.«

Wir folgen Sylke ins Haus.

»Sind Jans Eltern gar nicht da?«, erkundige ich mich.

»Nein, es gab ständig Streit und Ärger wegen dem Hof, nachdem du dich von ihm getrennt hast. Irgendwann haben seine Eltern die Segel gestrichen und sind in eine kleine Wohnung gezogen.«

Ich kann gar nicht glauben, was Sylke da erzählt. Was muss passieren, damit ein Bauer sein Lebenswerk aufgibt, statt seinem Sohn bei der vielen Hofarbeit zu helfen?

»Dann macht Jan das jetzt alles mit dem Helfer alleine?«, frage ich ungläubig.

Sylke schüttelt den Kopf. »Ohne Helfer.«

Ich stutze und wir halten unvermittelt an. »Was?«

»Na, dem Helfer war es auch zu viel, er hat gekündigt. Bis jetzt hat Jan keinen geeigneten Nachfolger gefunden.«

»Du meinst einen, der für wenig Geld viel arbeiten will«, korrigiere ich.

Sylke legt den Kopf schief. »Wenn du so willst.«

Paul sieht uns interessiert zu.

» Paul, du kannst ja schon auf die Terrasse gehen. Geradeaus durchs Wohnzimmer und durch die offene Tür«, bittet Sylke zuckersüß.

Ich finde es merkwürdig, dass sie ihn wegschickt, obwohl Jan und Paul sich nicht kennen.

Doch er scheint damit kein Problem zu haben. Er tauscht einen kurzen Blick mit mir und folgt dann Sylkes Bitte.

»Komm mit in die Küche. Ich stell die Blumen ins Wasser und du kannst mir tragen helfen. Wir grillen.«

»Okay«, antworte ich. Ich bin mir aber nicht sicher, ob Paul das gefällt. Soweit ich das bisher mitbekommen habe, isst er nur wenig Fleisch.

»Ich hoffe, dein Clark Kent ist kein Vegetarier, oder sogar Veganer.«

»Mein Clark Kent?«, frage ich erstaunt. »Wieso Clark Kent?« Irgendwie kommt mir der Name bekannt vor, ich weiß aber nicht, wo ich ihn hinstecken soll.

»Na, einen heißen Superman hast du dir da geangelt, oder nicht? Und er himmelt dich so an, der trägt dich sicher auf Händen. Glückwunsch.«

Superman, na klar! Daran hat er mich vorhin mit seinem blauen Hemd erinnert.

Oh Mann, ausgerechnet Paul, der normalerweise eher das echte Superman-Shirt mit dem rot-gelben S tragen würde.

Jans Gutshof ist alt und hat daher noch eine riesige Küche, in der früher das ganze Personal gegessen hat. Heute ist sie mit einer modernen, weißen Einbauküche ausgestattet und hat den Charme einer Möbelausstellung. Sylke sucht in einem der zahlreichen Schränke und holt eine schlichte Glasvase für den Strauß hervor.

»Was ist eigentlich mit Kurt? Lebt er nicht mehr?«

»Jans Eltern konnten ihn nicht mitnehmen. Hier hat er sich aber nur noch fürchterlich benommen. Einmal hat er sogar nach Jan geschnappt. Deshalb wurde er eingeschläfert«, erzählt sie, während sie Wasser in die Vase füllt und die Blumen hineinstellt.

Ich schlucke. »Was?«

»Ja, traurig, aber es gab keine andere Lösung.«

»Unfassbar. Unfassbar traurig«, murmle ich.

Sylke holt zwei kleine Eimerchen mit Kartoffel- und Krautsalat aus dem Kühlschrank, öffnet sie und füllt den Inhalt in Glasschalen.

»Nach der Arbeit habe ich so dicke Beine, dass ich sie hochlegen muss. Da schaffe ich es nicht mehr, noch großartig zu kochen«, entschuldigt sie sich.

Sie lächelt mich bedauernd an und ich nicke. Ich habe ohnehin nicht damit gerechnet, von Sylke kulinarisch verwöhnt zu werden. Das war noch nie ihr Ding.

»Nimm du den Salat, ich die Blumen«, weist sie mich an, während sie Löffel in die Salatschüsseln steckt. Sie geht voran und öffnet die Türen, ich folge ihr.

Gegen den verwilderten hinteren Garten sieht die Hofauffahrt noch gepflegt aus. Ich kann mir nicht vorstellen, dass Jans Eltern das gefällt. Womöglich kommen sie nicht einmal mehr zu Besuch.

Paul sitzt auf einem der verwitterten Kunststoffstühle mit uraltem Polster und sieht sich neugierig um, während Jan mit Belanglosigkeiten und derbem Männerhumor auf ihn einredet. Ich möchte zu gerne wissen, was gerade in seinem Kopf vor sich geht. Mein Ex ist bestimmt nicht sein Fall, aber er lässt sich nichts anmerken.

»Da ist ja mein Täubchen. Moin!«, begrüßt mich Jan und streckt mir pathetisch die Arme entgegen. Seine Augen sind gerötet, der Blick glasig und die Zunge schwer. Er hat sicher nicht nur die Grillkohle vorgeglüht.

»Moin, Jan«, antworte ich kühl.

Ich stelle mich möglichst weit von ihm weg auf die andere Seite des Tisches, um die Schüsseln abzustellen.

»Setz dich doch, mein Täubchen«, säuselt Jan und streicht sich großspurig über den Bauch, bevor er die schmuddeligen Hosenträger davor langzieht und zurückklatschen lässt. Er hat seit unserer Trennung ganz schön zugelegt.

Wie hypnotisiert lasse ich mich auf den nächsten Stuhl nieder.

»Komm doch hierher, an meine grüne Seite«, fordert er mich auf und klopft mit der flachen Hand auf den Stuhl neben sich.

»Nein, danke. Ist nicht nötig, zumal ich weiß, dass du gar keine grüne Seite hast.«

Mir ist egal, ob man merkt, dass ich mich unwohl fühle. Wie konnte es mich je interessieren, was für einen Eindruck ich bei ihm mache? Er hat sich zwar zu seinem Nachteil verändert, trotzdem frage ich mich, was ich jemals an diesem Kerl gefunden habe. Ich muss ganz schön verblendet gewesen sein. Schrödingers Katze ist in Wahrheit ein räudiger Kater.

Jan glotzt mich ungeniert an. Bin ich froh, dass ich nichts Offenherziges trage. Ich weiß nicht, wohin mit meinem Blick, denn ihm in die Augen sehen, möchte ich ihm nicht.

»Gut schaust du aus«, schleimt er. »Ich habe dich vermisst, weißt du das?«

»Ich dich nicht. Keine Sekunde«, flunkere ich spröde.

Was sollen diese Sprüche vor der schwangeren Sylke?

»Nicht? Keine Sekunde? Ich bin jedenfalls seit unserer Trennung frustriert.«

Hallo? Sylke ist auch hier.

Ich sehe zu ihr. Sie tut so, als hätte sie nichts mitbekommen.

Paul nuckelt an seiner Bierflasche und sieht zwischendurch gebannt von einem zum anderen.

Enjoy the Show, Babe!

»Ich glaube, die Kohle ist durchgeglüht. Du solltest das Fleisch holen, Jan«, instruiert Sylke ihren … ja, was ist er eigentlich?

»Ich bin doch nicht dein Schietenpösel! Wann die Kohle so weit ist, bestimme ich, dumme Kuh«, fährt er sie an. »Außerdem kannst du ja auch das Fleisch holen, faules Stück!«

»Ich tu eh schon, was ich kann. Ich kann doch nicht meinen Beruf aufgeben. Nicht in dieser Situation …« Sylkes Stimme versagt, sie kauert sich zusammen.

Junge Junge, hat die sich verändert. Ich erkenne sie nicht wieder.

»Jaja«, mault Jan mit einer wegwerfenden Handbewegung. »Bist'n fixen Dutt, wirst befördert zum Haufen.«

Ups, das scheint nicht der erste Streit der beiden zu sein.

Paul sieht mich fragend an und beugt sich zu mir.

»Was soll das heißen?«, flüstert er mir zu.

»Überleg mal, was sieht so aus wie ein Dutt – oder ein Haufen?«, antworte ich leise.

Paul scheint den richtigen Geistesblitz zu haben, denn ein Grinsen huscht über sein Gesicht. »Ich sag ja, das ist eine sch… Frisur.«

»Sehr witzig, dein Fäkalhumor«, gebe ich zurück.

Versöhnlich zieht er mein Gesicht zu sich und drückt mir einen fetten Schmatzer auf den Mund. Seine Lippen sind so weich und er riecht so gut. Mhmm, ich hätte durchaus Lust auf mehr. Ich muss an den demonstrativen Kuss im Juwelierladen denken. Eine Herde Schmetterlinge flattert durch meinen Bauch.

»Sieh mal an die kleinen Turteltäubchen. Da haben sich ja zwei gefunden«, spottet Jan.

»Stört dich das?«, frage ich. »Du turtelst doch ne Nummer härter, aber nicht mit deiner Freundin.«

Jan schnappt entrüstet nach Luft. »Sylke hat mir erzählt, du hättest mich betrogen. Nur deshalb ist das damals passiert«, jammert er.

So eine unverschämte Lüge! »Ja klar. Und du glaubst das natürlich«, schnaube ich.

»Ja, es kam wirklich sehr überzeugend rüber«, versichert er mit schwerer Zunge.

Ich sehe zu Sylke. Stimmt das überhaupt, was Jan da behauptet? Sie kauert auf ihrem Sessel, soweit ihr Bauch das zulässt, und wirkt eingeschüchtert, wenn nicht sogar verängstigt. Sie ist nur noch ein Schatten der früheren Sylke.

»Deine Entschuldigung gerade aber nicht«, knurre ich

zurück. »Es ist echt peinlich, wie unverhohlen du mich vor Sylke anbaggerst.«

Paul greift nach meiner Hand und drückt sie.

Ich schnappe heimlich nach Luft, als sich mein Ex ganz langsam erhebt und zähneknirschend ins Haus geht. Mit einem mulmigen Gefühl sehe ich ihm hinterher und beschließe, möglichst schnell hier abzuhauen.

»Ich habe nie gesagt, dass du ihn betrogen hast. Du glaubst ihm doch nicht, oder?«, krächzt Sylke nervös, als er verschwunden ist.

»Weißt du, eigentlich ist es doch egal, was passiert ist. Es ist Geschichte«, antworte ich gönnerhaft. Ich habe wirklich keine Lust, ihr schlechtes Gewissen zu beruhigen.

»Jans Eltern waren stocksauer, dass eure Beziehung zerbrochen ist. Er hat sehr darunter gelitten.«

Ich zucke mit den Schultern. Das nennt man wohl Karma.

»Wahrscheinlich hat sie nur die Verschmelzung der Höfe interessiert. Irgendwann hat er angefangen, seinen Ärger mit den Eltern bei mir abzuladen und dir hinterherzuheulen«, jammert sie weiter.

»Du erwartest doch jetzt nicht ernsthaft, dass ich dich bedaure, oder?«

Sylke presst die Lippen zusammen. »Nein, aber du könntest Jan klar machen, dass es mit euch vorbei ist. Vielleicht kann er sich dann darüber freuen, dass er bald Vater wird.«

»Er freut sich nicht?«, erkundige ich mich.

»Nein, er sagt, dass ich ihm nur eine Falle gestellt habe und ihm das Kind unterschieben will, um ihn an mich zu binden.«

Selbst Pauls Augen werden da groß.

Ich schlucke. »Echt jetzt?«

»Aber du weißt, das ist nicht wahr. Ich fand ihn schon immer gut«, behauptet Sylke weiter.

Ich nicke. »Stimmt, sogar so gut, dass du ihn mir wegnehmen musstest.«

Sie lächelt angestrengt. »Eigentlich hast du dich doch gar nicht schlecht getröstet. Ich bin richtig neidisch.«

»Was soll jetzt diese Bemerkung, Sylke?«, stöhne ich.

Das scheint selbst für Paul zu viel des Guten, er räuspert sich.

»Nichts«, versichert sie eilig. »Das war als Kompliment gemeint. Ich habe die Hoffnung für Jan und mich noch nicht aufgegeben, aber ich will, dass du weißt, dass mir alles, was passiert ist, sehr leid tut.«

»Ist sowieso Schnee von gestern«, kommentiere ich mit einer wegwerfenden Handbewegung.

»Was ist Schnee von gestern?«, fragt Jan, der plötzlich wieder in der Terrassentür steht.

»Alles, aber vor allem das mit uns«, gebe ich frech zurück.

Jan entgleiten für eine Sekunde die Gesichtszüge. Solche Aussagen sind gar nichts für sein aufgeblasenes Ego. Doch sofort hat er sich wieder gefangen und schwenkt eine Flasche Sekt in der Luft.

»Schau mal, ich habe dir eine Flasche Puffbrause mitgebracht. Ist zwar kein Champagner, wie du ihn jetzt wahrscheinlich trinkst, aber du kannst dir ja ein bisschen Hafennutte reinkippen«, sagt er und schiebt mir eine Flasche mit rotem Inhalt zu, die ich von früher kenne.

Eine blonde Frau in Strapsen und roter Reizwäsche, deren Brustwarzen nicht ganz verdeckt sind, ziert das Etikett der »Hafennutte«. Es ist ein süßsaurer Erdbeerlikör, der mit Sekt gemischt ganz gut schmeckt.

»Wusstest du, dass die Schlepp- und Fährgesellschaft

Kiel das Zeug nach Beschwerden aus dem Sortiment genommen hat?«, klärt mich Jan kichernd auf.

»Nein, so was bekomme ich nicht mit. Interessiert mich, ehrlich gesagt, auch nicht«, murmle ich.

Jan grinst. »Immer noch so prüde wie eh und je.«

»Du bist peinlich und hast viel zu viel getrunken. Du solltest lieber das Fleisch holen«, zickt Sylke.

»Halts Maul, dumme Kuh«, poltert er zurück.

Sylke verschränkt die Arme vor ihrem dicken Bauch. »Ich lass mir von dir doch nicht den Mund verbieten! Ich sage, was ich denke.«

»Ja, du warst immer schon der stille Typ«, ätzt Jan zurück.

Unvermittelt steht Sylke auf, sodass fast ihr Stuhl umkippt, und stapft verärgert ins Haus.

Jan grinst ihr triumphierend hinterher und macht sich daran, die Flasche Sekt für die Mischung zu öffnen. Mit einem Knall sprudelt es heraus.

»Ups, da hab ich wohl zu viel geschüttelt«, lallt er.

Es geht eine Menge daneben, als er mir einschenkt. Das scheint ihn nicht zu stören, denn auch beim Likör ist er nicht ganz treffsicher. Ich lasse ihn machen, denn ich lechze geradezu nach der betäubenden Wirkung des Alkohols, um die restliche Zeit dieser peinlichen Einladung besser zu ertragen. Schnell habe ich das erste Glas hinuntergekippt.

Jan lächelt selig. »Das ist mein Täubchen, du spuckst nicht ins Glas«, säuselt er, während er nachschenkt.

12

DIE KATZE IST TOT – ES LEBE DIE KATZE

»Hey Superman, auch noch ein Bier?«, lallt Jan Paul an.

Superman? Sylke muss ihm gehörig von Paul vorgeschwärmt haben.

»Ja, danke«, antwortet dieser gelassen. Woher nimmt er die Coolness?

»Fang!«, fordert Jan und wirft ihm eine Flasche zu.

Ich habe fast den Eindruck, dass er absichtlich so geworfen hat, dass sie schwer zu fangen ist, und er Paul damit quasi abschießen wollte. Doch der greift die Flasche souverän.

Jan pfeift anerkennend durch die Zähne. »Ich muss mich ja wundern. Siehst aus wie ein Armleuchter, aber fangen kannst du.«

Paul sucht meinen Blick und damit meine Reaktion. Ich verdrehe zur Antwort die Augen, doch das scheint Jan nicht zu beeindrucken.

»Sollen wir gehen?«, knurre ich. Nichts täte ich lieber.

»Bitte bleibt. Ihr habt doch noch gar nichts gegessen«,

piepst Sylke, als ob sie Angst hätte, danach mit ihrem Verlobten allein zu sein. »Jan benimmt sich jetzt, sonst bin ich auch weg.«

Jan lacht verächtlich. »Sylke hat mir schon bis zum Kotzreiz von deinem Millionär vorgeschwärmt«, grunzt er. »Dass du dir so eine Partie an Land ziehst, hätte ich dir gar nicht zugetraut.«

»Danke für die Blumen, du Honk. Dass du dich mal so danebenbenimmst, hätte ich auch nicht gedacht«, grummle ich zurück.

»Alles das Werk deiner Freundin«, murmelt er voller Selbstmitleid.

»Ex-Freundin«, berichtige ich mit einem Stöhnen. »Es gibt Sachen, die zerstören eine Freundschaft.«

»Aha. Ich vergaß, klar, du bist ja was Besseres. Du machst keine Fehler.«

Auweia, ich will weg hier! Demonstrativ linse ich zu Paul, aber überraschenderweise scheint es ihn eher zu amüsieren. Oh Mann, mir ist mittlerweile alles egal, raus mit dem ganzen Frust!

»Ich, was Besseres? Lächerlich. Der Wichtigtuer bist du«, fauche ich.

»Du wolltest ja nicht um uns kämpfen, sondern bist gleich abgehauen«, schmollt er.

»Nicht jeder ist es wert, um ihn zu kämpfen«, erwidere ich gereizt.

Inzwischen ist Sylke mit einem Teller zurück, auf dem sich ein beeindruckender Fleischberg türmt.

»Ich hoffe, du magst Fleisch«, säuselt sie Paul zu. »Jan isst fast nichts anderes.«

»Joh, Fleisch ist mein Gemüse«, bestätigt Jan und lehnt sich großspurig zurück, während er Sylke beim Arbeiten zusieht. Es raucht ordentlich, als sie das öltriefende Grillgut auf den Rost legt.

Paul knibbelt am Etikett seiner Flasche.

»Na ja, ich esse es schon, aber wenig«, sagt er und nimmt anschließend einen großen Schluck aus der Pulle.

»Und natürlich nur diesen Bio-Quatsch«, spekuliert Jan spöttisch. »Das ist doch sowieso alles nur Verarsche für Vollpfosten aus der Stadt.«

»Du musst es ja wissen«, gibt Paul kühl zurück. Die Bemerkungen scheinen an ihm abzuperlen.

Jans Kiefer mahlt. »Wer hier wohl von der Regierung verarscht wird? Wir kleinen Bauern sind es doch, auf deren Rücken alles ausgetragen wird.«

»Mag sein«, antwortet Paul gelangweilt.

»Ah natürlich, der Herr Millionär steht da drüber.«

Paul antwortet mit einem provokativen Grinsen. »Wer hat, der hat.«

»Millionär bist du, hm?«

»Ein waschechter«, antwortet Paul und bleckt die Zähne.

»Wie viele Millionen hast du denn?«, erkundigt sich Jan spöttisch.

Ich überlege, ob er wirklich Millionär sein kann. Was hat er wohl von Ben für seine Firmenanteile bekommen? Die Firma war erst drei Jahre alt, als ich dazukam. Ob so ein Start-up wirklich Millionen wert ist? Tatsche ist, dass Ben erst danach den Marketingbereich so richtig ausgebaut und erfolgreich gemacht hat. Das hat das immense Wachstum dann eingeleitet.

»Wie viel? Gute Frage«, sagt Paul und reibt sich nachdenklich am Kinn. »Kommt eigentlich darauf an, wie die Aktien so stehen.«

Jan winkt ab.

»Was für eine dumme Frage. Hätte ich mir ja denken können, dass du nicht damit rausrückst. Ich kann Luise nur wünschen, dass sie nicht auf einen Blender reingefallen ist.« Er wendet sich mit wichtigem Blick zu mir. »Wenn du schlau bist, akzeptierst du keinen Ehevertrag, mein Täubchen.«

»Das lass mal meine Sorge sein«, echauffiere ich mich. »Geld ist nicht das Wichtigste.«

»Finde ich auch«, steht Sylke mir bei. »Außerdem bezahlt man Luises Verlobungsring nicht aus der Portokasse.«

Ich kichere still in mich hinein. Wenn sie wüsste, dass der eigentlich aus der Firmenkasse bezahlt wurde.

Jan lacht auf. »Ja, klar! Ein naives Landei bleibt eben ein naives Landei.«

»Jan, hör jetzt endlich auf! Dreh lieber das Fleisch um«, schimpft Sylke. Ihr Kopf ist hochrot angelaufen. Dabei ist meine ehemalige Freundin der Inbegriff einer kühlen Norddeutschen. Es gehört einiges dazu, sie in Rage zu bringen. Erstaunlicherweise bin ich froh, dass sie sich nicht ganz von Jan unterbuttern lässt. Das weiß er offensichtlich auch. Er steht tatsächlich auf und dreht das Fleisch auf dem Grill um. Ich frage mich, wie lange es noch dauert, bis es gar ist.

Schließlich schlingen wir ein paar höfliche Bissen hinunter, dann ertrage ich es wirklich nicht mehr. Vorsichtig sehe ich zu Paul. Der wirkt mehr amüsiert als genervt. Ob er tatsächlich Spaß daran hat, dass Jan sich wie ein Vollpfosten benimmt?

Enjoy the Show, blitzt es durch meinen Kopf. Das ist gerade gar nicht so einfach.

Inzwischen merke ich jedoch den Alkohol, was das Drama ein bisschen dämpft. Anscheinend ist es auch bei

Paul so, immerhin haben wir auf leeren Magen getrunken. Prophylaktisch kippe ich sofort den Rest des Glases in mich hinein. Nüchtern ist es hier nicht zu ertragen.

Jan schenkt mir nach, bevor er sich wieder setzt und zu Paul beugt.

»Also, Mister Millionär, dann erzähl mal. Wie kommt man zu Geld? Vielleicht hast du einen Tipp für einen armen Landwirt. Aber einen dummen Spruch von wegen harte Arbeit und so kannst du dir sparen«, stichelt er und macht dabei Gänsefüßchen mit den Fingern.

»Tja, ich würde sagen, über Geld spricht man nicht, Geld hat man«, antwortet Paul süffisant.

»Tssst.« Jan schüttelt den Kopf. »Woher kennst du meine Oma? Die hat das auch immer behauptet. Nein ernsthaft, wie bist du zu so viel Geld gekommen? Hast du geerbt?«

»Nein, ein Start-up mit einem Freund gegründet. Nach drei Jahren bin ich dann ausgestiegen.«

»Warum?«

»Private Gründe.«

Jans Augen werden groß. »Und was war das für ein Start-up?«

»Es ging um Big Data und den Nutzen, den man für die Werbung daraus ziehen kann.«

Jan sagt nichts, man sieht aber, dass sich sein Respekt Paul gegenüber erhöht. »Und da hat man dir Millionen für gegeben?«

»Nein, das hätte die Firma geschädigt. Dafür bin ich als leitender Angestellter dortgeblieben.«

»Mit Millionengehalt?«

»Nicht garantiert, aber ich bekomme schon Tantieme.«

»Und deswegen bist du Millionär?«

»Vor allem habe ich mein Geld klug investiert.«

»Ah, jetzt wird es langsam interessant. Was hast du denn so im Portfolio?«

»Zuerst habe ich mir Bitcoin gekauft, weil ich dachte, das wäre eine gute Idee.«

»Ja, davon habe ich auch schon gehört. Würdest du denn jetzt noch einsteigen?«

»Nein, ich bin ausgestiegen, als mir klar wurde, wie umweltschädlich das ist. Mittlerweile investiere ich das meiste in grüne Technologien.«

Jan lacht überdreht. »War ja klar. Und? Wie viele deiner Windräder verschandeln die Landschaft?«

»Kann ich nicht sagen. Da musst du dich bei meinem Broker erkundigen, vielleicht weiß der das.«

»Grüne Energien, wenn ich diesen Bullshit schon höre, läuft mir die Galle über. Wer will schon diesen Flatterstrom? Bei den Ökos kommt der doch aus der Steckdose.«

Ich merke, dass Paul sich zurückhält. Wahrscheinlich kennt er diese Stammtischparolen zur Genüge. Sehr klug von ihm, denn mit Jan kann man nicht diskutieren. Ich frage mich nur, warum er überhaupt ein ernsthaftes Gespräch mit ihm führt.

Der Besuch geht mir auf den Wecker. Nervös schütte ich meine Mischung in mich hinein und frage mich, ob Jan schon immer so war. Aber so schlimm? Das kann ich doch gar nicht ignoriert haben.

»Ich glaube, die Koteletts sind jetzt fertig«, wirft Sylke dazwischen und ich atme heimlich durch.

Beim Essen herrscht betretenes Schweigen. Das Geschirr klappert überlaut, die Vögel zwitschern unbeeindruckt ihr Abendkonzert. Nachdem ich den letzten Bissen heruntergeschluckt habe, sehe ich zu Paul hinüber. Er ist schon fertig. Offensichtlich hat ihm das Essen nicht sonderlich geschmeckt. Sylke fragt sicherheitshalber erst gar nicht nach und Jan scheint es nicht zu interessieren, er stopft sich schon das zweite Kotelett hinein.

Was für ein schrecklicher Abend! Ich will nur noch weg und stehe auf.

»Vielen Dank für Speis und Trank«, sage ich höflich mein Sprüchlein auf. »Aber ich glaube, wir müssen jetzt nach Hause. Wir haben morgen einen langen Tag.«

»Ja, ziemlich anstrengend«, bestätigt Paul und erhebt sich auch. »Danke für die Einladung.«

»Och, das ist aber schade. Ich hoffe, wir können das demnächst wiederholen«, meint Sylke und seufzt.

Ich presse beim Lächeln die Lippen fest zusammen.

»Wir haben echt viel zu tun«, murmle ich und staple unser Geschirr, während Jan noch auf seinem Fleisch kaut. Dass wir gehen wollen, scheint ihn nicht besonders zu interessieren. Vielleicht ist er auch sauer, dass er Paul nicht aus der Reserve locken konnte.

»Es wartet wirklich viel Arbeit auf uns«, bekräftigt Paul. Er schnappt sich eine Schüssel mit Salat, während ich die Teller trage.

»Verstehe«, entgegnet Sylke und steht auf. »Wartet, ich bring euch noch nach vorne.«

Sie nimmt sich die andere Salatschale und hastet voran.

»Tut mir leid, wie das gelaufen ist«, sagt sie, als wir die Sachen in der Küche abstellen. »Ich hätte aufpassen müssen, dass Jan nicht zu viel trinkt.«

»Jan ist erwachsen«, erwidere ich.

»Er hadert gerade sehr mit sich, weil er denkt, er hat alles falsch gemacht«, entschuldigt sie ihn.

Ich nicke. »Das war nicht zu übersehen, aber dafür bist du nicht verantwortlich.«

»Er denkt das aber.«

»Sein Problem, oder?«

Sylke sieht mich unglücklich an, während sie ihre Finger knetet. »Was soll ich denn machen? Du weißt doch, wie es hier ist.«

»Ach Sylke, das kann ich dir nicht sagen. Du bist für dein Leben verantwortlich und bald auch noch für dein Kind. Überleg dir, was du für euch willst, ohne dabei daran zu denken, was die anderen davon halten.«

Sylke senkt den Kopf. »Das klingt einfacher, als es ist.«

Ich lege meine Hand auf ihre Schulter. »Stimmt. Aber was im Leben ist schon einfach. Ich wünsche dir alles Gute, tschüss.«

Sie schaut wieder hoch und lässt die Arme sinken. »Tschüss. Kommt gerne wieder, das war mein Ernst.«

»Mal sehen«, murmle ich, zu mehr kann ich mich echt nicht hinreißen, obwohl sie mir langsam wirklich leidtut. Es war gut, von hier wegzugehen und Abstand zu gewinnen. Die beste Entscheidung, die ich treffen konnte. Mit neuer Perspektive sieht vieles doch gleich anders aus.

Es ist stockdunkel und die Grillen zirpen, als wir aus dem Haus treten.

»Die Straße ist schlecht beleuchtet. Soll ich euch nicht besser ein Taxi rufen?«, erkundigt sich Sylke.

»Nein, danke. Du weißt ja, ich kenn den Weg wie meine Westentasche, und das Licht an den Fahrrädern funktioniert.«

»Okay, dann passt gut auf. Kommt heil nach Hause.«

»Danke, tschüss und schönen Abend!«

Ich eiere ziemlich mit dem Lenker, als ich aufs Fahrrad steige. Kein Wunder, ich habe die ganze Flasche Sekt und einen guten Teil der Hafennutte vernichtet, während Paul nur drei Bier getrunken hat.

»Vooorsicht«, rufe ich, als das Rad beim Aufsteigen selbstständig seinen Kurs bestimmt.

»Wollen wir nicht lieber schieben? Das ist nicht so gefährlich«, warnt Paul, steigt aber auch auf, nachdem ich an ihm vorbeigezogen bin.

»Quatsch! Ich bin noch ziemlich nüchtern, habe alles im Griff.«

»Ja, das sehe ich.«

»Du würdest nicht so reden, wenn du wüsstest, wie oft ich diesen Weg schon geradelt bin.«

»Aber dabei warst du nicht so betrunken.«

»Sicher war ich dabei auch angeschwipst. Noch mal, ich bin nicht betrunken. Sonst könnte ich mich doch gar nicht so gut mit dir unterhalten«, beharre ich mit schwerer Zunge.

»Wie du willst.«

»Jup, und jetzt möchte ich so schnell wie möglich weg hier. Der Abend war einfach grauenhaft. Ich hoffe, du kannst mir verzeihen, dass ich dich mitgenommen habe.«

»Och, ich fand es eigentlich ganz aufschlussreich. Irgendwie … authentisch.«

»Authentisch, so kann man es auch sagen«, spotte ich.

»Und? Weißt du jetzt, ob du den bauernschlauen Vollpfosten noch liebst?«

Das Fahrrad fängt wieder an zu schlingern. »Vorsicht! Mensch Paul, pass doch auf!«

»*Du* musst aufmerksamer fahren. Nicht so schnell!«, warnt er.

»Dann fall ich um.«

»Wie du meinst. Aber du hast meine Frage nicht beantwortet. Liebst du diesen Typen noch?«

»Meinst du das jetzt ernst?«

»Klar. Das war doch der Zweck dieses Besuchs. Du hattest Angst, dass die beiden im siebten Himmel schweben, während du deinem Ex immer noch nachschmachtest.«

Ich kichere albern. »Ja, unglaublich nicht?«

»Glücklicher als du sind die beiden bestimmt nicht. Ehrlich gesagt, habe ich mich über ihn gewundert. Was hast du nur an *dem* gefunden?«

»Echt schwer zu sagen. Ich war jung und dumm, würde ich heute behaupten. Es gibt hier nicht viel Auswahl an heißen Typen … außerdem war er mal der Juni im Jungbauern-Kalender.«

»Mit so was kann man dich beeindrucken? Was meinst du, soll ich mich auch mal für den Junginformatiker-Kalender bewerben?«

»Witzbold. Existiert der überhaupt?«

»Keine Ahnung. Glaubst du, Informatiker können nicht attraktiv sein?«

»Ähm … ja klar, wieso nicht? Aber frag mich jetzt nicht, wo ich *dich* auf einer Skala von eins bis zehn einordne.«

»Warum nicht? Weißt du, was ich gerade so denke?«

»Muss ich das wissen?«

»Vielleicht. Ich denke gerade, dass es für den Absatz solcher Kalender vorteilhaft ist, dass man den Models ihren Charakter nicht ansehen kann.«

»Da könntest du recht haben, zumal diese Dinge ja meinst für einen guten Zweck sind.«

»Vielleicht initiiere ich auch mal so was mit sexy Informatikern. Für den guten Zweck natürlich.«

Ups, ich gerate wieder ins Schlingern. »Echt jetzt?«

»Warum nicht? Wäre für mich ja kein Problem.«

»Doch nicht wirklich, oder?«

»Das frage ich mich auch bei diesem Typen, deinem Jan. Der Kerl ist so ein Jammerlappen!«

»Und was für einer. Aber so schlimm war er früher nicht, glaube ich. Wenn doch, ist es mir damals nicht aufgefallen. Aber ich will nicht so hart sein, es lief ja anscheinend wirklich nicht gut für ihn.«

»Bei solchen Typen sind *immer* die anderen schuld.«

»Stimmt, Jan hat schon einen Hang zum Selbstmitleid. Es kratzt ganz besonders an seinem Ego, dass du dich als Millionär ausgegeben hast, während er einen finanziellen Engpass hat. Sein Gejammer war übrigens ziemlich glaubwürdig.«

»Tatsächlich?«

»Joh. Und ich glaube, er ist von seinen Eltern ganz schön unter Druck gesetzt worden. Die scheinen von Sylke nicht viel zu halten. Na ja, sie erbt ja auch keinen Bauernhof.«

»Muss ich Mitleid mit deiner Freundin haben?«

»Ehemalige Freundin«, berichtige ich ihn. »Nein, sie braucht wohl kein Mitleid, die lässt sich schon nicht die Butter vom Brot nehmen. Am Ende hat sie immer das bekommen, was sie haben wollte. Ich denke, sie weiß noch nicht, dass sie Jan gar nicht will.«

»Du meinst, sie trennen sich?«

»Wahrscheinlich. Oder kannst du sie dir als glückliches Paar vorstellen?«

»Vielleicht wenn das Kind da ist?«

»Eher nicht, Jan ist kein großer Kinderfreund. Und am Ende rettet ein Kind sowieso nichts, das nicht zu retten ist. Er wird sie sicher auch betrügen, wenn er es nicht schon hat.«

»Wie kommst du darauf?«

»So wie Jan Sylke behandelt hat, war er zu mir nie, und am Ende hat er mich trotzdem betrogen. Er ist zu eitel, um einer Versuchung zu widerstehen.«

»Selbstverliebt trifft es da wohl eher.«

»Stimmt, könnte man auch so nennen.«

»Bist du jetzt froh, dass du dich deinen Gefühlen gestellt hast?«

»Jup, die Katze ist tot, würde ich sagen. Mausetot«, bemerke ich grinsend. Diese Erkenntnis löst eine Euphorie in mir aus.

»Das freut mich«, antwortet Paul.

»Und mich erst. Ich fühle mich frei. Frei! Frei!« Um mein Freiheitsgefühl zu unterstützen, befreie ich meinen Haarknoten vom Gummi und schüttle die Mähne wild. »Auch die Frisur soll frei sein!«

»Pass auf, du schlingerst so. Gleich fährst du in mich rein.«

Ich reiße das Steuer herum und rutsche über die Kante des befestigten Weges. Bums, da liege ich unter dem Fahrrad begraben.

»Luise! Ist dir was passiert?«, fragt Paul besorgt und steigt schnell vom Rad.

Vielleicht betäubt der Alkohol meinen Schmerz, denn ich fange befreit an zu lachen. »Nein, mir geht es gut. Es ist schön, in einer lauen Sommernacht im Gras zu liegen.«

Paul hebt das Fahrrad von mir herunter. »Kannst du aufstehen?«

»Die Frage ist doch, ob ich das will.« Ich strecke ihm erfreut die Hand entgegen. »Ich hätte jetzt große Lust, hier im Gras zu liegen und zu küssen.«

»Du hast seltsame Gelüste.«

Ich zupfe ungeduldig an seinem Shirt. »Komm her, Superman, küss mich.«

»Warum nennen mich heute nur alle Superman?«

»Das verrat ich dir, wenn du mich küsst«, schnurre ich.

»Der Fake-Kuss beim Juwelier war schon mal ganz gut. Ich will unbedingt wissen, was du wirklich draufhast.«

Lachend lässt Paul sich zu mir ziehen. »Okay, wie du willst.«

Zärtlich senken sich seine Lippen auf meine.

Die Katze ist tot – es lebe die Katze!, schießt es durch mein benebeltes Hirn.

13

FAKE-FREUNDE PLUS

Pauls Kuss ist eine Offenbarung. Ich habe schon so lange nicht mehr richtig geküsst und bin durch den Alkohol enthemmt. So lasse ich meinen stürmischen Gefühlen freien Lauf und Paul gibt sich inbrünstig meinem wilden Zungenspiel hin. Wer hätte gedacht, dass so viel Leidenschaft in ihm steckt? Ich bisher nicht. Es fühlt sich großartig an, in dieser lauen Sommernacht im Gras am Straßenrand zu liegen und einen Mann wild zu küssen. Dabei ist es mir auch egal, wer es ist, oder nicht? Selten habe ich mich so lebendig gefühlt.

Trotz der Betäubung durch den Alkohol erwacht meine Libido. Nach den Jahren der Enthaltsamkeit giert mein ausgehungerter Körper nach Pauls Zärtlichkeiten. Neugierig schlüpft meine Hand unter sein Shirt, um die grandiosen Muskeln unter seiner weichen Haut zu fühlen. Wenn es einen Informatiker-Kalender gibt, sollte Paul als heißer Juli erscheinen – definitiv. Ich seufze leise, als ich spüre, dass das eine Gänsehaut bei ihm auslöst. Paul stöhnt.

»Ich würde so gerne mal wieder Sex haben«, hauche ich mit einem schelmischen Grinsen in sein Ohr.

Paul stutzt. Ich sehe die Umrisse seines Gesichts im Mondlicht, kann aber keine Regung erkennen.

»Jetzt?«, fragt er irritiert.

»Warum nicht?«, gebe ich zurück und beginne, an seiner Hose zu nesteln.

Paul entzieht sich mir und erhebt sich.

»Komm, steh auf«, fordert er bestimmt und streckt mir seine Hand entgegen.

»Ich will nicht. Ich will mal wieder Liebe machen und dann auf der Stelle einschlafen. Ich bin sooo müde.«

Paul seufzt. »Ich glaube, das ist keine gute Idee.«

»Warum nicht?«

»Du würdest es bereuen.«

»Nicht so sehr wie die Tatsache, dass ich diesem Kotzbrocken Jan nachgeweint habe.«

Paul lacht kurz auf. »Vielleicht, vielleicht auch nicht.«

»Bestimmt.«

»Ich finde es besser, wenn man solche Sachen ohne benebelte Gefühle macht.«

»Meine Gefühle sind nicht benebelt, sie sind glasklar«, behaupte ich schmollend.

»Okay, wie du meinst. Lass uns nach Hause laufen, dann sehen wir weiter.«

»Spinnst du? Weißt du, wie weit das ist?«

»Wir werden es schaffen, bestimmt. Und wenn wir angekommen sind, bist du auch wieder nüchtern. Dann sehen wir ja, was noch geht.«

Er hält seine Hand noch dichter vor meine Nase.

»Och Mensch, du bist ja 'ne Spaßbremse.«

»Und du ein Dickkopf.«

Ich kichere. »Das weißt du doch.«

»Stimmt.«

»Ich habe immer noch keine Lust zu laufen.«

»Okay, dann setzt du dich auf meine Stange.«

»Das will ich doch die ganze Zeit, aber du lässt mich nicht«, pruste ich.

»Sehr witzig, die vom Rad natürlich. Wir holen deines morgen, einverstanden?«

»Wenn's unbedingt sein muss«, schmolle ich.

Paul zieht mich hoch, hebt das Rad auf und stellt es in der Böschung auf den Ständer.

»So, komm auf meine Stange, Täubchen«, feixt er, nachdem er wieder auf seinem Drahtesel sitzt.

Es dauert einige Zeit, bis er sicher Fahrt aufnehmen kann, weil ich alles andere als eine ruhige Last bin. Anhänglich schlinge ich die Arme um seinen Hals und starte diverse andere Annäherungsversuche, die er mit engelsgleicher Geduld erträgt. Er muss kräftig in die Pedale treten, denn ich bin relativ groß und dadurch kein Federgewicht.

»Du bist mein Held«, murmele ich.

Als der Mond hinter den Wolken hervorkommt, schaue ich in sein Gesicht. »Weißt du, dass dich Sylke mit Clark Kent verglichen hat? Sie findet, du siehst aus wie Superman.«

»Tatsächlich? Darum hast du mich vorhin so genannt?«

»Mhm«, antworte ich nickend. »Ich hatte immer das Gefühl, dass du mich an jemanden erinnerst. Erst dachte ich, es wären die Helden aus *The Big Bang Theory*. Aber nein, Sylke hat recht. Seit ich dich in dem blauen Hemd gesehen habe, ist mir endgültig klar, du bist Clark Kent.«

»Soso, ich schätze, du wirst dich morgen nicht mehr wissen, was du mir gerade erzählt hast«, keucht Paul. Langsam fängt er an zu schwitzen.

»Meinst du? Ich hoffe, du denkst jetzt nicht, ich schmeichle mich ein.«

»Aber nicht doch. Ich weiß, dass du dich niemals anbiederst, und das ist auch gut so«, schnauft er, während er fleißig weiter tritt.

»Stimmt. Ich kann Schleimer nicht ausstehen. Bist du eigentlich wirklich Millionär?«

»Warum willst du das wissen?«

»Also ja?«

»Ist das nicht egal?«

»Für mich schon … oder irgendwie doch nicht.«

»Warum nicht?«

»Weil mich das überraschen würde.«

»Können wir eine Redepause machen? Das Treten ist schon schwer genug.«

»Na gut. Aber ich möchte noch einmal ausdrücklich festhalten, dass ich es gar nicht wollte.«

»Was?«

»Dass du mich fährst.«

»Morgen siehst du das anders.«

Ich merke, dass ihn das Fahren tatsächlich anstrengt, denn er wird immer langsamer. Also versuche ich, stumm zu bleiben. Paul schwitzt stärker. Heimlich schnuppere ich ein wenig. Hm, er riecht wirklich verdammt gut. Ich umarme seinen breiten Brustkorb.

»Wo müssen wir jetzt hin? Links oder rechts?« Sein Körper vibriert beim Reden.

Erst langsam begreife ich die Bedeutung seiner Worte und wage einen Blick über die Lenkstange. Paul ist im Begriff, falsch abzubiegen.

»Rechts! Rechts!«, rufe ich.

»Scheiße!«

Das Rad macht einen gefährlichen Schlenker, fängt sich aber.

»Ups!«, entfährt es mir. »Da wären wir fast umgefallen.«

»Ja, ups«, stöhnt Paul. Würdest du jetzt bitte mit auf die Straße achten?«

»Zu Befehl, Superman.«

Der unwillige Knurrlaut, den Paul als Antwort entlässt, sagt mir, dass er nicht so bezeichnet werden will. Warum nur? Trotzdem versuche ich, mich auf den Weg zu konzentrieren. Es ist ein kleines Wunder, dass wir heil zu Hause ankommen.

Ich lege mich aufs Bett und möchte am liebsten sofort einschlafen, doch Paul zieht mir die Schuhe aus.

Grinsend lasse ich mir die Jeans öffnen.

»Haben wir jetzt Sex?«, frage ich, als er an meinen Hosenbeinen zupft.

»Eher nicht. Ich bin völlig durchgeschwitzt und will duschen.«

»Das kannst du doch auch – hinterher«, säusle ich und spiele provokant mit meinen Haaren. »Ein One-Night-Stand mit Superman, welche Frau träumt nicht davon?«

»Hör endlich mit diesem Superman-Gelaber auf. Sex in deinem Zustand ist nicht mein Ding.«

Ich öffne einladend meine Arme. »Warum nicht? Wir können doch Fake-Freunde plus sein.«

»Wenn dann höchstens Fake-Verlobte Plus«, berichtigt er mich.

»Hast du mir einen Antrag gemacht? Habe ich ja gesagt? Nein. Also sind wir nicht verlobt, allenfalls Freunde. Fick-Freunde, wie wäre das?«

»Ich kann für dich nur hoffen, dass du morgen eine gnädige Gedächtnislücke hast.«

Fürsorglich breitet er die Decke über mir aus.

»Oooch, du bist eine Spaßbremse, weißt du das?«

»Schlaf erst mal deinen Rausch aus. Gute Nacht«, flüstert er und gibt mir einen Kuss auf die Stirn.

Die Geste ist so sanft und zärtlich, dass ich es nicht wage, ihn noch einmal zu mir zu ziehen. Brav, aber nicht ohne einen sehnsüchtigen Seufzer zu entlassen, drehe ich mich auf die Seite.

Paul verschwindet im Bad und lässt mich im Bett zurück, das sich plötzlich wie ein Karussell dreht.

Ach du Scheiße!

Langsam aber sicher verstärkt sich die Übelkeit und baut sich zu einen Würgereiz auf.

Ich muss jetzt aufstehen, sonst schaffe ich es nicht mehr auf Klo. Leider wird Paul mein Zustand dadurch nicht verborgen bleiben, denn er ist noch nicht aus dem Bad zurück.

Dampfwolken empfangen mich, als ich den Feuchtraum betrete.

Paul stellt schnell das Wasser ab und ich bedauere kurz, dass die Duschabtrennung undurchsichtig ist.

»Luise, alles klar?«, erkundigt er sich.

Dem »Ja« folgt leider ein Würgen. Hastig öffne ich den Klodeckel, knie mich vor die Schüssel und lasse mir den Abend noch mal durch den Kopf gehen – im wahrsten Sinne des Wortes. Ich möchte im Boden versinken, als sich die Tür der Duschabtrennung öffnet, und ein blitzsauberer, gut duftender Paul heraussteigt. Umsichtig hat er sich bereits ein Handtuch um die Hüften geschwungen – schade.

Paul kommt zu mir und hält mir die Haare nach hinten. Erneut krampft mein Bauch.

»Jetzt können wir uns Kotzfreunde nennen, oder?«, neckt er mich.

»Für dich ist es leicht, ein paar Witze zu reißen. Aber

für mich …«, keuche ich, bevor der nächste Stoß meinen Körper verlässt.

Nach einiger Zeit werden die Krämpfe schwächer. Paul lässt meine Haare los, streichelt zärtlich über meinen Kopf, bevor er sich wegdreht und ein kleines Gästehandtuch befeuchtet.

»Hier, mach dich ein bisschen frisch«, fordert er mich auf.

Dankbar nehme ich den lauwarmen Lappen und reinige mein Gesicht. Die letzten Reste meiner Schminke im Frottee zeigen mir meinen desolaten Zustand. Gleichzeitig wird mir bewusst, dass Pauls Wunsch, dass ich an die Peinlichkeiten des heutigen Abends keine Erinnerungen haben werde, nicht in Erfüllung gehen wird. Wie peinlich! Wie konnte ich mich nur so gehen lassen?

Als ich mich wieder aufrappele, steht er mit einem Zahnputzbecher voll Leitungswasser vor mir. »Du möchtest sicher deinen Mund spülen.«

»Danke«, hauche ich, reinige ihn und trinke noch etwas hinterher. Ich ahne, dass das einen deftigen Kater geben wird.

»Habt ihr irgendwo Aspirin?«, fragt Paul.

»Klar, aber ich denke, es wird nicht drinbleiben. Trotzdem danke. Du bist lieb. Es tut mir leid, dass ich mich eben so schrecklich benommen habe.«

»Du hast dich nicht schrecklich benommen.«

»Doch, ich habe viel zu viel getrunken. Es ist mir jetzt schon peinlich.«

»Du warst nur etwas durch den Wind und hast daher nicht gemerkt, wie viel du intus hast. So etwas passiert.«

»Trotzdem, das hätte nicht passieren dürfen«, bekenne ich.

»Shit happens, weißt du doch.«

»Okay, wenn du es mir nicht übelnimmst. Du warst der Leidtragende«, sage ich seufzend.

»Wir unterhalten uns morgen weiter, ja?«

»Ja«, antworte ich brav.

Mittlerweile will ich nur noch ins Bett. Gut, dass ich so weit ausgenüchtert bin, dass ich mir selbstständig mein Nachtzeug anziehen kann.

»Schlaf gut«, flüstert Paul, bevor er das Licht ausmacht.

»Du auch … und noch mal danke.« Ich drehe mich zu ihm. »Du, Paul?«

»Ja?«

»Darf ich mich bei dir ankuscheln?«

»Gerne.«

Ich rutsche an seinen Rücken und genieße die Wärme, die von seinem muskulösen Körper ausgeht.

»Aber das hat nichts zu bedeuten«, warne ich – wohl eher mich selbst.

Paul seufzt. »Natürlich nicht.«

14

MORGENSONNE

Wir haben gestern vergessen, die Vorhänge zuzumachen, deshalb scheint mir die Morgensonne schon früh ins Gesicht. Ich werde unweigerlich wach, vielleicht auch, weil ich schrecklichen Durst verspüre. Der mischt sich mit leichter Übelkeit, als mir einfällt, wie ich mich gestern benommen habe. Was denkt Paul jetzt bloß von mir?

Er hat ja Verständnis versichert, aber ist das heute auch noch so? Immerhin durfte ich mich gestern an ihn schmiegen. Irgendwann im Laufe der Nacht hat sich unsere Situation geändert, jetzt ist er es, der sich an mich kuschelt. Zugegeben, ich genieße es. Jetzt, wo ich weiß, dass Jan nicht den Milliliter einer Träne wert war, bin ich definitiv bereit für einen neuen Mann in meinem Leben.

Aber könnte das Paul sein? Daran habe ich bis gestern keinen Gedanken verschwendet. Okay, er sieht gut aus. Die sportliche Figur ist sogar richtig heiß. Klug ist er auch – wenn man die reine Intelligenz betrachtet. Und fürsorglich, wie ich gestern am eigenen Leib erfahren habe.

Das sind die Pluspunkte.

Die Minuspunkte hingegen haben immer verhindert, dass ich ihn bis heute überhaupt jemals in Betracht gezogen habe. Er hat »Das Kind in sich« zu sehr bewahrt, das ist ziemlich anstrengend. Obwohl … auf der Fahrt hierher war es angenehm, irgendwie locker und lustig.

Sein Klamottengeschmack ist eine Zumutung. Obwohl … beim Einkaufen in Kiel hat er diesen Eindruck eigentlich nicht bestätigt. Zumindest wusste er was er tragen wollte, das wäre sicher ausbaufähig.

Aber dass er wieder zu seinen Eltern gezogen ist, nachdem mit seiner Freundin Schluss war, ist ein No-Go. Ob es stimmt, dass sie hinter seinem Geld her war? Wohl kaum, denn sein Auftritt bei Jan war eindeutig Show. Sonst hätte er mir meine Frage auf dem Rückweg mit Ja beantwortet. Wahrscheinlich hat sie sich damals nicht so aufopferungsvoll um ihn gekümmert, wie seine Mama das gemacht hat. Obwohl … hier in Kalifornien kommt er eigentlich nicht wie ein Muttersöhnchen rüber.

Verdammt! Jetzt hat er mich schon so weit, dass ich eine Pro- und Contraliste erstelle.

Ein Sonnenstrahl fällt genau auf den Diamantring, lässt ihn feurig funkeln. Was für ein irres Teil! Obwohl Mia nicht für Luxus zu haben ist, wird sie sich der Magie dieses Schmuckstücks sicher nicht entziehen können. Wenn ich damit einen Heiratsantrag bekommen würde, würde ich mich wahnsinnig darüber freuen. Na ja, natürlich nur, wenn ihn auch der richtige Mann macht.

Paul regt sich, er scheint aufzuwachen. Schade. Ich tue so, als würde ich auch gerade die Augen aufmachen, damit ich mich unauffällig aus seiner Umarmung befreien kann.

»Wie geht es dir?«, raunt er von hinten und verschafft mir damit eine Gänsehaut am Rücken.

Ich drehe mich um und lächle tapfer. »Den Umständen entsprechend, würde ich sagen.«

Paul grinst zurück, was ihn mit seinem Drei-Tage-Bart unglaublich attraktiv aussehen lässt. »Das hört sich ja nicht so schlecht an. Ich hatte schon Schlimmes befürchtet.«

»Deine Vorhersagen sind eingetreten«, erwidere ich seufzend.

Paul legt seinen Kopf auf den angewinkelten Arm. »Du bist aber ziemlich streng mit dir.«

»Findest du?«

»Wir haben doch alle schon mal über die Stränge geschlagen, weil wir mit unseren Gefühlen nicht zurechtkamen. Niemand ist perfekt und reagiert immer richtig.«

Ich setze mich auf und fahre mir mit den Fingern verlegen durchs Haar. »Sicher, das entschuldigt aber nicht alles.«

»Solange niemand zu Schaden kommt, ist es okay«, flüstert er und streicht mir zärtlich eine vorwitzige Strähne aus dem Gesicht. »Ich hatte gestern den Eindruck, dass du an das perfekte Glück mit diesem Jan geglaubt hast, und dir durch die Trennung der Boden unter den Füßen weggezogen wurde. Wenn einem dann klar wird, dass es die große Liebe nie gegeben hat, kann einen das durcheinanderbringen.«

»Du sprichst aus Erfahrung?«

»Vielleicht, man lernt eben immer dazu. Auch, dass man nicht so streng mit sich sein darf.«

»Man kann definitiv nicht behaupten, dass du zu streng mit dir bist.«

»Ich bin so, wie ich bin. Seit ich das akzeptiert habe, bin ich glücklicher. Solltest du auch mal probieren.«

»Beneidenswert.« Ich seufze. Sein zärtlicher Blick geht mir durch und durch. Mein Atem stockt, mein Körper kribbelt. Die Gefühle fahren Achterbahn. »Ich geh mal duschen.«

»Tu das.«

Zwar ist mir immer noch flau, doch ich fühle mich deutlich besser, als ich vom Duschen zurückkomme. Paul sitzt auf dem Sessel und schaut von seinem Handy auf. Er hat das lila Shirt für seine »weibliche Seite« an und auch das steht ihm fantastisch. Seine Augen funkeln, als er mich betrachtet.

»Und? Wie steht heute auf dem Plan?«

»Locations scouten«, erinnere ich ihn.

»Bin schon dabei.«

»Auf dem Handy?«

»Ja, ist doch praktisch. Also, Nordsee, Rügen und die Ostseebäder, da kannst du Hochzeitspakete buchen, aber hier in der Gegend wird nichts in der Art angeboten.«

Ich rubble mein Haar mit einem Handtuch. »Sag jetzt nicht, das wundert dich. Was meinst du, warum Ben mich … uns geschickt hat? Sonst hätte er doch einen professionellen Hochzeitsplaner engagieren können.«

»Stimmt auch wieder.«

Ich werde stutzig. »Wieso stimmt auch wieder?«

»Na ja …«

»Paul«, mahne ich eindringlich. Meine Augen werden zu skeptischen Schlitzen. »Wie viel Einfluss hattest du auf diese schwachsinnige Aktion hier?«

Auf Pauls Gesicht bildet sich eine steile Falte. »Wenig. Ben ist einfach nicht von dem Gedanken abzubringen, Mia zu heiraten. Keine Ahnung, was er sich davon verspricht. Da er sich jetzt schon so oft die Zähne ausgebissen hat, sucht er Rat bei uns. Ein professioneller Hochzeitsplaner wird kaum auf Mias Vorstellungen eingehen können.«

»Wir aber auch nicht. Sie hat das mit der Hochzeit am Strand von Kalifornien doch nur gesagt, weil sie dachte, dass er diese Bedingung nicht erfüllen kann.«

»Ganz meine Rede. Mia wird sich so oder so überrumpelt fühlen.«

Ich schlinge mir mein Handtuch um den Kopf. »Glaube ich auch. Aber warum hast du es Ben dann nicht ausgeredet?«

»Ging nicht. Alle überschätzen meinen Einfluss auf Ben. Wenn der sich was in den Kopf setzt, dann zieht er es durch. Er glaubt, dass er Mia damit beeindrucken kann, und muss wohl erst auf die Nase fallen.«

Ich setze mich Paul gegenüber aufs Bett.

»Ist eigentlich romantisch«, murmle ich.

Paul lächelt versonnen. »Finde ich auch. Ben ist so verschossen, aber mit einer Hochzeit kann man die Liebe nicht konservieren.«

»Leider. Mia hat irgendwelche Ängste. Als ob die Liebe verschwinden würde, sobald die Gefühle füreinander ausgesprochen werden.«

»Bindungsangst?«

Ich nicke. »Liegt wohl in der Familie.«

»Vielleicht kann Ben ihr diese Furcht mit seiner Aktion nehmen.«

»Ich weiß es nicht. Mir ist nur klar, dass ich den Auftrag schnell hinter mich bringen will«, antworte ich seufzend.

»Ich finde, das ist eine nette Abwechslung«, gesteht Paul grinsend.

»Wir sollten die Sache runterschrauben, sonst sagt Mia noch aus Trotz Nein.«

»Finde ich auch. Es sollte einfach eine schöne, romantische Reise mit dem Antrag als Höhepunkt sein.«

»Genau«, bestätige ich.

»Ich meine, was denkt sich Ben? Sollen wir etwa schon das Aufgebot bestellen? So schnell bekommt man ja gar keinen Termin. Und was passiert, wenn sie wieder Nein sagt?«

»Das wäre keine Katastrophe. Ben hat Mias Opa eingeladen, der ist Reverend. Ob der eine Trauung durchzieht oder nicht, ist egal.«

»Ach so.«

»Trotzdem darf sie sich auf keinen Fall überrumpelt fühlen, das will keine Frau.«

Paul hebt die Augenbrauen. »Du meinst, sie erkennt Bens guten Willen nicht mehr?«

»Könnte passieren, wenn sie das Gefühl hat, dass ihr Wunsch nicht zählt.«

»Glaubst du?«

»Keiner will sich zur Heirat genötigt fühlen. Und schon gar nicht so ein freiheitsliebender Mensch wie Mia.«

»Das stimmt. Aber was machen wir, wenn ihr Opa aus Kalifornien doch nicht kommt?«

»Am schnellsten kann man in Dänemark heiraten, das ist relativ kurzfristig zu organisieren.«

mmmm»Hm.« Paul streicht sich übers Kinn. »Ich kann mich ja mal mit Ben enger abstimmen.«

»Mach das, das ist wahrscheinlich das Beste. Und jetzt dreh dich bitte um, damit ich mich anziehen kann.«

Paul zieht die Stirn kraus. »Kein Problem, ich muss sowieso noch Zähne putzen.«

Meine Mutter strahlt, als wir in die Küche kommen.

»Kaffee?«, fragt sie, nachdem wir uns gesetzt haben.

»Gerne«, sagt Paul mit seinem charmanten Schwiegersohnlächeln und hält seinen Becher hin.

Als der Kaffeeduft beim eingießen in meine Nase steigt, meldet mein Magen Bedenken an.

Ich schüttle den Kopf. »Hast du auch Tee?«

»Klar. Den trinke ich doch immer, daran hat sich nichts geändert«, meint sie, holt die Kanne und schenkt mir ein.

»Wo ist Papa?«, erkundige ich mich, denn normalerweise hat er um diese Zeit das Melken beendet und nimmt sein zweites Frühstück zu sich.

»Ach, den hat die Hexe abgeschossen. Er ist zum Knochenbrecher. Wir werden leider nicht jünger«, erklärt sie seufzend.

»Oh … autsch, das klingt nicht gut. Kann ich irgendwie helfen?«, bietet Paul an.

Am liebsten würde ich ihm unter dem Tisch wieder gegen sein Schienbein hauen. Was denkt er sich? Er kann sich doch nicht so aufdrängen.

»Das mit der Stallarbeit kann nicht mal ich so richtig, aber mein Onkel springt manchmal ein. « Ich wende mich an meine Mama. »Kommt Jürgen?«

»Falls nötig, bestimmt. Warten wir mal ab. Wir haben einen guten Chiropraktiker, der kriegt das sicher hin«, erwidert meine Mutter.

»Okay, aber falls ich doch etwas tun kann, zögert nicht zu fragen.«

»Das ist lieb«, flötet Mama verzückt. »Möchtest du ein Rundstück?«

Einen Moment sieht Paul ratlos aus, dann hält meine Mutter ihm den Brötchenkorb vor die Nase und er kapiert, was damit gemeint ist.

Ich fühle mich nicht direkt überfahren, sehe aber Probleme auf mich zukommen. Bei nächster Gelegenheit muss ich mit Paul unbedingt ein ernstes Wörtchen reden. Ich will meinen Eltern helfen, aber nachdem ich mit ihnen in Ruhe gesprochen habe. Da kann er doch nicht daherkommen und alle überrollen. Es mag gut gemeint sein, kommt mir aber übergriffig vor.

Paul greift unbedarft zu einem Brötchen, beschmiert es mit Butter und legt Käse darauf.

Ich versuche es mit einem trockenen Milchbrötchen.

Meine Mutter sieht uns zufrieden beim Kauen zu. Sie hat früher viel Aufwand betrieben, um mir das Frühstücken beizubringen. Wenn sie wüsste, dass ich es nur mache, um etwas gegen die Übelkeit zu tun, die nicht weichen will.

»Wie war's denn gestern bei Jan und Sylke?«, fragt sie wie beiläufig.

Mist! Einen Moment dachte ich doch tatsächlich, ich komme um die Berichterstattung herum.

»Feucht ohne fröhlich«, brumme ich. »Jan hat mich abgefüllt.«

Zu meiner Überraschung streichelt meine Mutter mitfühlend über meinen Arm.

»Er lässt sich ziemlich gehen, das habe ich auch gehört. Stimmt es, dass er Sylke nicht gut behandelt?«

Ich nicke. »Besonders nett war er nicht, aber sie lässt sich nicht unterkriegen.«

»Seine Eltern setzen ihm zu, denen kann er nichts recht machen«, erzählt Mama weiter.

»Denke ich auch«, bestätige ich. »Angeblich bereut er, dass er mich betrogen hat.«

Meine Mutter sieht lächelnd zu Paul. »Ich bin so froh, dass du einen so netten Mann gefunden hast, da kann er dich hoffentlich nicht mehr um den Finger wickeln.«

»Keine Angst. Ich habe kapiert, dass es weniger um mich, als um ihn ging. Es dreht sich immer alles nur um ihn. Und um den Hof natürlich. Und ums Geld. Am Ende geht es immer ums Geld.«

»So ist es wohl, leider. Hoffentlich erkennt Sylke das noch rechtzeitig.«

»Jeder bekommt irgendwann das, was er verdient«, antworte ich seufzend.

»Sie wird ihn nie zufriedenstellen können, sie ist eine Klempnertochter. Sie kennt den Hofbetrieb nicht. Sie war nichts weiter als ein hübsches, kleines Abenteuer.«

»Das ziemlich lang gehalten haben muss, denn immerhin hat er sie geschwängert, während ich zwei Jahre weg war.«

Mama winkt ab. »Ach, das ging ewig hin und her. On-off-Beziehung heißt das wohl.«

Ich lächle nachsichtig.

»Ja, so nennt man das. Aber können wir jetzt das Thema wechseln?« Demonstrativ beiße ich von meinem Milchbrötchen ab und kaue.

»Na klar. Also, was habt ihr denn heute Schönes vor?«

Ich schlucke den Bissen herunter. »Zur Abwechslung mal an unserem Auftrag arbeiten.«

»Du hast noch gar nicht erzählt, was für eine wichtige Mission es ist, die ihr erfüllen müsst. Beim Renovieren habt ihr so komische Andeutungen gemacht.«

»Wir sollen die Hochzeit meiner Freundin und Kollegin organisieren«, brumme ich.

»Hier?«, hakt sie überflüssigerweise nach.

»Ja, ist so 'ne Schnapsidee von unserem Firmenchef.«

»Ihr sollt Privatsachen für ihn erledigen? Also ist es gar nichts Dienstliches?«

»Nicht wirklich«, bestätigt Paul und zuckt mit den Schultern. »Lange Geschichte.«

»Na, es geht mich ja auch nichts an. Ich freue mich, dass ihr uns besucht.«

»Wir freuen uns auch«, bestätige ich.

Paul nickt eifrig. »Ich fühle mich wie im Urlaub.«

»Dann solltet ihr erst zum Strand, das Wetter genießen. Es soll schwül werden und es gibt später Gewitter«, rät meine Mutter.

»Gute Idee«, antwortet Paul erfreut. »Ich geh mich fertigmachen.«

Mama sieht mich an. »Was ist mit dir? Nutzt doch das schöne Wetter.«

Ich horche in mich hinein. Das Frühstück hat gutgetan. Hoffentlich kommt die Übelkeit nicht zurück. Also zucke ich mit den Schultern. »Warum nicht? Aber erst holen wir mein Fahrrad.«

Mist! Kann ich nicht nachdenken, bevor ich plappere?

»Wieso, wo ist das denn?«, erkundigt sich meine Mutter. »Hattet ihr einen Platten?«

»Ja, genau. Es steht in der Nähe von Jans Hof am Straßenrand«, nutze ich die Vorlage.

15

VORMITTAGSHITZE

»Wow, nice!«, entfährt es Paul, als wir auf der Krone des niedrigen Deichs stehen. Die Schutzmaßnahmen sind hier flacher als an der Nordsee. Der Deich ist eher eine Düne, auf der ein breiter Fahrradweg verläuft. Am feinsandigen Strand ist trotz des warmen Wetters nicht so viel los wie sonst um diese Jahreszeit. Nicht alle gelben Strandkörbe sind besetzt und auch dazwischen hat man zahlreiche Möglichkeiten, ein freies Fleckchen für sich zu finden.

Wir breiten unsere Decke etwas abseits vor der grasbewachsenen Düne aus. Die Luft ist drückend warm, von einer kühlenden Seebrise keine Spur. Am Horizont kann man die ersten dunklen Wolken sehen, doch das alles interessiert mich wenig, als Paul anfängt, sich auszuziehen. Während ich mich auch von meinen Kleidern befreie, wage ich mal wieder verstohlene Blicke. Der Anblick ist einfach zu verlockend.

Er streckt mir seine Hand entgegen, damit wir zusammen zum Wasser laufen. Sein Blick elektrisiert mich. Vielleicht, weil er heute seine Brille durch Kontaktlinsen ersetzt hat. Wie hypnotisiert nehme ich das Angebot an. Als sich unsere Hände berühren, ist es, als würde so etwas wie ein elektrischer Schlag durch meinen Körper schießen. Ich lächle beherzt. Händchenhaltend laufen wir zum Wasser.

Das salzige Nass spritzt erfrischend an unsere Beine, die Tropfen glitzern in der Sonne. Nur ungern löse ich mich von seiner Hand, um mich mit dem ganzen Körper abzukühlen. Das lässt mich plötzlich klarer denken. Wie kann es sein, dass Paul mich so in seinen Bann zieht? Ich sollte es ignorieren.

Sollte.

Doch stattdessen schwimme ich von hinten auf ihn zu und ducke seinen Kopf unter Wasser.

Prustend taucht er wieder auf. »Hey! Willst du, dass ich meine Kontaktlinsen verliere? Dann bin ich blind wie ein Maulwurf«, sagt er und drückt auch meinen Kopf hinunter.

Wir lachen und toben. Ich genieße es, als er mich auf seine starken Arme nimmt, auch wenn er mich danach in die sanften Wellen wirft. Mit fiesem Grinsen im Gesicht versuche ich, ihn umzuschubsen. Doch mein Unterbewusstsein hat scheinbar etwas anderes im Sinn, denn ich finde mich mit allen Vieren um seinen Körper geklammert wieder.

Die Gelegenheit lässt er sich nicht entgehen, fixiert meinen Kopf, zieht ihn zu sich und küsst mich leidenschaftlich. Die ganze Sache läuft wie selbstverständlich ab. Es fühlt sich nicht nur gut, sondern auch richtig an. Übermütig spielen unsere Zungen miteinander. Ich schließe die Augen, schmecke das salzige Wasser und genieße seinen Geschmack, der sich mit dem des Meeres mischt.

Die Möwen schreien, während die sanften Wellen an unsere erhitzten Körper plätschern. Der Lärm der anderen

Badenden wird immer leiser. Wir verlieren uns ineinander, vergessen die Zeit.

Paul knetet meinen Hintern. Ein wildes Prickeln zieht durch meinen Unterleib. Gut, dass wir nicht allein sind, sonst könnte ich für nichts garantieren. Mein Verlangen wächst und ich kann nichts dagegen tun. Ich öffne meinen Mund weiter, während ich seinen stürmischer erforsche, Paul erwidert es hingebungsvoll. Ein leises Stöhnen entfährt ihm. Die Vibrationen breiten sich bis in meinen Unterleib aus und verursachen eine Hitze, gegen die das kühle Seewasser nichts ausrichten kann.

Wie leichtsinnig von mir, mit ihm baden zu gehen. Doch das ist mir im Moment herzlich egal.

»Habe ich doch richtig gesehen, die beiden Turteltäubchen.« Sylkes Stimme lässt mich zusammenzucken.

Paul erstarrt und ich rutsche von ihm herunter.

»Hi, Sylke«, stammeln wir im Chor.

»Das freut mich aber, euch wiederzusehen!«, jubelt sie.

»Was machst du hier?«, bricht es aus mir hervor.

»Wonach sieht's denn aus? Ich habe heute frei und dachte mir, ich kühle meine geschwollenen Beine im Meer ab.«

Sylke lacht verlegen. Ihr dicker Bauch, der den Schwangerschaftsbadeanzug spannt, hebt und senkt sich leicht. Sie legt zärtlich die Hände darauf. »Das Salzwasser hilft mir tragen.«

»Richtig so. Wir wollen auch noch das schöne Wetter genießen, bevor das Gewitter kommt«, antwortet Paul. Er legt seinen Arm wie selbstverständlich über meine Schulter und ich lehne mich an ihn, ohne dass ich es als Schauspielerei empfinde.

»Ihr seht richtig glücklich aus«, piepst Sylke. »Freut mich für dich, nachdem …«

»Nachdem sich Jan gestern so blöd benommen hat? Geschenkt. Er ist nicht der Traummann, für den ich ihn damals gehalten habe. Das hat mir der Abend noch mal eindrucksvoll gezeigt, ich war eben jung und dumm«, erwidere ich nüchtern.

Sylke kräuselt die Lippen. Sie sieht aus, als hätte sie in eine Zitrone gebissen. Das war bestimmt nicht das, was sie hören wollte.

Paul zieht mich enger zu sich und setzt mir ein Küsschen auf die Stirn.

Sylke nickt. »Beziehungen waren noch nie einfach, Jan hat es gerade schwer. Keine Rose ohne Dornen.«

»Sicher«, stimme ich ihr zu. »Aber ich kann mich nur wiederholen, entschuldige nicht zu viel.«

»Danke, aber den Tipp habe ich mir schon selber gegeben.« Sylke zuckt hilflos mit den Schultern. »Ach, was macht ihr heute Abend? Die *Rampensäue Kalifornien* veranstaltet ihr erstes Konzert für diese Saison. Ich helfe beim Getränkeverkauf mit.«

»Ich weiß nicht«, murmle ich kopfschüttelnd. Womöglich begegne ich Jan erneut und mein Bedarf an Treffen mit Sylke ist auch für ein paar Jahre gedeckt. »Ich fühle mich nach dem Alkohol gestern noch nicht so richtig fit.«

Paul zuckt mit den Schultern. »Du hast es gehört«, sagt er mit entschuldigendem Lächeln.

»Schade. Ich muss los, Jan wird eklig, wenn das Essen nicht pünktlich auf dem Tisch steht. Tschüss ihr beiden.«

»Tschüss, Sylke«, antworten wir im Chor.

Leider hat Sylke unser Herumtollen unterbrochen, jetzt ist die Stimmung futsch. Paul wagt einen Blick zum Himmel. Die dunklen Wolken türmen sich immer höher und kommen bedrohlich näher.

»Lass uns ein bisschen in der Sonne liegen, solange sie noch scheint«, schlägt er vor.

Ich nicke und wir rennen aus dem Wasser, als hätten wir eine Wette darüber abgeschlossen, wer zuerst bei der Decke ist. Paul ist sportlicher und schneller, aber das macht mir nichts aus. Im Gegenteil, ich genieße den Anblick seiner breiten Schultern und des knackigen Hinterns.

»Was machst du eigentlich für einen Sport?«, entfährt es mir, während wir uns abtrocknen.

»Nichts Besonderes, bisschen Kardio, bisschen Geräte.«

Ich mustere ihn. Ob er das schon immer getan hat?

»Früher habe ich Breakdance getanzt, da habe ich auch Ben kennengelernt«, erklärt er, als könnte er meine Gedanken lesen. »Doch seit ich wieder zu Hause wohne, hat das alles stark nachgelassen.«

Der letzte Satz wirkt wie eine kalte Dusche. Ich hatte die Tatsache, dass er zurück zu Mama ist, glatt verdrängt. Tapfer lächle ich und hoffe, dass es nicht abschätzig rüberkommt.

»Und du?«, erkundigt er sich.

»Auch Studiosport, aber offensichtlich nicht so viel wie du.«

»Irgendwie muss man sich seinen Ausgleich schaffen.«

Ich nicke, breite mein Handtuch auf der Decke aus und lege mich auf den Bauch. Eigentlich sollte ich die Sonnenstrahlen auf meinem Rücken mit geschlossenen Augen genießen, doch ich kann den Blick nicht von Paul abwenden. Es ist schon seltsam, dass mir bis jetzt gar nicht aufgefallen ist, wie gut er aussieht. Dazu musste er erst die Brille absetzen und seinen muskulösen Oberkörper von den Nerdshirts befreien. Wenn er nur sonst nicht so verpeilt wäre …

»Alles klar?«, fragt er, während seine wunderschönen blauen Augen mich aufmerksam mustern.

»Ja und bei dir?«

»Du siehst mich so komisch an.«

»Du mich doch auch.«

»Hat das was zu bedeuten?«, erkundigt er sich.

»Wie kommst du darauf? Könnte es sein, dass du eingebildet bist?«

Paul lacht auf. »Ich?«

»Ach, vergiss es.«

Ich schließe demonstrativ die Augen, doch Pauls Bild hat sich nachhaltig in meine Netzhaut gebrannt. Im Moment kann ich an nichts anderes denken, als mir vorzustellen, wie sich meine Lippen und sein schön geschwungener Mund verbinden. Meine Fantasie ist so blühend, dass es sich fast real anfühlt. Mhmm, er küsst fantastisch, so zärtlich und leidenschaftlich.

»Tschuldigung, es ging gerade mit mir durch«, dringt es wie durch einen Nebel an mein Ohr.

Oh! Wir haben uns wirklich geküsst! Wollte ich es nicht wahrhaben? Ich reiße die Augen wieder auf.

»Es … das macht nichts. Hauptsache, es hat nichts zu bedeuten«, stottere ich.

Paul zuckt fast unmerklich zusammen. »Ähm ja … äh, nein.«

»Es ist doch nichts zwischen uns, oder? Ich meine, du bist mein Chef … und so.«

Paul legt seinen Finger auf meinen Mund. »Gar nichts … es hat gar nichts zu bedeuten. Wir machen das einfach nur so, weil es sich verdammt gut anfühlt.«

»Ja«, antworte ich wie hypnotisiert.

Er sagt genau das, was ich hören will. Und ich möchte nicht weiter darüber nachdenken, ob er gerade ehrlich war, oder ob ich einfach zu lange keinen Mann mehr geküsst habe. Dafür war es zu perfekt. Ich kann es nicht leugnen, ich möchte mehr.

Es kribbelt bis in die Haarspitzen, als ich bemerke, dass Paul meinen Mund fixiert. Wir schließen die Augen und pressen unsere Lippen erneut aufeinander. Es fühlt sich noch aufregender an. Seine Zunge fordert Einlass, den ich ihr nur zu gern gewähre. Dieses Mal ist sein Kuss verlangender. Heiße Schauer laufen durch meinen Körper. Ich lege mich auf den Rücken und habe das Gefühl zu zerfließen, als ich seine Brust auf meiner spüre.

Pauls Hände packen meine Seite und ziehen mich weiter zu sich. Sein behaartes Männerbein legt sich auf meine Oberschenkel. Ich spreize sie leicht, gerade so, dass es den anderen Strandbesuchern nicht auffällt, wie sehr ich seine Zärtlichkeiten genieße. Wenn wir nicht in der Öffentlichkeit wären, würde mehr passieren. Die Erkenntnis lässt mich vor Sehnsucht leise keuchen.

Pauls Antwort besteht aus einem Stöhnen, das durch meinen ganzen Körper hindurch, bis in die letzte Zelle vibriert. Ich sollte dringend aufhören, damit das verlangende Ziehen in meinem Unterleib abflauen kann.

Sollte …

Wir verlieren uns ineinander, vergessen schon wieder die Zeit. Pauls Knie stiehlt sich zwischen meine Schenkel, die ich noch weiter spreize. Wie gerne würde ich seinen Unterleib mit meinen Beinen umschlingen. Ich wage es, so weit es geht … und spüre meine Vermutungen bestätigt.

Mir stockt der Atem.

Hoffentlich sieht uns keiner zu. Und falls doch ist das Corpus Delicti hoffentlich nicht allzu offensichtlich. Selbst als ersten fetten Tropfen auf unseren Körpern landen, möchte ich nicht stoppen. Es ist Paul, der unterbricht.

»Sorry, ich muss jetzt aufhören, sonst verliere ich die Kontrolle«, keucht er.

»Ich denke, wir sollten uns ohnehin schnellstens verkrümeln. Die meisten Leute sind schon weg«, erwidere ich.

Paul nickt, denn der Regen prasselt immer stärker auf uns ein. Eilig springen wir auf, ziehen uns an und rollen die Decke ein, doch mittlerweile ist schön nass geworden. Gerade als wir uns auf den Weg machen wollen, hört der Schauer plötzlich auf und die Sonne blitzt durch eine Wolkenlücke. Das lässt uns einen Moment innehalten.

»Schau mal, da ist ein Regenbogen«, sagt Paul und zeigt auf die deutliche Lichtreflexion am Horizont. »So einen schönen sieht man selten.«

»Oh, ja, aber wir sollten trotzdem schnell weg hier. Da hinten rückt Nachschub an.«

»Du bist eine richtige Romantikerin«, erwidert Paul grinsend. »Hast du Angst nass zu werden?«

»Nein, diesmal blitzt es auch.« Untermalt werden meine Worte vom fernen Donnergrollen. »Verstehst du jetzt, was ich meine? Außerdem müssen wir vor dem Essen duschen und ich bekomme langsam Hunger.«

»Ja dann, was redest du noch?«, sagt er und läuft in Richtung Auto.

Ich verdrehe die Augen und hetze ihm hinterher.

16

POWERNAP

Als wir zu Hause eintreffen, ist der Gewitterschauer schon fast vorüber. Die Luft hat sich merklich abgekühlt.

»Da seid ihr ja endlich! Ich wollte schon zum Stand fahren und nachsehen, ob ihr vom Blitz getroffen worden seid.«

Die Stimme kenne ich gut. Sie gehört meiner Schwester Lene, die mit ausgebreiteten Armen auf mich zuläuft, als wir aus dem Audi steigen.

»Lene? Was machst du hier?«, frage ich, während wir uns umarmen.

»Ich freue mich auch, dich zu sehen, Schwesterherz. Willst du mir nicht deinen Verlobten vorstellen? Ich bin extra gekommen, um ihn kennenzulernen.«

Lachend streckt Paul ihr seine Hand entgegen.

»Können wir die Begrüßung auf drinnen verschieben? Wir sind schon nass genug«, bitte ich sie.

»Ach so, ja klar«, murmelt sie, während sie Paul bewundernd betrachtet.

Er ist aber auch zu heiß mit den wilden, nassen Locken, die ungebändigt sein Gesicht umrahmen.

»Ich bin Paul«, ruft er Lene zu, während wir zur Haustür hetzen.

»Lene. Hab schon viel von dir gehört«, antwortet sie strahlend und hält uns die Tür auf.

»Woher?«, frage ich.

»Na, ich telefoniere fast jeden Tag mit Mama. Ich bin aus allen Wolken gefallen, als sie mir erzählt hat, dass du ihr deinen Verlobten vorgestellt hast.«

»Und da musstest du gleich herkommen und ihn dir ansehen? Hast du nichts Besseres zu tun?«, knurre ich.

Lene lässt die Tür zufallen. »Sag mal, was ist denn mit dir los? Darf ich nicht nach Hause fahren?«

»Wir gehen erst mal duschen«, grätscht Paul dazwischen und zieht mich am Ärmel. »Du hast schon ganz blaue Lippen.«

»Ja, tut das!«, wirft Lene mir ungnädig hinterher.

Ich schäme mich. Wie konnte ich nur so unbeherrscht reagieren? Und vor allem, warum?

»Was war das denn? Versteht ihr euch nicht gut?«, fragt Paul leise, nachdem er die Tür hinter uns geschlossen hat.

»Doch, das ist es ja gerade«, murmle ich.

Eine steile Falte bildet sich auf seiner Stirn. »Das musst du mir begründen.«

»Später irgendwann … nicht jetzt«, stammle ich, während ich mich ausziehe.

Er steht mit verschränkten Armen da und sieht mir zu. »Es wäre aber besser, wenn du es mir jetzt erklärst. Warum hast du deine Schwester nie erwähnt?«

»Weil es auch so schon genug abzusprechen gab. Normalerweise lebt sie auf Fehmarn.«

»Dann ist spätestens jetzt der Zeitpunkt gekommen,

dass du mir von ihr erzählst. Schließlich ist es unglaubwürdig, wenn ich gar nichts von ihr weiß.«

»Sie ist der Mensch, der mich am allerbesten kennt. Sie lässt uns auffliegen, ganz bestimmt.«

Paul reibt sich am Kinn. »Davor hast du Angst?«

»Genau.«

»Okay.«

Mir wird bewusst, dass ich mittlerweile nackt bin und so vor ihm stehe, wie Gott mich schuf. Verlegen halte ich meine Jeans vor den Körper, die natürlich nicht alles abdeckt. »Was okay?«

»Ich werde es im Hinterkopf behalten.«

Paul tut so, als würde er meine Scham nicht bemerken.

»Soll mich das beruhigen?«, krächze ich nervös.

Er zuckt mit den Schultern. »Bleibt dir etwas anderes übrig?«

»Ich gehe jetzt duschen. Mir ist wirklich kalt«, grummle ich und mache mich auf den Weg.

Ungeduldig stehe ich vor der Kabine und halte prüfend eine Hand unter das Wasser.

»Weißt du eigentlich, dass du einen echt heißen Hintern hast?«, kommt Pauls dunkle Stimme plötzlich von hinten.

Ich zucke zusammen, denn ich habe sein Kommen nicht bemerkt. Zu sehr war ich damit beschäftigt, mein Gedankenknäuel zu entwirren. Sein Kommentar lässt mich nicht nur erschrecken, sondern zieht auf seltsame Weise durch meinen Körper. Das Gefühl erinnert mich sofort an unsere wilde Knutscherei am Strand und fordert die Fortführung des Vergnügens noch vehementer als eben. Ich ertappe mich sogar beim heimlichen Wunsch, Paul möge mich von hinten nehmen.

»Könntest du bitte warten?«, zische ich ungnädig. Ich

will nicht zulassen, dass meine Triebe die Oberhand gewinnen.

»Kannst du dir vorstellen, dass mir auch kalt ist?«, beklagt er sich.

Seine kühlen Hände streicheln meinen Hintern und entfachen dabei irrwitzigerweise ein Feuer in meinem Unterleib. Mir stockt der Atem.

Nein, ich will, verdammt!

Mist! Es lässt sich nicht leugnen, meine Hormone versklaven mich gerade.

Ich ignoriere den Impuls, ihm meinen Hintern entgegenzustrecken, und steige stattdessen unter die Dusche, die noch nicht ganz die richtige Temperatur erreicht hat.

Als Paul mir folgt, sage ich nichts und verdränge jeglichen kritischen Gedanken.

»Uh, du duschst aber kalt«, entfährt es ihm.

»Solltest du auch mal probieren«, gebe ich, genervt von meiner eigenen Willensschwäche, zurück.

»Wieso soll ich mich kasteien? Lass uns doch da weitermachen, wo wir eben aufgehört haben«, raunt er mir ins Ohr und schickt wieder heiße Schauer durch meinen Körper.

Ich taumle nach hinten und drücke mich hilflos gegen die Wand. Das inzwischen warme Wasser läuft aus seinen Haaren über meinen Körper, während Paul kleine Küsse auf meinen Hals verteilt.

Ich strecke ihn ihm entgegen. Mist, warum tue ich das?

Federleicht streichen seine Fingerspitzen über meine Brüste. Mir stockt der Atem. Sein Kuss ist gierig wie nie, während er mich an sich zieht und meinen Körper liebkost.

Warum lasse ich das alles passieren? Das ist der letzte Gedanke, den die Vernunft aus meinem Hirn presst. Mit einem inneren Aufbäumen schiebe ich Paul weg.

Er wirkt irritiert. »Komm schon, du kannst den Zug jetzt nicht mehr stoppen.«

Ich hole Luft, um »doch« zu sagen.

»Lass es geschehen. Wenn du willst, hat es keine Bedeutung.«

Damit nimmt er mir den Wind aus den Segeln.

Nur ein einziges Mal – ohne jegliche Bedeutung.

Das kann doch nicht schaden. Ich habe schon so lange keinen Mann mehr gehabt. Ich will ihn in mir fühlen, mich im Liebesspiel verlieren. Danach ist das elende Verlangen sicher vorbei. Mit einem Seufzer der Kapitulation schlinge ich meine Arme um seinen Hals und ergebe mich dem Kuss und meinem Verlangen.

Der Akt dauert nicht lange, da schwappt die Erlösung in Wellen über uns beide hinweg. Keuchend halten wir einen Moment inne, um wieder zu Atem zu kommen, dann lässt er mich herunter. Noch einmal presst er dankbar seine Lippen auf meine. Ich fühle mich gelöst und glücklich wie lange nicht mehr.

»Darf ich dich einseifen?«, raunt er.

Ich nicke entrückt. Oh Mann, wenn seine Stimme diese Tonlage hat, bin ich Wachs in seinen Händen.

Paul öffnet die Flasche mit dem Duschgel und hält sie mit fragendem Blick vor meine Nase. Ich strecke meine flache Hand hin, er drückt einen Klecks darauf, dann nimmt er selber einen. Wir verteilen ihn auf unsere Hände, bevor wir uns gegenseitig einseifen. Sanft streichelt er meine Haut, ich tue dasselbe bei ihm.

Bin ich elektrisiert, weil ich hingebungsvoll über seine kräftigen Muskeln gleite? Oder liegt es daran, dass er meinen Körper so voller Inbrunst bearbeitet? Es kribbelt auf jeden Fall bis in die letzte Nervenfaser.

Er spannt die Bauchmuskeln an und stockt dabei, mich

weiter einzuseifen. Grinsend sehe ich zu ihm hoch. Es macht mir ein besonderes Vergnügen, über seine Waschbrettrillen zu fahren. Verlockend steht er immer noch seinen Mann. Doch ich habe Hemmungen, ihn dort zu berühren, gleite stattdessen nach hinten, über den knackigen Po und packe beherzt zu.

Das scheint wie eine Aufforderung auf Paul zu wirken. Er greift ebenso bei mir zu und knetet leidenschaftlich. Neues Verlangen flackert auf. Ich bin wohl zu ausgehungert nach Liebe, um nicht auf einen Mann wie Paul zu reagieren.

Das gibt mir zu denken. Ich sollte mich vielleicht öfter auf ein Sexdate einlassen, damit es in genau solch kritischen Momenten nicht unkontrollierbar wird.

Paul küsst mich und ich leiste keinerlei Widerstand. Er kann aber auch wahnsinnig küssen – viel zu gut. Das Wasser prasselt unbeeindruckt auf uns nieder, ohne dass es die Hitze zwischen uns irgendwie abkühlen könnte. Im Gegenteil, Paul zieht mich an sich. Ich kann an nichts anders mehr denken, als ihn erneut in mir zu spüren.

Nur ein einziges Mal, dann ist das Verlangen bestimmt vorbei – oder zumindest wieder beherrschbar.

Paul stöhnt. »Lass es uns noch einmal tun, aber im Bett. Langsam und genussvoll«, schlägt er keuchend vor.

»Na schön, aber das hat noch immer nichts zu bedeuten«, versichere ich mich.

»Natürlich nicht.«

Paul stellt das Wasser ab und wickelt mich in ein großes Handtuch, dann trägt er mich zum Bett. Ich küsse seinen Hals bis er mich auf die Matratze legt. Er braucht nur das Handtuch aufzuschlagen und ich liege vollkommen entblößt vor ihm. Mit einem zufriedenen Lächeln fängt er an, meinen ganzen Körper mit kleinen Küssen zu bedecken.

Die Liebkosungen hinterlassen eine Feuerspur. Meine Hände krallen sich ins Laken und mein Körper bäumt sich vor Lust auf. Er macht unbeeindruckt weiter. Schweiß tritt auf meine Stirn, mein Puls rast, ich stöhne vor Verlangen.

Paul setzt seine Zärtlichkeiten fort. Es fühlt sich an wie Stromstöße, die direkt in den Unterleib ziehen und ihn unweigerlich aufladen. Schnell finden wir den perfekten Rhythmus und verlieren uns in unserer Leidenschaft. Ich zerfließe, keuche, stöhne, während Paul immer wieder quälende Pausen einlegt.

Der Weg zum Gipfel ist lang, die Klippe schwindelerregend hoch. Der Orgasmus ist gigantisch.

Ich habe so etwas noch nie erlebt. Wer hätte gedacht, dass in diesem Mann so ein guter Liebhaber steckt?

Dieser Akt hat die Versuchung nicht kleiner gemacht, das Gegenteil ist der Fall. Ich habe die Büchse der Pandora geöffnet. Und das Schlimmste ist, in meinem tiefsten Innern habe ich es längst geahnt. Ich hätte es gar nicht erst zulassen dürfen.

Schwer liegt Paul auf mir, während er den Beischlaf mit einem leidenschaftlichen Kuss besiegelt. Ich erwidere ihn hingebungsvoll und fühle mich mit ihm verbunden, als wären wir eine Einheit.

»Ich weiß gar nicht, warum man es schönste Nebensache der Welt nennt. Es ist die schönste Hauptsache der Welt, ohne die die Menschheit längst ausgestorben wäre«, keucht Paul grinsend.

Er rollt er seinen verschwitzten Körper von mir herunter, legt sich flach auf den Rücken und streckt alle Viere von sich. Die Trennung unserer Leiber hinterlässt ein unangenehmes Gefühl der Leere, das ich nur schlecht ertrage.

»Du bist echt gut im faken … äh, ficken«, neckt er mich, immer noch außer Atem.

Ficken – oh Mann! Warum stört mich dieser Ausdruck? Er ist zwar ordinär, aber etwas anderes haben wir doch gerade gar nicht gemacht. Oder doch?

»Äh … danke, du auch.«

»Wollen wir noch eine Runde? Auch ohne Bedeutung, natürlich.«

Ich schlucke. »Natürlich.«

»Aber frag mich danach bitte nicht, wie du auf einer Skala von eins bis zehn warst.«

Ich schlucke. »Was soll die blöde Bemerkung?«

»Vergiss es, es war wirklich eine blöde Bemerkung.«

Die wie ein Weckruf auf mich wirkt.

»Ich glaube, es ist besser, wenn wir jetzt zum Essen gehen.«

»Wie du willst«, antwortet er mit einem Hauch von Enttäuschung.

»Ja, will ich. Die anderen fragen sich sicher schon, wo wir bleiben.«

»Das ist doch gut. Dann wird niemand vermuten, dass wir nur gefaket haben.«

»Warum bist du eigentlich so spöttisch?«, frage ich giftig.

»Ich bin nicht spöttisch, ich bin albern.«

»Meinetwegen. Warum bist du so albern?«

»Weil du so humorlos bist.«

»Bin ich nicht.«

»Bist du doch.«

»Bin ich nicht!«

»Dann lach doch endlich mal!«

17

NACHMITTAGSGESPRÄCHE

Es ist wirklich spät, als wir uns auf den Weg in die Küche machen. Paul hat sein schwarzes Shirt an, das eng genug ist, um seine sportliche Figur zu erahnen. Er trägt noch immer Kontaktlinsen und sein Haar ist auf meinen Wunsch hin nicht mehr nach hinten gegelt, dafür musste ich mein eigenes offen tragen. Seine halblangen Locken umspielen das kantig-männliche Gesicht. Er sieht einfach fantastisch aus – direkt zum Knutschen.

»Na, ihr habt euch ja gründlich aufgewärmt. Du hast immer noch ganz rote Bäckchen, Luise«, spottet meine Schwester und schenkt Paul einen bewundernden Blick.

Wie in unseren Kindertagen strecke ich ihr die Zunge raus.

Paul berührt sanft meinen Handrücken, während wir nebeneinanderstehen. Das Gefühl, verlobt zu sein, hat was. Am liebsten würde ich seine Hand nehmen und ihn küssen, doch irgendetwas hält mich zurück. Wo kommen diese Hemmungen nur her? Schließlich weiß doch niemand, dass wir gar nicht wirklich liiert sind. Es fällt mir immer schwerer, diese Lüge aufrechtzuerhalten. Ich frage mich, wie es überhaupt mit uns weitergeht.

Das Küchenfenster ist geöffnet, doch der Geruch von gebratenem Fisch und Speck zieht trotzdem durch den Raum. Mama steht am Herd, die Abzugshaube auf Hochtouren, und brät uns zwei beeindruckende Ostseeschollen.

»Mmh, das riecht ja köstlich«, schwärmt Paul gut gelaunt.

»Ihr habt sicher Hunger«, antwortet sie und rührt in einer Pfanne mit Bratkartoffeln.

Schlagartig fällt mir ein, dass ich bisher kaum etwas zu mir genommen habe.

»Wir verhungern«, bestätige ich.

»Ich hoffe, es stört euch nicht, dass wir schon gegessen haben. Ich werde euch die Kartoffeln aufbraten, weil sie bereits kalt geworden sind.«

Paul lächelt erfreut. »Nein, das stört uns überhaupt nicht. Im Gegenteil, ich liebe Bratkartoffeln und habe sie schon eine Ewigkeit nicht mehr gegessen.«

Oha, macht seine Mama ihm das nicht? Oder will er sich nur wieder einschleimen?

Ich muss dringend mit ihm reden. Sein Verhalten meinen Eltern gegenüber ist wirklich überzogen.

»Setzt euch«, fordert Mama uns auf.

Lene nimmt einen Schluck aus ihrem Kaffeebecher. »So, jetzt mal raus mit der Sprache. Wie seid ihr zusammengekommen?«

»Das hat dir Mama doch bestimmt schon erzählt.«

Meine Schwester grinst. »Sie hat gesagt, ihr hättet wirres Zeug gefaselt.«

»So ein Blödsinn. Stimmt das, Mama?«

»Viel habt ihr ja nicht darüber geschnackt«, murmelt sie. »Deck mal Geschirr für euch auf, Luise.«

Ich stehe auf und hole zwei Teller aus dem Küchenschrank. Lene schiebt uns das Besteck, das bereits auf dem Tisch liegt, herüber.

»Na ja, wir kannten uns schon einige Zeit von der Arbeit, bevor wir zusammengekommen sind. Vielleicht ist es daher schwer zu sagen, wann genau der Punkt war, an dem wir ein Paar geworden sind«, erklärt Paul.

»Genau«, ergänze ich eifrig. »So ein Verhältnis mit dem Vorgesetzten ist ja immer eine kritische Sache.«

Lene nickt mit ernstem Blick. »Kann ich nur bestätigen.«

»Wieso?«, greife ich die Gelegenheit auf, von uns abzulenken.

»Enno und ich haben uns getrennt.«

Ich hole tief Luft. Meine Schwester war die letzten zwei Jahre so etwas wie ein Vorbild für mich. In Sachen Männer schien sie immer alles richtig zu machen. Ihr flogen die Herzen nur so zu. Sie konnte es sich leisten, sehr kritisch bei ihrer Partnerwahl zu sein. Ich hatte immer erwartet, dass es garantiert der Richtige ist, wenn sie eines Tages eine Wahl trifft. Für immer.

»Wieso erfahre ich das erst jetzt?«, beklage ich mich.

»Wir haben darüber gesprochen. Und zwar mehr, als du über Paul erzählt hast.«

»Wann?«

»Bevor du hierhergekommen bist«, behauptet Lene schnippisch.

»Da hast du gesagt, dass du eine Entscheidung fällen musst, bei der dir keiner helfen kann.«

Lene hebt die Hände. »Schuldig im Sinne der Anklage. Erst war ich froh, dass du angerufen hast, aber dann habe ich gemerkt, dass du an deinen eigenen Problemen gekaut hast.«

»Ja, erst auf der Fahrt hat Luise mir ihr Herz ausgeschüttet. Sie war sich unsicher, ob ich nur ein Trostpflaster für ihre vorherige Beziehung bin. Es war gut, dass wir darüber geredet haben, denn da habe ich erst so richtig verstanden, was mit ihr los ist, und sie davon überzeugen können, wie ernst es mir mit ihr ist«, wirft Paul ein.

»Ah, deshalb die spontane Verlobung«, kombiniert Lene.

Puh, gerettet. Warum kriege ich das bloß nicht auf die Reihe?

»Du hättest trotzdem vorher mal etwas erwähnen können«, murrt meine Mutter und lädt uns die Teller mit Essen auf.

»Sorry«, erwidere ich.

Ich sehe an Pauls ratlosem Gesichtsausdruck, dass er noch nie eine ganze Scholle gegessen hat. »Schau mal«, sage ich, teile das Fleisch in der Mitte des platten Fisches und schabe es zum Rand.

Er macht es mir nach.

»Das geht ja ganz einfach!«, ruft er erfreut.

Ich bin froh und nutze die Gelegenheit, das Gespräch in andere Bahnen zu lenken.

»Ja, das Schöne bei einer Scholle ist, dass es nur die Gräte in der Mitte gibt. Ich bin nämlich nicht so der Typ, der sich die pieksigen Dinger gerne aus dem Mund fischt.«

»Wer ist das schon«, bestätigt meine Schwester.

Wir sind zwar nur zweieiige Zwillinge, aber von unseren Vorlieben und auch vom Aussehen her, könnten wir eineiige sein.

Das Gespräch stockt für kurze Zeit.

»Was war denn nun mit Enno«, schiebe ich das Thema zwischen zwei Bissen wieder an.

»Tja, nichts. Beziehungsweise ähnlich wie bei dir und Jan. Er hat mich betrogen.«

»Enno?«, frage ich entsetzt.

Lene presst die Lippen zusammen und nickt.

»Ich habe ihn erwischt, in flagranti. Und später kam raus, dass er gerne mit den Zimmermädchen fremdgegangen ist. Anscheinend findet er daran nichts Verwerfliches.«

»Oha, das hätte ich ihm nicht zugetraut«, entfährt es mir.

»Ich schon«, wirft meine Mutter dazwischen. »Es gibt gewisse Parallelen zwischen Enno und Jan. Beide inszenieren sich gerne.«

»Ich bin ehrlich gesagt etwas geschockt. Ich dachte immer, du hast ein besseres Händchen für Männer als ich«, gebe ich zu und stecke mir einen Happen in den Mund.

»Falsch gedacht. Das Problem ist, dass ich jetzt natürlich überhaupt keine Lust mehr habe, für ihn zu arbeiten.«

Ich schlucke meinen Bissen hinunter. »Kann ich verstehen. Und was willst du nun tun?«

»Überstunden abfeiern und Resturlaub nehmen, bis die Kündigung greift.«

»Du willst kündigen?«, entfährt es mir und ich lasse die Gabel sinken.

Lene zuckt mit den Schultern. »Ich hab jedenfalls keine Lust, ihm jeden Tag auf der Arbeit zu begegnen.«

Mir wird unbehaglich, denn ich ziehe unwillkürlich Parallelen zu Paul und mir. Was, wenn es in der Firma ein seltsames Gefühl ist, mit Paul zusammenzuarbeiten? Werden wir das überhaupt können? Wenn ich wenigstens wüsste, wie es um uns steht. Immerhin gibt er vor, dass er keine großen Erwartungen an eine Beziehung mit mir hat.

Trotzdem wird es sich wahrscheinlich komisch anfühlen. Wir hätten das nicht tun sollen.

»Wollt ihr nicht noch einmal miteinander reden?«, frage ich.

»Glaub mir, das haben wir. Zur Genüge. Mit dem Ergebnis, dass ich mich ausgenutzt fühle. Ich habe im Hotel immer hundertzwanzig Prozent gegeben, aber dadurch war ich abends müde und hatte keine große Lust auf Sex. Ich dachte, Enno geht es genauso, dabei hatte er sich oft schon woanders vergnügt. Nein, vergiss es. Da ist nichts zu kitten. Ich hätte auch gar kein Vertrauen mehr.«

»Ich will mich ja nicht einmischen«, sagt meine Mutter und setzt sich zu uns an den Tisch, nachdem sie ihren Arbeitsplatz gesäubert hat. »Ich hatte immer das Gefühl, dass Enno uns ein bisschen von oben herab betrachtet, weil wir keine Großbauern sind.«

Sie sieht zu mir. »Und genau dasselbe Gefühl hatte ich auch bei Jan. Die beiden wollten nicht richtig zur Familie gehören, dazu fanden sie sich zu wichtig. Sie wollten euch nur, weil ihr so hübsch und loyal wart. Zu loyal und nicht kritisch genug.«

Nach dem Satz schenkt sie Paul ein vielsagendes Lächeln. Dieser schickt es mit seiner charmanten Art zurück. Meine Mutter wird direkt ein Stückchen größer. Definitiv, ihr Herz hat er schon gewonnen.

»Jaja, mit eurem Eindruck habt ihr noch nie hinterm Berg gehalten«, stöhne ich.

Lene zieht die Schultern hoch. »Was soll ich sagen? Ihr hattet recht. Augen auf bei der Partnerwahl.«

Meine Schwester schiebt die Tasse in die Mitte des Tisches und stützt sich auf ihr Kinn. »Apropos Partnerwahl. Kommt ihr heute Abend mit zu den Rampensäuen?«

Ich schüttle den Kopf. »Nimm's mir nicht übel, aber ich

bin echt kaputt. Wir waren gestern bei Jan zum ›Grillen‹«, erkläre ich und mache Gänsefüßchen in der Luft. »Da habe ich ein wenig tiefer ins Glas geschaut, weil es so schrecklich dort war.«

»Aber ihr habt doch gerade erst ein ›Mittagsschläfchen‹ gehalten«, antwortet sie zwinkernd.

Ich sende ihr einen giftigen Blick.

»Och, Mönsch!«, schmollt sie. »Ihr wollt mich doch nicht alleine gehen lassen.«

»Ich habe wirklich keinen Bock. Denn ich weiß von Sylke, dass sie da sein wird, und womöglich auch Jan. Von den beiden habe ich erst mal genug, kein Bedarf«, winke ich ab.

»Aber Ole wird spielen. Erinnerst du dich an ihn? Meine Jugendliebe«, bettelt Lene.

»Ole? Echt?«, frage ich ungläubig.

»Ja, der hat auch bei unserer Abifeier aufgetreten. Weißt du noch? Cooler Typ.«

»Ach ja, der. Der hatte doch nur Flausen im Kopf, wollte Musiker werden«, erinnere ich mich.

»Ist er dir nicht solide genug?«, schnaubt meine Schwester.

»Willst du dich wirklich sofort in ein neues Abenteuer stürzen?«, frage ich verwundert.

»Blödsinn! Aber mich würde schon interessieren, was aus ihm geworden ist und wie sich seine Musik weiterentwickelt hat. Bitte, Luise, lass mich nicht im Stich.«

»Da sind doch sicher noch andere Leute aus dem Ort da.«

Lene zieht eine unwillige Schnute. »Klar, aber wenn ihr mitkommt, wird es viel schöner.«

Ich schüttle den Kopf. »Warum? Damit die uns begaffen können wie die Affen im Zoo?«

»Quatsch.« Lene winkt ab. »Mit euch macht es einfach mehr Spaß.«

»Wir können ja kurz mitkommen. Neugierig wäre ich schon, was die hiesige Musikszene so zu bieten hat«, schlägt Paul vor.

»Dann könnt ihr auch aufpassen, dass ich keine Dummheiten mache«, neckt sie mich.

»Wenn du erst mal in Fahrt bist, wird es ganz sicher sehr spät«, gebe ich mich skeptisch.

Lene hebt die Schwurhand. »Ich komme mit nach Hause, wenn ihr gehen wollt. Ich schwöre«, beteuert sie.

Ich weiß, was man von Lenes Schwüren zu halten hat, kommentiere es aber nicht.

»Na, meinetwegen, doch nach dem Konzert will ich zurück. Morgen muss ich wieder fit sein, damit wir endlich unseren Auftrag erfüllen können.«

»Ist ja schon gut. Ich kann euch auch helfen. Mache ich gerne, hab sowieso nichts zu tun.«

18

ABENDKONZERT

Das Mittagsgewitter hat zwar die schwüle Luft beseitigt, es ist aber überraschend mild geblieben. So scheint nicht nur schöne Abendsonne auf das Publikum, sondern auch ein laues Lüftchen streicht darüber. Es fühlt sich an, als wären wir irgendwo im Süden, und nicht an der Ostsee.

Solche Verhältnisse sind im meist rauen norddeutschen Klima ungewöhnlich für den Juni. Die kleine Bühne ist daher mit einer Plane vor dem berühmten Schietwedder geschützt. Wir sitzen auf Stühlen, während wir dem Konzert zuhören. Lene hat sich von Freunden Plätze in der ersten Reihe freihalten lassen. War ja klar. Sie führt sich auf wie ein Groupie. Ich versuche, es zu ignorieren, mich zu entspannen und die Musik zu genießen. Paul greift nach meiner Hand, als die ersten Töne von Oles Gitarre erklingen.

Er hat jetzt eine höhere Stirn, sein rotblonder Schopf ist raspelkurz, ansonsten hat er sich nicht sehr verändert, zumindest äußerlich. Sein sommersprossiges Gesicht schmückt ein Dreitagebart. Er wirkt ein wenig verwegen, fast wie ein Pirat. Musikalisch hat der Singer-Songwriter durchaus etwas drauf. Seine Lieder erinnern mich zwangsläufig an unsere Schulzeit. Immer wieder poppen vor meinem inneren Auge Geschichten aus der Vergangenheit auf.

Als das Konzert fast vorbei ist, taucht plötzlich Jan auf und stellt sich zu Sylke an den Getränkestand. Natürlich nicht dahinter, sondern davor. Als wäre er Mister Besonders Wichtig lässt er sich von Sylke ein Bier geben. Er kippt die halbe Flasche in einem Zug hinunter, lehnt sich lässig gegen den Stand und scannt seine Umgebung. Als sich unsere Blicke begegnen, grinst er. Peinlich berührt schaue ich schnell weg.

Ole beendet inzwischen seine Show und erntet ansehnlichen Applaus. Er hat ein nettes Programm auf die Beine gestellt.

»Das war wirklich super«, jubelt meine Schwester und klatscht begeistert in die Hände.

»Ja, gut, dass du uns mitgenommen hast. Danke«, bestätigt Paul, der nicht mit Applaus spart.

Ich nicke ihr zu, während ich auch kräftig applaudiere.

Immer wieder schiele ich zu Jan, der sich mit Hauke unterhält. Hier auf dem Land gibt es nur wenige Leute in unserem Alter. Das ruhige Leben hat auch seine Nachteile, vor allem für die Jugend. Zwar sorgen in der Saison jede Menge Touristen für Abwechslung, aber die reisen nach ein paar Wochen wieder ab.

Als Kind habe ich oft mit den Kindern der Gäste auf unserem Hof gespielt. Doch kaum hatten wir uns richtig kennengelernt, mussten sie auch schon zurück. Selbst wenn sie in der nächsten Saison wiederkamen, mussten wir erst wieder warm miteinander werden. Aus diesem Grund war es besser, wenn wir unser Herz nicht zu sehr an sie hängten.

Als Jugendliche war der Spaß dann ganz vorbei. Kalifornien ist nicht gerade die Partymeile für Ostseetouristen. Am Wochenende bildeten wir Einheimischen meist Fahrgemeinschaften, um in die nächstgelegenen größeren Städte, Dorfdiscos oder Jahrmärkte zu fahren.

Nur aus dieser Not heraus kann ich mir heute meine Schwärmerei für Jan erklären. Unter den Blinden ist der Einäugige König. Doch mittlerweile frage ich mich, ob Jan seine »Einäugigkeit« nur vorgetäuscht hatte. Oder habe ich sie ihm angedichtet?

Nach dem Grillabend war ich erschrocken darüber, wie sehr er sich gehen lässt. Heute bestätigt sich dieser Eindruck. Hat er sich wirklich so stark verändert? Oder wollte ich ihn nur nicht sehen wie er war? Wahrscheinlich war der Blick unserer Eltern neutraler, auch in Bezug auf Enno. Dennoch haben sie uns nie zu sehr beeinflusst, sondern immer nur ihre Meinung gesagt. Und das war schon schmerzhaft genug. Liebe macht blind, an diesem Spruch ist so viel Wahres. Es ist gut, dass unsere Eltern uns Fehler haben machen lassen, aus denen wir lernen konnten.

»Wollen wir noch an die Theke? Ich gebe einen aus«, lädt uns Lene ein.

»Ich würde gerne etwas trinken, ich habe Durst«, antwortet Paul.

»Wenn ich auf irgendetwas keine Lust habe, dann auf noch einen Smalltalk mit Jan«, murre ich.

»Ignorier ihn doch. Der flirtet sicher gleich mit einer Touristin, um Sylke zu ärgern und ihr zu zeigen, dass sie nichts zu melden hat«, vermutet meine Schwester.

»Ja, ich kann immer noch nicht begreifen, wie ich den mal gut finden konnte«, erwidere ich.

»Ich hätte es dir gern früher erklärt, schließlich habe ich

all seine Schandtaten brühwarm von Mama erfahren, aber du wolltest ja nichts mehr davon hören.«

Ich lächle und zucke mit den Schultern. »Das war ein Fehler, gebe ich zu. Wahrscheinlich wäre ich dann schneller über ihn weggekommen.«

Lene zwinkert. »Genau. Und deshalb werden wir jetzt auf unsere Erleuchtung anstoßen.«

»Okay, du gibst vorher doch sowieso keine Ruhe«, seufze ich.

Lene hat bestimmt darauf spekuliert, dass auch Ole nach dem Auftritt noch etwas trinkt. Erfreut tippt sie ihm von hinten auf die Schulter.

»Hallo, Ole. Reife Leistung. Hast du schon einen Fanclub? Sonst gründe ich jetzt einen«, begrüßt sie ihn.

Ole dreht sich um.

»Mensch, Lene, moin, toll dich wiederzusehen! Gut siehst du aus.«

Die beiden begrüßen sich mit Küsschen. Man könnte meinen, die Vertrautheit zwischen ihnen war nie weg.

Er sieht zu mir. »Und Luise ist auch da. Das ist ja fast wie früher. Schön dich wiederzusehen. Wie geht es dir?«

»Wir konnten uns deinen Auftritt doch nicht entgehen lassen«, antworte ich, während wir uns umarmen.

Ole schiebt mich ein Stückchen von sich und mustert mich aufmerksam. »Du siehst aber auch gut aus. Mensch, ist das schön, euch beide hier zu treffen.«

Paul steht unschlüssig hinter mir und ergreift irgendwann meine Hand. Eigentlich müsste ich ihn vorstellen, aber die Lüge bleibt mir im Hals stecken.

Ole sieht auf unsere Verbindung. »Und wer ist dein Anhängsel?«, fragt er mit frechem Grinsen.

»Warum stellst du ihn denn nicht vor?«, tadelt mich Lene. »Das ist Luises Verlobter. Paul.«

»Verlobter? Ich fass es nicht!«, ruft Ole. »Ich hätte nicht erwartet, dass du dich so schnell wieder traust.«

»Wieso?«, erkundige ich mich erstaunt.

Ole zuckt mit den Schultern. »Ein Freund ja, aber eine Verlobung?«

»Wer lässt schon so eine Sahneschnitte abblitzen?«, tönt es plötzlich von der Seite.

Alle Augen richten sich auf Sylke.

Sie lächelt freundlich. »Was darf ich euch bringen?«

»Ich geb 'ne Runde aus. Trinkst du auch einen mit?«, erkundigt sich Lene bei Ole.

»Da sag ich nicht nein. Ich nehm ein Flepi.«

Lene nickt und sieht zu mir. »Pfeffi?«

Früher haben wir immer diesen knatschgrünen Pfefferminzlikör getrunken. Keine Ahnung, was wir daran gefunden haben.

»Höchstens einen, aber nur aus nostalgischen Gründen … und mit einem Wasser dazu«, antworte ich.

»Wasser bezahl ich nicht«, erwidert sie grinsend.

»Das kann ich mir grad noch selber leisten«, knurre ich.

»Hey, hey, ist ja schon gut«, sagt sie und streichelt versöhnlich meinen Arm.

»Ich hatte dich gewarnt, dass ich müde bin«, entschuldige ich mich.

Paul trinkt natürlich auch ein Bier und Lene bestellt sich einen Sekt zum Pfefferminzlikör. Es war dumm, darauf zu vertrauen, dass sie brav mit zurückkommt. Wenn sie erst mal zur Hochform aufläuft, ist sie kaum zu bremsen.

»Erzähl mal, was machst du eigentlich so, Ole?«

»Ich bin wieder da und werde meinen Eltern mit der Verwaltung der Ferienwohnungen helfen. Wenn ich sie erben will, soll ich sie jetzt übernehmen, haben meine alten

Herrschaften verlangt. Sie möchten gerne auch mal in den Urlaub fahren und ich habe genug von der Welt gesehen.«

Lene sieht ihn mehr als interessiert an. »Wo warst du denn bisher? Seit ich auf Fehmarn war, habe ich nicht mehr viel mitbekommen.«

»Du warst auf Fehmarn?«

»Ja, hab Hotelkauffrau gelernt.«

Ole betrachtet sie fasziniert. »Echt? Dann bist du ja 'ne richtig gute Partie … so für mich gesehen«, sagt er grinsend.

Lene wirkt geschmeichelt.

»Sehr witzig«, haucht sie und rückt ein Stückchen näher an ihn heran. »Du solltest mich besser nicht einstellen, denn dann müsste ich dir einen Korb geben. Ich fange prinzipiell nichts mit dem Chef an.«

Ole grinst. »Immer noch das alte, brave Mädchen.«

»Aber so was von«, erwidert sie zwinkernd. Sie hebt ihr Likörglas und prostet ihm zu. »Nicht lang schnacken, Kopf in'n Nacken.«

Am liebsten würde ich sie beiseiteziehen und fragen, wie sie nach ihrer Enttäuschung mit Enno sofort mit dem Nächsten flirten kann. Ich hatte es geahnt und wusste ja, dass sie gerne ihren Marktwert testet. Ole ist genau der Richtige dafür.

Ich hebe mein Schnapsglas. »Prost«, wünsche ich und stoße mit den anderen an. Mit Todesverachtung kippen wir das nach Zahnspülung schmeckende Zeug hinunter.

»Brrr«, schüttelt es uns.

Ole lacht. »Habt ihr früher immer nicht *Flying Hirsch* getrunken?«

»Das schmeckt ja noch scheußlicher. Das hake ich lieber unter Jugendsünden ab.« Ich lache.

»Wirkt aber besser«, erwidert Ole und zieht amüsiert seine Augenbrauen hoch. »Wollt ihr einen?«

Lene nickt eifrig. »Klar doch.«

»Ich nicht«, winke ich ab.

»Mein Gott, sei doch keine Spaßbremse«, schmollte Lene. »Ich trink den Rest, wenn du nicht mehr magst.«

Mir ist klar, dass sie darauf spekuliert, dass ich länger bleibe, wenn ich durch den Alkohol meine Müdigkeit nicht mehr spüre. Der Abend verläuft für sie wahrscheinlich genau nach Plan.

19

AFTER-SHOW-PARTY

Ole bestellt ohne meine Antwort abzuwarten, setzt seine Bierflasche an und leert sie in einem Zug.

Mit einem »Ahhh, hatte ich einen Brand« stellt er sie auf die Theke.

»Wie ich sehe, hast du nichts verlernt«, bemerkt Sylke grinsend.

»Mach uns noch eine Runde. Für die Mädels *Flying Hirsch*«, bittet Ole.

»Ich möchte lieber einen Pfeffi«, korrigiere ich. Trotzdem fühle ich mich überrumpelt. Okay, danach trinke ich nichts mehr. Lene kann auch ohne mich ihren Liebeskummer runterspülen.

»Paul, möchtest du auch noch ein Bier?«, fragt Ole.

Mein Begleiter nickt und setzt an, um den Rest aus seiner Flasche zu trinken. Ich kann seine Trinkfestigkeit nicht beurteilen, aber wahrscheinlich ist sie besser als meine. Nach der berühmt-berüchtigten Weihnachtsfeier habe ich mich immer rechtzeitig abgesetzt, wenn in der Firma Alkohol getrunken wurde. Bei Jan hatte er sich gut im Griff, also wird er sicherlich mitkommen, wenn ich nach Hause möchte. Und das wird bald sein.

Doch Lenes Rechnung geht auf. Je mehr Alkohol in mein Hirn steigt, desto schneller verfliegt die Müdigkeit. Sicher liegt es auch daran, dass sich ein nettes Gespräch mit Ole ergibt. Er hat unter anderem auf einem Kreuzfahrtschiff gearbeitet und die ganze Welt gesehen. Bei seinen Berichten flackert mein Fernweh heftig auf.

»Die Reisen waren schön, aber jetzt ist es Zeit, sesshaft zu werden«, beendet er seine Berichte.

Wir hören nicht nur gebannt zu, sondern tauschen uns lebhaft aus. Es ist, als würde Paul, der auch schon viel von der Welt gesehen hat, schon immer dazugehören. Ole ist ein charmanter Unterhalter, auf dem Kreuzfahrtschiff war er sicher beliebt.

Als Lene und ich noch mit Jan und Enno zusammen waren, wäre so eine Unterhaltung nicht so interessant verlaufen. Die beiden waren nicht so weltoffen, ihre Gespräche drehten sich meist um Geld. Ja, man hätte es merken können, wenn man die Zeichen hätte lesen wollen …

Im Laufe des Abends legen die Männer ihren Arm um unsere Schultern, so als wären wir zwei Pärchen. Ich bin mittlerweile gut gelaunt. Die Müdigkeit ist auch verschwunden, ganz ohne Energydrink-Jägermeister-Mischung. Deshalb bleibe ich dem Pfeffi mit Wasser treu. Inzwischen hat jeder noch eine Runde ausgegeben. Allerdings scheint Lene die teuflische Energymischung nicht so gut zu bekommen, sie ist ziemlich aufgedreht. Es dauert nicht lange, da fängt sie wild an mit Ole zu knutschen.

Für Paul scheint es ein Signal zu sein, mir tief in die Augen zu sehen. Ich bin fasziniert vom Funkeln seiner

Iriden, bevor sich auch unsere Münder finden. Er zieht mich in einer unwiderstehlichen Mischung aus Leidenschaft und Zärtlichkeit zu sich. Mein Körper wird von wilden Schauern geflutet. Die Libido erwacht, während unsere Zungen miteinander spielen. Wir vergessen die Zeit und merken gar nicht, dass immer mehr Leute nach Hause gehen.

»Hey, Blitzbirne. Trinkst du einen mit mir?«, tönt es plötzlich von der Seite.

Jan meint offensichtlich Paul, der überrascht von mir ablässt. Mein Ex-Verlobter kommt mir ziemlich benebelt vor, als er sich zu uns stellt. Mir klappt die Kinnlade herunter, denn jetzt erst lese ich, was auf seinem T-Shirt steht: »Mein Lieblingstier ist der Zapfhahn.« Auweia, da sind mir die Nerdsprüche aus unserer Firma aber lieber.

»Mit der Trinkfestigkeit der norddeutschen Dorfjugend kannst du bestimmt nicht mithalten«, lallt Jan Paul entgegen.

Dieser lacht, er hat mittlerweile ebenfalls einige Bier intus. Doch bei genauerem Hinsehen erkenne einen spöttischen Zug um seinen Mund. »Dorfjugend? Willst du alter Geizknochen etwa einen ausgeben?«

»Ich dachte, du bist der Geldsack. Da lass ich dich mal noch ein bisschen protzen«, stammelt Jan weiter und schwankt dabei bedenklich.

»Dachtest du, ja?« Paul lacht. »Ich finde, du hast schon genug getrunken.« Plötzlich stutzt er und betrachtet den Schriftzug auf Jans Shirt.

»Luise, ich glaube, ich weiß jetzt, was du meinst«, verkündet er, leicht dümmlich grinsend.

Jan wirkt irritiert. »Was is los? Macht ihr euch über mich lustig, ihr Dösköppe?«

»Aber nicht doch, beruhig dich«, antworte ich und blecke die Zähne. »Wir wollten sowieso gerade gehen, nicht wahr Paul?«

»Habe ich mir doch gedacht, dass dein Weichei kneift!«, poltert Jan.

»Er ist kein Weichei. Er schlägt dich in jeder Beziehung. In jeder!«, zische ich.

»Lieb, aber du brauchst mich nicht zu verteidigen«, behauptet Paul.

»Aber sicher, er ist ja auch Superman«, spottet Jan und schlägt sich vor den Kopf, als ob es ihm gerade eingefallen wäre. »Was bin ich doch für ein Dummbaddel.«

»Einsicht ist der erste Weg zur Besserung«, ärgere ich ihn.

Jan baut sich vor uns auf. »Ihr glaubt wohl, ihr seid was Besseres? Flachwichser seid ihr!«

»Jan, geh nach Hause«, mischt sich Sylke auf einmal ein.

»Versprüh deinen Charme woanders«, knurrt Ole.

»Aaach, unser Dorfbarde. Kiek an. Willst die Lene abschleppen, alter Möchtegerncasanova?«

»Eierkopp«, gibt Ole gelassen zurück.

»Hoffentlich läuft die Situation nicht aus dem Ruder«, flüstere ich Paul besorgt zu, denn Ole und Jan sind nicht gerade für ihre defensive Art bekannt.

»Ist doch egal, wer der größere Weiberheld ist«, versucht Lene beide zu beschwichtigen.

»Nein, nein. Der kommt, trällert ein paar Liedchen und die Frauen werfen ihre Höschen auf die Bühne«, faselt Jan.

»Hast du eben einen Korb kassiert, oder was?«, spottet Ole.

»Das hättest du wohl gerne«, erwidert Jan schwach. »Und unser Superman hier«, er zeigt auf Paul, »braucht nur mit seiner Kohle zu protzen, damit die Muschis feucht werden.«

»Nur kein Neid«, kommentiert Paul.

»In Wahrheit seid ihr beide doch aufgeblasen wie Luftballons, in die man nur eine Nadel stecken braucht. Puff, und ihr werdet zu Knalltüten!«

»Was willst du eigentlich?«, knurrt Ole und drückt ihm seinen Zeigefinger auf die Brust. »Hör auf deine Frau, geh nach Hause!«

»Ich fahr dich«, bietet Sylke an und zieht ihn am Ärmel.

Jan befreit sich mit einem Ruck. »Wie oft habe ich dir schon gesagt, dass ich nicht dein Schoßhund bin?«, fährt er sie grob an.

»Als ob ich das wollen würde« Sylkes Stimme bricht.

»Hör auf, lass Sylke in Ruhe!«, muss ich sie verteidigen.

Ich sehe mich um. Will denn keiner eingreifen?

Nur Paul traut sich. »Was willst du eigentlich?«, faucht er und sieht Jan drohend an.

Dieser schielt, während er Paul fixiert. »Dass du nicht auf deiner Kohle sitzt, und mir einen ausgibst.«

»Ich gebe dir morgen einen aus«, beschwichtigt Paul.

»Verarsch mich nicht«, grummelt Jan. »Das ist doch das Einzige, was du kannst, andere verarschen und mit deinem Geld prahlen.«

»Wieso prahl ich mit meinem Geld? Du machst das. Ich hab nichts gesagt.«

»Jupp, heiße Luft rauslassen ist das Einzige, was du kannst«, wiederholt Jan und hält sich an der Theke fest.

»Bei dir riecht sie nach Furz, Arschgesicht«, geht Paul auch noch auf die Provokation ein.

Oh Mann, das ist gefährlich und könnte in einer Schlägerei enden. Anscheinend hat er ebenfalls genug getrunken, um die Situation nicht mehr richtig beurteilen zu können.

»Willst du Prügel?«, spottet Jan.

»Du willst dich messen? Worin bist du gut? Nur einarmiges Reißen?«

»Dich sauf ich im Vorbeigehen unter den Tisch!«

Paul winkt ab. »Heute nicht mehr.«

»Was denn? Ein Superman, der nur dumme Sprüche draufhat?« Er dreht sich zu mir. »Das ist dir genug?«

»Im dumme Sprüche machen schlägst du ihn locker«, antworte ich. »Das ist aber auch das Einzige.«

Mist! Warum bin ich da jetzt nur drauf eingegangen?

Jan wankt in Pauls Richtung. »Sag schon, worin bist du denn gut, außer im Aufschneiden?«

»Breakdance, zum Beispiel. Kannst du das auch?«

Jan lacht spöttisch. »Dann zeig doch mal, Spacko!«, fordert er und bekommt anschließend einen Schluckauf.

»Nur wenn wir ein Battle machen«, gibt Paul grinsend zurück.

Das ist doch wohl nicht sein Ernst. Ich verdrehe genervt die Augen.

»Ich kann Mikado. Wir können einen Mikado-Battle machen«, versucht Jan überraschend einen Scherz, indem er aus einem Werner-Heft zitiert.

Paul grinst süffisant. »Hast sicher nur ein einziges Stäbchen dabei … und das ist weich, du Ei.« Er kichert.

»Aber Singen kann ich. Wie unser Barde hier«, prahlt Jan und schlägt Ole auf die Schulter.

»Unter der Dusche«, piepst Sylke.

»Jaja, du bist der heiße Scheiß von Kalifornien«, spottet Ole.

Damit entlockt er nicht nur mir einen Lacher.

Jan grinst dümmlich. »Jaaa, leider hat mich noch keiner entdeckt«, faselt er lallend.

»Du redest dummes Zeug. Lass uns endlich nach Hause fahren«, murrt Sylke.

Das wirkt plötzlich wie ein Zündfunke. Jan schnappt nach Luft und ballt die Fäuste. »Halt dich da raus, summe Schlampe!«, poltert er.

Alle Gespräche verstummen, die Blicke richten sich auf Jan. Jeder merkt, er ist womöglich kurz davor, eine Schlägerei anzuzetteln. Der Alkohol macht ihn unberechenbar. Mittlerweile traue ich ihm zu, dass er sogar Sylke angreift. Wenn ihm jetzt einer dumm kommt, knallt es.

»Ich habe eine Idee«, mischt sich Paul plötzlich ein. »Wir machen ein musikalisches Battle. Ole ist Schiedsrichter und der Verlierer gibt einen aus. Ole? Was sagst du?«

Ole zieht die Stirn kraus.

Paul zwinkert verschwörerisch. »Es ist noch alles aufgebaut. Leihst du mir deine Gitarre?«

Oles Gesicht hellt sich auf. Anscheinend hat er etwas verstanden, das ich nicht kapiert habe. »Okay, bedien dich.«

»Jeder drei Songs. Schau hin und lerne«, wirft Paul Jan zu, bevor er die Bühne betritt.

Jan scheint tatsächlich Ruhe zu geben. »Da bin ich mal gespannt«, murmelt er und wankt zu einem der Zuschauerstühle. »Den brauch ich noch«, faucht er einen Aufräumer an, der diesen gerade wegräumen wollte, und setzt sich damit dicht vor die Bühne.

Paul nimmt sich Oles Gitarre, die an der Wand der kleinen Bühne lehnt, lässt sich auf den Hocker vorm Mikro nieder und klopft mit dem Finger darauf. »Test, Test.«

»Bravo!«, lallt Jan und klatscht spöttisch.

Paul zupft ein bisschen an den Saiten und stimmt das Instrument. Das wirkt ziemlich professionell.

»Du bist ein Genie, Superman!«, setzt Jan seinen Spott fort.

Aber als Paul dann so richtig loslegt, haut es nicht nur mich aus den Socken. Paul singt Rio Reisers »Für immer und dich« und hat eine Stimme, die meinen Bauch in Aufruhr bringt. Oder ist es der Text, der mich so berührt? Auf jeden Fall wirkt seine Musik mehr als überzeugend.

Mit herzzerreißender Dramatik singt er davon, dass er so oft für mich gelogen hat, den Regenbogen biegt, den Himmel blau streicht und viele andere romantische Sachen. Sie passen alle irgendwie auf uns.

»Für dich, und immer für dich«, trällert er den Refrain.

Meine Knie werden weich. Nur er und ich wissen, wie zutreffend diese Zeilen sind. Am Ende des Liedes glaube ich ihm, dass er einfach alles für mich tun würde.

»Wow! Der kann ja wirklich was«, raunt Ole mir anerkennend zu.

Die verbliebenen Gäste klatschen – alle, bis auf Jan. Der kämpft offensichtlich mit der Müdigkeit.

Sylke und ich tauschen Blicke. Was für eine geniale Idee, um Jan runterzubringen.

Paul setzt nach, mit »Moon River« und »Somewhere over the Rainbow«.

Gebannt hören wir zu. Er sieht mich dabei so intensiv an, dass ich das Gefühl habe, er singt nur für mich.

Mittlerweile ist Jans Kopf zur Seite gekippt. Als die letzten Töne verklingen, kann man Jans Schnarchen hören. Was für eine geile Eingebung, ihn in den Schlaf zu singen! Und wir beten insgeheim, dass er so schnell nicht mehr aufwacht. Das möchte offensichtlich keiner, denn nach dem letzten Lied ist der Applaus zwar leise, aber dafür besonders lang.

Paul stellt die Gitarre zurück und kommt zu mir. Lachend nimmt er mich in den Arm.

»Das hast du großartig gemacht«, lobe ich ihn stolz.

»Lass uns nach Hause gehen«, antwortet er nur.

»Super Idee.«

»Wollt ihr nicht noch was trinken? Ich geb einen aus«, flötet Sylke.

»Das ist lieb, aber danke. Wir haben genug. Wenn du mir was Gutes tun willst, gibst du Jan einen Arschtritt von mir«, antworte ich.

»Dann wird er ja wach«, scherzt sie zwar, sieht mich jedoch trotzdem enttäuscht an.

Ich zucke lächelnd mit den Schultern. »Sorry, aber ich bin sowieso schon länger hier, als ich eigentlich wollte.«

»Ich trink noch einen«, mischt sich Lene ein und klopft Paul auf die Schulter. »Lass uns auf dein großartiges Krisenmanagement anstoßen.«

»Du wolltest mit uns kommen. Das hast du versprochen«, erinnere ich sie.

»Man kann sich doch mal versprechen.« Sie kichert übermütig.

»Das gibt einen deftigen Kater morgen«, mahne ich.

»Ist mir im Moment so was von egal. Ich bin froh, wenn ich den ganzen Mist mal für ein paar Stunden vergessen kann.«

»Ich bring sie nach Haus, versprochen«, mischt sich Ole ein.

»Oh, du bist so süß!« Lene schlingt ihre Arme um Oles Hals und küsst ihn wild.

»Komm«, sage ich seufzend zu Paul und greife nach

seiner Hand. »Überlassen wir das junge, alte Glück sich selbst.«

Ole löst sich aus Lenes stürmischer Umarmung und winkt uns zum Abschied. »Tschüss ihr beiden. Und klasse Aktion von dir, Paul. Du bist echt korrekt.«

»Soll ich euch nach Hause bringen? Ich fahr jetzt sowieso, ich kann nicht mehr stehen«, bietet Sylke an.

Wir sehen uns an. »Also ich würde gern laufen, dann bin ich nüchtern, wenn wir ankommen«, erklärt Paul.

»Ich auch«, bestätige ich erleichtert.

»Na dann … tschüss. Vielleicht sieht man sich noch mal.« Sylke winkt mit dem Autoschlüssel.

Hand in Hand verlassen wir den Veranstaltungsort. Es fühlt sich gut an, mehr will ich nicht darüber nachdenken.

»Ich wusste gar nicht, dass du singen kannst«, verrate ich.

»Du weißt vieles nicht von mir «, antwortet Paul lakonisch.

Wieso ist er jetzt so komisch? »Was hast du?«

Paul schubst mit dem Fuß einen Kiesel vom Weg. »Keine Ahnung.«

»Wieso weißt du das nicht?«

»Es ist alles so verwirrend, findest du nicht?«

»Was?«

»Na, diese ganze Sache hier.«

»Sag ich ja die ganze Zeit. Es ist schrecklich. Ich habe keinen Schimmer, wie ich diese Lüge jemals wieder auflösen soll. Ich sollte wirklich besser die Wahrheit sagen. Das war eine blöde Idee von dir.«

Paul bleibt stehen. »Ach, jetzt bin ich schuld?«, entrüstet er sich.

Ich lasse seine Hand los. »Irgendwie schon«, sage ich und gehe weiter.

Er folgt mir. »Ich wollte dir doch nur helfen.«

»Kann schon sein, aber hast du das auch?«

»Klar, du hast das erreicht, was du wolltest. Sylke und Jan platzen vor Neid. Wir haben sie entzaubert, zusammen.«

»Mit einer Lüge, wie toll!«

Paul greift den Ärmel meiner Strickjacke. »Für mich …«

Ich schlucke. »Ja?«

»Kennst du diese Yin und Yang Zeichen?«

»Klar, wieso?«

»Nehmen wir mal an, dass die Lüge schwarz ist, und die Wahrheit weiß.«

»Dann?«

»Sagt uns das, dass immer etwas Wahrheit in der Lüge steckt und etwas Lüge in der Wahrheit.«

»Ich kapier beim besten Willen nicht, was du meinst. Du redest mich schon wieder so schwindelig«, erwidere ich. Mir wird klar, dass ich auch eine Menge Alkohol getrunken habe.

»Wir können doch herausfinden, wie viel Wahrheit in unserer Lüge steckt. Quasi, wie groß der schwarze Fleck im Weißen ist – oder umgekehrt«, schlägt Paul vor.

Ich bleibe stehen. »Und wie stellst du dir das vor? Wir arbeiten in derselben Firma. Wenn das schiefgeht, ist es eine Katastrophe. Dann würde meine Welt zum zweiten Mal zusammenbrechen.«

»Wir könnten ja Fuck-Kollegen sein.«

Ich schnappe nach Luft. »Waaas?«

»Fick-Kollegen … oder Kollegen Plus.«

Ich hatte mit einer ernsteren Antwort gerechnet. »Du bist mein Fucking-Vorgesetzter, kapiert?!«, entrüste ich mich.

»Fucking …« Paul hebt theatralisch die Augenbrauen. »Ach, jetzt weiß ich endlich, woher der Ausdruck kommt.«

Ich kann ein Augenrollen nicht verhindern, während ich mit einem Seufzer ausatme. »Heute hast *du* zu viel getrunken.«

»Möglich. Ist die Rache des kleinen Mannes.«

An dir ist gar nichts klein, Superman.

»Was meinst du?«

Er baut sich vor mir auf. »Küss mich. Das meine ich.«

Ich muss lachen. Mit seiner unvergleichlichen Art hat er die Situation wieder einmal entschärft.

Er zieht mich zu sich heran und wir tauschen einen dieser unvergleichlichen Küsse, die mich jedes Mal in ein anderes Universum katapultieren. Meine Leidenschaft erwacht erneut – wenn sie überhaupt jemals geschlafen hat.

Paul macht mir gerade eines klar, ich kann nicht länger so tun, als wäre nichts zwischen uns. Die Frage ist, ob es die Wahrheit in der Lüge oder die Lüge in der Wahrheit it? Meine Gedanken kreisen so sehr, dass mir schwindelig wird. Oder kommt das vom Kuss? Oder vom Alkohol? Oder bin ich nur zu müde und muss dringend ins Bett?

Völlig außer Atem löse ich mich wieder.

»Das war ein Witz mit dem Fick-Verhältnis, oder?«

»Natürlich«, erwidert er lachend und küsst sanft meine Stirn. »Was aber hoffentlich nicht heißt, dass wir jetzt nur noch anständigen Sex haben.«

Wird es wirklich ernst zwischen uns? Mein Herz schlägt bis zum Hals, das Atmen fällt mir auf einmal schwer. Ich hole tief Luft.

Das Mondlicht scheint auf Pauls Gesicht und zeigt ein erwartungsvolles Lächeln.

Ich erwidere es, etwas gequält. »Mir geht das alles irgendwie … zu schnell.«

Paul hält an. »Mir nicht«, flüstert er und schenkt mir einen wahnsinnig zärtlichen Kuss.

Seine Küsse machen süchtig, ich werde niemals genug davon bekommen.

Oh Mann, wie soll das nur enden? Ich muss irgendwie die Bremse ziehen. Zumindest so lange, bis ich meine Gefühle sortiert habe.

20

DIE KATZE KANN AUCH ZUM KATER WERDEN

Ich fühle mich so lebendig wie schon lange nicht mehr, als ich am nächsten Morgen erwache. Alle Muskeln sind entspannt – besonders die in meinem Unterleib. Wir hatten gestern Nacht noch Sex. Ganz unverbindlich natürlich. Das hat Paul jedenfalls behauptet. Vom Alkohol enthemmt haben wir eine Menge ausprobiert. Ich weiß nicht, ob er mir damit etwas zeigen wollte. So viel Sex fühlt sich zwar gut an, trägt nicht gerade dazu bei, dass ich meine Sinne sortieren kann. Aber vielleicht ist gerade das ja seine Absicht?

Nachdenklich betrachte ich den glitzernden Verlobungsring an meiner Hand. Aus dem nerdigen Entlein ist hier auf wundersame Weise ein schillernder Schwan geworden. Einer, der genauso funkelt, wie der Diamant. Doch leider ist dieser Ring nicht für mich bestimmt, sondern für Mia. Das darf ich nicht vergessen.

Paul rührt sich und sucht im Schlaf meine Nähe. Es fühlt sich alles so gut an. Doch je besser unser Fake wird, desto mehr Angst bekomme ich, dass ich meine Empfindungen irgendwann nicht mehr beherrschen kann. Ich darf nicht ständig vergessen, dass Paul mein Vorgesetzter ist. Und schon gar nicht, dass das alles hier eine Lüge ist.

Die letzte Nacht geht mir durch den Kopf. Wie viel Wahrheit steckt in dieser Lüge? Paul ist so schwer durchschaubar. Ein Witz, dass ich am Anfang dachte, er ist einfach gestrickt. Er hat mindestens so viele Facetten wie dieser Diamant. Eher bin ich es, die einfach gestrickt ist. Doch eines kapiere ich immer noch nicht richtig. Warum zieht so jemand wie Paul zurück zu seiner Mama und lässt sich von ihr die Socken waschen, nachdem seine Beziehung gescheitert ist?

Ich schleiche mich langsam aus dem Bett und freue mich, die Dusche für mich allein zu haben. Doch als ich unter dem prasselnden Wasser stehe, wünsche ich mir trotzdem, ich würde wieder so hingebungsvoll eingeseift werden wie gestern. Es ist einfach toll, den Tag so zu beginnen. Bei Jan gab es nie irgendwelche sinnlichen Spielchen.

Anscheinend ist wirklich etwas an dem Spruch dran, dass der Sex mit einem Mann so ist wie seine Essgewohnheiten. Während Jan der Fast-Food-Typ ist, ist Paul ein Gourmet, der mit allen Sinnen im Genuss schwelgt. Ich weiß nur noch nicht, ob es gut ist, dass ich immer mehr Gefallen daran finde. Der Sex mit ihm hat leider Suchtpotential.

Wie soll es weitergehen, wenn es tatsächlich mit uns etwas wird? Dann kann er nicht mein Chef bleiben, das steht fest. Ich müsste wieder ein völlig neues Leben anfangen. Und was, wenn es schiefgeht? Da müsste ich gleich noch mal neu beginnen, wieder woanders, denn hierher zieht es mich immer noch nicht zurück. Von den fehlenden beruflichen Perspektiven mal abgesehen.

Das mit uns muss ein Ende haben, wenn ich meine

Freunde und meinen Beruf behalten will. Ich muss mehr auf Abstand gehen, dann kann ich immer noch beobachten, wie sich alles entwickelt. Das heißt, wir müssen hier schnellstmöglich unseren Auftrag erledigen, alles regeln und verschwinden, bevor Paul mir das letzte bisschen klaren Verstand raubt.

Als ich das Wasser abdrehe, wird mir klar, dass meine Gedanken anfangen zu kreisen. Immer und immer wieder hänge ich in derselben Schleife.

Oh Mann, das ist gar kein gutes Zeichen.

Nachdenklich trockne ich mich ab, binde mir einen Handtuchturban und gehe ins Schlafzimmer. Paul steht splitternackt im Raum und sieht mich beleidigt an.

»Da bist du ja. Es war so kalt und leer im Bett. Hast du etwa allein geduscht?«

»Ja, es war ganz schön, mal so in Ruhe. Außerdem kommen wir so noch halbwegs pünktlich zum Frühstück«, gebe ich vor.

»Wirklich?«, fragt er enttäuscht. »Wartest du wenigstens auf mich? Ich beeil mich auch.«

»Okay.«

»Übrigens habe ich die neuen Sachen jetzt alle getragen. Nun muss ich eines meiner mitgebrachten Shirts nehmen. Suchst du mir eines raus?«

Himmel! Krasser kann sich der Nerd nicht zurückmelden. Jetzt erinnere ich mich wieder an meine Bedenken. Was mich nicht daran hindert, wie hypnotisiert das Muskelspiel seines knackigen Hinterns zu beobachte, bis er die Tür hinter sich geschlossen hat.

Ich weiß auch nicht warum, aber nachdem ich mich angezogen habe, krame ich tatsächlich in seiner Tasche nach einem Shirt. Wie erwartet hat er nur Sachen mit blöden Sprüchen und ein paar einfache Jeans eingepackt.

Nach einigem Überlegen entscheide ich mich für die Aufschrift: ›Lass mich durch, ich bin Admin‹. Seltsamerweise ertappe ich mich sogar beim Lachen.

Mit einer seltsam nüchternen Stimmung gehen wir zum Frühstück. Lene sitzt am Tisch, hat aber dieselben Klamotten wie gestern an. Ihr Zustand ist leicht derangiert. Offensichtlich hat sie nicht viel geschlafen.

»Warst du gar nicht im Bett?«, erkundige ich mich verwundert.

»Aber natürlich, ich habe ich nur nicht lange geschlafen«, erwidert sie grinsend.

»Guten Morgen«, wünscht Paul.

»Moin. Paul weiß wenigstens, was sich gehört«, bemerkt Lene schnippisch.

Aufmerksam mustert sie sein Shirt und lacht herzhaft.

»Du bist echt ein super Typ und einen guten Humor hast du auch noch. Ich kann Luise nur gratulieren.«

Paul lächelt geschmeichelt und setzt sich an den Tisch, der bereits gedeckt ist.

Meine Mutter kommt rein. »Moin, ihr beiden. Habt ihr gut geschlafen?«

Wir nicken. »Moin«, wünschen wir im Chor.

»Geht schon leichter über die Zunge, was?«, fragt sie Paul.

»Morgens sowieso, da sagt man das ja auch«, antwortet er.

»Wir haben bereits gefrühstückt. Bedient euch und räumt nachher den Tisch ab. Ich wollte gerade was für heute Mittag holen. Was haltet ihr von Karbonade?«

Paul zieht die Stirn kraus.

»Schweinekotelett«, übersetze ich.

»Oder besser eine Suppe? Aber es soll wieder warm

werden, da schmeckt die vielleicht nicht so gut«, überlegt sie laut.

»Wir können doch später auch essen gehen«, schlägt Lene vor.

»Zu teuer. Spart lieber euer Geld«, winkt Mama ab. »Vielleicht Labskaus?«

»Esst ihr hier auch ömmelige Spaghetti?«, fragt Paul.

Jetzt ist es meine Mutter, die verwundert guckt.

»Normale, meint er. Bolo«, kläre ich auf.

»Bolo?«

»Bolognese«, erklärt Lene lachend. »Das ist auch mein Favorit.«

»Meinetwegen auch das«, murrt meine Mutter und geht.

»Hast du wirklich bei Ole übernachtet?«, frage ich Lene, als Mama wieder weg ist.

»Ja, wieso?«

»Einfach so? Du kennst ihn doch gar nicht.«

Auf Lenes Stirn bildet sich eine senkrechte Falte. »Hallo!« Sie wedelt vor meinem Gesicht. »Ich kenne ihn aus dem Sandkasten, schon vergessen?«

»Als Kind, ja. Aber er hat sich doch sicher verändert … so im Laufe seines Lebens … auf der See, und so.«

»Du meinst, er ist auf dem Kreuzfahrtschiff zum Meuchelmörder geworden?«, fragt sie lachend.

»Nein, aber er ist schon immer ein Frauenheld gewesen, wenn ich mich recht erinnere.«

»Ach Gottchen! Das ist deine einzige Sorge? Wer weiß, vielleicht habe ich ja Lust, eine Männerheldin zu werden.«

»Hat Enno dir nicht gerade das Herz gebrochen?«, wundere ich mich.

Meine Schwester schüttelt energisch den Kopf. »Nö. Nach reiflicher Überlegung bin ich zu dem Schluss gekommen, dass ich viel zu viel geschuftet habe. Und das alles nur, um seinen Ansprüchen gerecht zu werden. Darüber ist mir der Spaß am Leben komplett abhandengekommen. Jetzt will ich so viel wie möglich nachholen.«

»Du willst dich wie ein Teenie benehmen? Warum? Was willst du damit beweisen? Willst du Enno zeigen, dass du an jedem Finger zehn haben kannst?«, frage ich verwundert.

»Quatsch, was hat das damit zu tun? Ich muss ihm eher dankbar sein, dass ich durch sein Fremdgehen so viel über mich herausgefunden habe. Ich fühle mich wie im zweiten Frühling und werde es jetzt krachen lassen. Ich will mich erst mal nur um mich kümmern, dann sehe ich weiter.«

Das klingt ziemlich egoistisch, ist mein erster Gedanke. Es verschlägt mir nicht leicht die Sprache, aber diesmal weiß ich nicht, was ich darauf antworten soll. Mit Leichtigkeit steckt sie ihre Enttäuschung weg und bringt ohne irgendwelche Ängste ihr Herz wieder in Gefahr. Über so viel Unvernunft kann ich nur den Kopf schütteln.

Ich schenke mir einen Tee ein und greife nach einem Croissant. Nach dem zweiten feuchtfröhlichen Abend brauche ich ein solides Frühstück. Paul hat sich selbst bedient und beißt herzhaft von seinem Käsebrötchen ab. Er fühlt sich anscheinend schon wie zu Hause.

»Und was genau hast du jetzt vor?«, erkundige ich mich bei meiner Schwester, bevor ich in das Gebäck beiße.

»Keine Ahnung. Ich werde wohl vorerst hierbleiben.«

Fast hätte ich mich verschluckt. »Zurück zu Mama und Papa?«

Lene zuckt mit den Schultern. »Was dagegen? Ich will mich neu sortieren.«

»Halte ich für eine vernünftige Idee«, wirft Paul dazwischen.

Das kann ich mir denken, schießt es spöttisch durch meinen Kopf. Ich sage aber nichts, weil Bemerkungen darüber wahrscheinlich zu nichts führen. Offensichtlich bin ich in der Minderheit.

»Willst du jetzt doch den Hof übernehmen?«, provoziere ich sie.

»Eher nicht. Oder meinst du, dass *ich* jetzt Jan heiraten soll?«, gibt sie grinsend zurück.

Lene ist nicht aus der Ruhe zu bringen. Sie war schon immer die selbstbewusstere und mutigere von uns beiden.

»Du musst wissen, was du tust«, murmle ich und trinke einen Schluck Tee. »Ich will heute endlich weiterarbeiten.«

»Ich kann euch ja dabei helfen. Mein Angebot von gestern steht«, bietet Lene an.

»Wir können jede Idee gebrauchen. Wir benötigen Unterbringungsmöglichkeiten für eine Hochzeit«, erklärt Paul sofort.

»Oh, wow! Das ist ganz mein Ding. Welcher Art sollen die denn sein? Luxuriös, rustikal ausgefallen?«, erkundigt sie sich eifrig.

»Am besten alles, für jeden Geschmack etwas«, antwortet Paul.

»Wie wäre es zum Beispiel mit Oles Apartments? Die sind wirklich schön und neu renoviert.«

»Wo liegen die?«

»Etwas außerhalb, Richtung Brasilien.«

»Ist der Strand da gut? Da soll zumindest der Antrag stattfinden, wenn es mit der Zeremonie dort nicht klappt.«

»Super ist der, nicht so voll.«

»Und wie viele Leute haben in den Apartments Platz?«, fragt Paul.

»Es sind sechs Wohnungen. Wenn man die jeweils mit zwei Leuten bestückt, hätte man zwölf Leute untergebracht. Ich glaube, in zweien gibt es auch Kinderzimmer.«

»Wir brauchen mehr. Es sind zwanzig Leute, bunt durcheinandergewürfelt. Und die Übernachtungsgelegenheiten sollten möglichst dicht beieinanderliegen, weil es ja eine Gesellschaft ist«, fügt Paul an.

Nachdenklich kauend folge ich dem Gespräch der beiden. Sie führen es, als wäre ich nicht anwesend. Allerdings erinnere ich mich, dass Lene schon immer gerne Eventplanungen gemacht hat. Deshalb ist sie in der Tourismusbranche genau richtig.

»Ich denke, für Mia muss es etwas Ausgefalleneres als ein stinknormales Apartment sein. Ben muss sie überraschen, sonst wird das nichts«, gebe ich zu bedenken.

»Luxuriöser?«, erkundigt sich meine Schwester.

»Nicht unbedingt, eher das Flair von Freiheit und Abenteuer«, überlege ich laut.

»So wie ein Hippiecamper? Oder ein Heuhotel? Ein Hausboot«, sprudelt es aus ihr hervor.

»Ja, so in der Art.«

Paul sieht uns fragend an. »Was ist ein Heuhotel?«

»Eine Scheune, in der Heu ausgebreitet ist, auf dem man schlafen kann«, erklärt Lene.

»Echt? So was gibt es?«

»Man braucht nur einen Schlafsack. Ist natürlich sehr rustikal, und man darf keinen Heuschnupfen haben.«

»Aha, dann ist das schon mal nichts für mich«, stellt Paul fest.

»Auf unserem Campingplatz kann man sicher ebenfalls etwas organisieren, kommt auf den Termin an«, schlägt Lene vor.

»Ich glaube nicht, dass das großen Anklang finden wird. Immerhin kommen auch Gäste aus Amerika. Reiche

Leute, die sind was anderes gewohnt. Mehr Fläche«, kritisiere ich.

»Aber ein Camper wäre prinzipiell gut, ist was für Individualisten«, bemerkt Paul.

»Wir können ja eine unserer Weiden als Campingplatz zur Verfügung stellen«, witzelt Lene.

Pauls Augen leuchten auf. »Das wär's! Und ein Heuhotel kann man hier auch zustande bekommen.«

»Ja!«, ruft Lene begeistert. »Das ist eine gute Idee. Das Übernachtungsangebot hier zu erweitern, könnte eine tolle neue Aufgabe für mich sein.«

»Wie, neue Aufgabe?«, erkundigt Paul sich.

»Na, so als Lebensunterhalt.« Lenes Augen leuchten begeistert. »Man könnte aus dem Hof einen Eins-A-Touristenbetrieb machen.«

»Das ist doch mal 'ne Idee!«, stimmt Paul begeistert ein.

Mein Gehirn ist wie gelähmt. Statt mitzudenken, verfolge ich das Gespräch der beiden schweigend. Mir fallen nur Bedenken ein.

»Sehr toll. Mama und Papa werden sich freuen, wenn du ihnen noch mehr Arbeit aufhalst«, moppere ich Lene.

»Dann muss man die unrentablen Anteile zurückfahren«, schlaumeiert Paul.

»Ach so, am besten gleich den Hof aufgeben und ein Heuhotel daraus machen«, knurre ich.

»Das habe ich nicht gesagt, man muss sich alles nur genau durchrechnen«, verteidigt sich Paul. »Auf jeden Fall steht fest, dass hier viel Potenzial verschenkt wird.«

»Er hat recht«, bestätigt Lene.

»Ah ja, und unseren Eltern zeigt ihr dann den fertigen Businessplan. Ist nur die Frage, wer eure Ideen finanziert.

Wenn Mama und Papa Geld hätten, hätten sie schon längst einiges geändert«, fauche ich.

»Ich weiß. Das, was der Hof abwirft, ist zum Leben zu wenig und zum Sterben zu viel. Aber das sollte uns nicht hindern«, gibt Lene zurück.

Meine Zähne knirschen. »Nicht daran hindern, alles über ihren Kopf weg zu planen?«

»Ich könnte investieren. Ich gebe gern Geld für gute Projekte«, schlägt Paul vor.

Ich schnappe nach Luft.

»Was mischst du dich da ein? Jan hatte doch recht, du protzt mit deinem Geld. Es geht dich genau Null an. Null! Verstehst du!«, echauffiere ich mich.

Paul reißt die Augen auf und schluckt. »Luise«, stammelt er. »Das darfst du nicht falsch verstehen.«

»Oh, ich verstehe nichts falsch.«

»Bitte, hör mir zu«, fleht er.

Lenes Mund steht offen, das Entsetzen ist ihr ins Gesicht geschrieben. Sicher begreift sie nicht, warum ich so heftig reagiere. So ganz kapiere ich es selbst nicht. Ich weiß nur eines, so kann es nicht weitergehen.

»Komm mit aufs Zimmer. Ich muss mit dir reden«, fahre ich Paul an.

21

ERNÜCHTERUNG

Betroffen folgt Paul mir ins Zimmer. Wir lassen uns beide aufs Bett sinken. Inzwischen sind meine aufbrausenden Emotionen zwar etwas heruntergekocht, aber ich habe immer noch das Gefühl, keine Luft zu bekommen.

»Ich kapiere nicht, warum du so böse bist. Wir haben doch nur gebrainstormt«, flüstert er.

»Ich kann nichts dagegen tun, du machst mich wütend«, zische ich.

Er sieht mich unschuldig an. »Aber warum? Ich versteh's nicht.«

»Du hast dich in mein Leben gedrängt und mich einfach überrollt. Ich hatte dich gebeten, etwas langsamer vorzugehen. Und du? Du tust so, als würdest du schon immer zur Familie gehören«, grummle ich.

Paul nickt. »Da habe ich vielleicht etwas übertrieben, aber ich habe es doch nur gut gemeint.«

»Gut gemeint ist aber nicht gleich gut gemacht«, krächze ich.

Er reibt sich über die Stirn. »Stimmt, aber habe ich

wirklich so viel falsch gemacht? Ich meine, du hast doch einiges rausgefunden, bist weiter als vorher. Irgendwie dachte ich, dass die Sache zwischen uns klar ist.«

»Wie kommst du darauf? Gar nichts ist klar. Ich hatte langsam angefangen, darüber nachzudenken, ob aus uns etwas werden könnte … mit der Betonung auf hatte.«

Paul starrt mich entsetzt an und schluckt. »Aus uns wird nichts? So siehst du das?«, stammelt er betroffen.

»Und dann diese ganze Lüge … Ich kann nicht mehr.«

Erschöpft sacke ich zusammen.

Paul schnappt nach Luft. »Für dich ist es immer noch eine Lüge? Ich dachte … Ich empfinde es nicht so … jedenfalls in Teilen.«

Mir entfährt ein zynischer Lacher. »Du siehst es doch nicht etwa als Wahrheit?«

Ich schaue ihm ernst in seine wunderschönen blauen Augen, die mich treuherzig anblicken. Mein Herz krampft, aber die Wahrheit muss jetzt raus.

»Natürlich ist es immer noch eine Lüge. Wir kennen uns doch gar nicht richtig, das hast du vor kurzem selbst gesagt.«

»Okay, ich halte mich ab jetzt mehr zurück. Versprochen.« Paul senkt betreten den Kopf.

Mir fällt es schwer, tief einzuatmen. Aber das muss ich, um die Wahrheit auszusprechen und endlich die Grenze zu ziehen.

»Das reicht nicht. Nicht mehr. Ich muss meine Gedanken sortieren – ohne dich und deinen Einfluss. Du verwirrst mich sonst nur noch weiter.«

Erschrocken sieht Paul wieder auf. »Aber was ist mit unserem Auftrag?«

»Es ist besser, wenn ich mich allein darum kümmere.«

Paul nickt. Es folgt ein quälendes Schweigen.

»Falls du Geld brauchst …«, bietet er plötzlich an.

Ich schüttle den Kopf. »Ich brauche kein Geld. Ich hab selber genug gespart.«

Nachdenklich fährt er sich durchs Haar und sieht mich schuldbewusst an.

Er tut mir leid, aber wenn ich ihm jetzt sein schlechtes Gewissen nehme und Mitgefühl zeige, weiß ich nicht, ob ich die Kontrolle behalte. Meine Kehle schwillt zu. Ich will ihn nicht abweisen, ich will ihm nicht wehtun, aber ich kann auch nicht mehr so tun, als wäre alles in Ordnung.

»Was soll ich jetzt machen? Was erwartetest du von mir?«, fragt er irritiert.

Meine Kehle schwillt zu, die Worte wollen nicht richtig heraus. Sekundenlang sehe ich ihn nur an.

»Hast du das noch nicht kapiert? Die Show ist vorbei. Schluss, aus. Ich habe keine Kraft mehr für dieses Theater. Es war immer eine blöde Idee«, krächze ich.

»Ich … soll gehen?«

»Ja«, hauche ich traurig.

»Okay, dann ist es wohl besser so. Sag mir nur eines … ist es ganz vorbei?«

Ein tiefer Seufzer entfährt mir. »Wahrscheinlich … Keine Ahnung. Wie soll ich das wissen, wenn ich nicht in Ruhe nachdenken kann?«

Paul sieht mich durchdringend an, sein trauriger Blick schnürt mir die Luft ab.

»Ich hab's verkackt, okay. Aber ich habe es nur gut gemeint. Ich … ich mag dich wirklich sehr gern. Schon immer«, beteuert er noch einmal.

»Ich weiß.«

Paul hebt die Hände. »Ist ja schon gut, ich packe ja schon.«

In Zeitlupe steht er auf und holt seinen Kulturbeutel aus dem Bad. Er wirkt, als hätte ich ihn körperlich geschlagen.

»Wann kommst du zurück?«, fragt er, während er seine Sachen in die Tasche wirft. »Oder kommst du gar nicht mehr?«

»Doch … Keine Ahnung«, krächze ich.

Ich muss Tränen unterdrücken, weil mir klar wird, dass mein Herz ihn gar nicht gehen lassen will. Aber ein einziges Mal muss mein Verstand gewinnen, damit nicht alles in einer Katastrophe endet.

Paul holt seine Tasche, schmeißt sie aufs Bett und wirft wahllos seine Kleidung hinein. Plötzlich sieht er auf und mich an. Sein Blick geht mir durch und durch.

»Bitte, kündige nicht, bevor wir nicht über alles noch einmal ausführlich geredet haben. Willst du mir das versprechen?«

Am liebsten würde ich ihn in den Arm nehmen. Doch ich sollte ihm nicht zu viel Hoffnung machen.

»Ja … nein … Ich weiß nicht. Ich muss erst über alles nachdenken«, flüstere ich.

»Was denkst du, wird dabei herauskommen?«

»Ich habe meine Kristallkugel nicht dabei.«

Paul nickt betreten. »Soll ich dich dann abholen, wenn du hier fertig bist?«, fragt er, während er die Tasche schließt.

Ich ziehe angestrengt die Mundwinkel nach oben. »Nein, nicht nötig. Soweit ich weiß, gibt es Zugverbindungen.«

»Es macht mir nichts aus. Ich tue das gerne.«

»Hör auf, mich zu drängeln. Ich fühle mich schon wieder unter Druck gesetzt.«

»Na dann«, sagt er und stellt sich unschlüssig vor mich.

»Ich … Ich kann dich jetzt nicht verabschieden. Das

wäre schon wieder … etwas, das ich nicht will«, stammle ich.

»Verstehe. Ich finde allein raus. Darf ich mich wenigstens noch deinen Eltern Tschüss sagen? Ich möchte mich gerne für die nette Bewirtung bedanken.«

»Ich richte es aus. Sie werden es verstehen.«

Paul schluckt und reißt entsetzt die Augen auf. »Du willst ihnen alles erklären?«

»Irgendwann muss ich das doch sowieso. Ist besser so«, antworte ich schulterzuckend.

Er nickt betreten. »Wenn du meinst. Allerdings macht es einen schlechten Eindruck bei deinen Eltern und das möchte ich eigentlich nicht.«

»Genau. Das ist der Punkt. Du hast dich in das Herz meiner Eltern geschlichen, ohne an die Folgen zu denken.«

Seine Augen werden zu Schlitzen. »Wenn du das so siehst. Aber ich habe mich nirgends reingeschlichen. Ich verstelle mich nicht. Du brauchst nicht zu kontrollieren, ob ich wirklich gehe, ohne mich zu verabschieden. Ich bin sofort verschwunden.«

Das saß.

Er nimmt die Henkel seiner Tasche und reißt sie mit einem Ruck nach oben.

»Tschüss dann.«

Mit energischem Schritt stapft er zur Tür, ich eile hinterher.

Ich komme mir unendlich schlecht vor. Dieser Streit ist zu sehr aus dem Ruder gelaufen. Vielleicht hätte ich viel früher etwas sagen müssen, aber ich fürchte, er hätte es ignoriert. Er kapiert es nicht und ich wahrscheinlich auch nicht. Heute ist nicht der Tag, um noch weiter darüber zu reden.

»Okay danke«, würge ich hervor.

Wir tauschen Blicke. Die betretene Stimmung ist kaum auszuhalten. Bevor ich zur Klinke greife, sehe ich mich noch einmal um.

»Gute Fahrt. Und danke, dass du helfen wolltest.«

»Kein Ding, ich habe das wirklich gerne gemacht.« Er geht, ohne sich noch einmal umzusehen.

»Tschüss dann«, flüstere ich ihm hinterher.

Es fällt mir schwer zu atmen, als ich zurück in die Küche gehe. Am liebsten würde ich auch nach Hause fahren und mich in meiner Wohnung verkriechen, aber das kann ich meiner Familie und Ben nicht antun.

»Was war das denn? Wieso bist du uns eben derart angegangen? Spinnst du?«, empfängt mich meine Schwester entrüstet.

»Das musste sein. Ich hatte Paul um Zurückhaltung gebeten«, antworte ich und setze mich wieder.

Mein Herz klopft immer noch bis zum Hals, ich muss erst mal runterkommen.

Lene mustert mich aufmerksam, während ich mir einen frischen Tee einschenke. »Darum hast du ihn rausgeschmissen? Er hat doch nichts getan.«

»Das sieht vielleicht so aus, stimmt aber nicht.«

»Was stimmt nicht?«, fragt meine Mutter, die gerade in die Küche kommt. Mein Vater geht hinter ihr und trägt die Einkaufstüten.

»Wo will Paul ohne dich hin? Er ist eben in sein Auto gestiegen, sah sehr geknickt aus und hat kein Wort zu uns gesagt«, erkundigt sich mein Vater.

»Paul haut ab?«, fragt Lene entsetzt. »Der Arme! Luise hat gerade die Oberzicke raushängen lassen, dabei wollte er uns nur helfen.«

»Ihr hat euch gestritten?« Mama schlägt entsetzt die Hand vor den Mund.

»Ich hab Schluss gemacht«, presse ich hervor. Es ist besser, wenn jetzt die Wahrheit auf den Tisch kommt. *Schluss mit der Scharade!*

»Warum denn? Ihr seid so ein schönes Paar und habt euch gerade erst verlobt. Da schmeißt man doch nicht beim ersten Streit alles hin«, jammert Mama.

»Wir sind kein Paar. Es ist alles eine Lüge«, fauche ich.

»Eine Lüge?!«, fragen alle drei entsetzt im Chor.

»Das musst du mir aber erklären«, hakt Lene nach.

»Alles Fake, alles Show, nichts Wahres dran. Das ist das Wesen einer Lüge«, presse ich hervor.

»Wow!« Lenes Mund bleibt offen stehen. »Kaum zu glauben.«

»Pfft Lüge, ich glaube das nicht. So, wie er dich angesehen hat und du ihn. Das ist doch Blödsinn!« Mama winkt ab.

»Er ist so ein feiner Kerl«, haut Papa in dieselbe Kerbe.

»Ihr habt doch keine Ahnung. Ihr wisst überhaupt nicht, was passiert ist!«, grummle ich beleidigt.

War ja klar, dass sich alle auf Pauls Seite schlagen. Er hat mit seiner Charmeoffensive wirklich ganze Arbeit geleistet.

»Dann erklär's uns doch«, fordert Lene.

Meine Eltern setzen sich und alle drei sehen mich erwartungsvoll an. Ich erzähle ihnen die komplette Geschichte von Anfang an. Niemand unterbricht mich, während sie meinen Ausführungen zuhören. Ich halte den Blick gesenkt, nicht nur, weil ich mich schäme, sondern auch, um mir die wertenden Gesichtsausdrücke zu ersparen.

»Aber dieser teure Ring, so etwas verschenkt man doch nicht einfach …«, stammelt meine Mutter.

Fuck! Den habe ich ganz vergessen.

»Der ist nicht für mich. Ich habe in der Aufregung … Den hätte Paul für Mia mitnehmen müssen. Er hat wohl selbst nicht daran gedacht, sonst hätte ich doch …« Ich fasse an meinen Ringfinger und drehe an dem Schmuckstück.

»Vielleicht war das dein Unterbewusstsein«, spekuliert meine Schwester süffisant.

»Er gehört mir doch gar nicht. Ben hat ihn bezahlt. Paul hat vorgeschlagen, ihn für diese dämliche Aktion zu nutzen«, gebe ich beleidigt zurück.

Meine Schwester schüttelt den Kopf. »Ich sehe das wie Mama. Es ist offensichtlich, dass da was zwischen euch ist. Du hättest ihn eben nicht so abkanzeln dürfen, das war das Allerletzte.«

Na prima, jetzt habe ich auch noch ein schlechtes Gewissen.

»Kann denn keiner verstehen, dass ich mich überrumpelt fühle? Er hat sich penetrant in die Familie gedrängt«, verteidige ich mich.

»Er wollte nur helfen. Wir haben ein bisschen rumgesponnen, das war doch nicht penetrant!«

Ich presse die Lippen zusammen. »Mag sein, aber man kann doch nicht von Paul oder irgendeinem Fremden Hilfe annehmen.«

»Paul ist aber nicht irgendjemand und schon gar nicht Jan. Der würde dir bestimmt keine Hilfe anbieten, weil er der Prototyp eines Egoisten ist«, erwidert meine Schwester lachend.

»Sehr witzig.« Wenn die wüssten, dass Paul wieder zu Mami gezogen ist, als es mit der Freundin aus war, würden sie ihn wahrscheinlich nicht so glühend verteidigen. Seltsamerweise mag ich ihnen nicht davon erzählen.

»Klärt uns vielleicht mal jemand auf, worum es eben ging?«, brummt mein Vater.

»Womit wollte Paul helfen?«, fragt Mama.

»Mit Geld, aber ich habe selber welches«, murre ich.

»Ich habe auch welches. Aber man kann das auch höflich ablehnen, wenn man es nicht benötigt.«

»Wofür braucht ihr Geld?«

»Lene will den Hof in einen Ferienpark umbauen.«

»Waaas?!«, kommt es im Chor von meinen Eltern.

»Quatsch, wir haben nur ein bisschen gebrainstormt, wo all die Leute von der Hochzeit untergebracht werden könnten. Mit ein paar Investitionen wäre unser Hof ideal«, erklärt meine Schwester. Ihre Augen leuchten auf, sie hat offensichtlich sofort wieder Feuer gefangen.

»Was für Investitionen?«, fragt mein Vater.

»Vergiss es, das sind alles Hirngespinste«, behaupte ich.

»Wieso sind das Hirngespinste? Ich möchte mal wissen, woher du die Frechheit nimmst, so etwas zu behaupten«, schimpft meine Schwester.

»Willst du etwa sagen, dass du es mit diesen Zukunftsplänen ernst meinst?«, schnaube ich.

»Ja, natürlich! Wieso eigentlich nicht?«

»Streitet euch doch nicht«, beschwichtigt meine Mutter und legt uns je eine Hand auf den Arm. »Nun mal der Reihe nach. Was für Zukunftspläne?«

»Ich will nicht wieder zurück nach Fehmarn und habe mir Gedanken gemacht, was ich hier anfangen könnte.«

»Du wullt hierblieven? Dat hest du uns ja noch gor nich vertellt«, wundert sich mein Vater.

»Weil ich eigentlich auch nur hierhergekommen bin, um mir darüber klar zu werden, was ich will. Mit Paul zusammen habe ich überlegt, die Übernachtungen für Gäste attraktiver und professioneller zu machen.«

Meine Mutter nimmt die Hand von meinem Arm und legt ihn auch auf Lenes. »Unsere Unterstützung hast du, immer.«

»Dann könnt ihr schon mal die Kühe verkaufen. Damit hat sie ja nichts am Hut«, werfe ich empört ein.

»Villicht is de Idee gor nich so dösig«, brummt mein Vater.

Ich hebe die Brauen und sehe ihn erstaunt an.

»Finde ich auch. Keine von euch will den Betrieb übernehmen, warum sollen wir uns dann noch den Buckel krumm arbeiten? Da können wir genauso gut Lene helfen, ihre Träume zu verwirklichen.«

»Wenn sie es wirklich ernst meint«, stammle ich.

Meine Mutter tätschelt Lenes Hand. »Warum nicht? Sie versteht was vom Fach und alt genug ist sie auch, um zu wissen, was sie will.«

»Ja klar, vor allem in Sachen Männer«, lästere ich.

»Das habe ich von dir gelernt.« Lene streckt mir die Zunge raus.

»Warum seid ihr so auf Krawall gebürstet? Ihr benehmt euch so unmöglich wie Teenager. Ich frage ich mich wirklich, wie alt ihr seid«, bemerkt meine Mutter lachend.

»Also Lene, erzähl lieber, was hast du dir denn so vorgestellt?«, wechselt sie das Thema.

Lene lächelt glücklich. »Übernachtungen für jeden Geschmack, vor allem für Familien. Kurz gesagt Heuhotel, Campingplatz und Fremdenzimmer.«

»Dat kosst Geld. Dat man woll dörch den Verkoop vun de Küeh kreegen kann«, murmelt Papa und nickt zustimmend.

»Und es muss ja nicht alles auf einmal gemacht werden. Wir sollten mit dem Heuhotel und dem Campingplatz anfangen. Sanitär in den Stall bauen, in der Scheune einen wetterfesten Spielplatz. Ein paar Streicheltiere … eine Kuh für die frische Milch könnte ja bleiben. Ferien auf dem Bauernhof mit Badeoption in der Ostsee. Die Gästezimmer könnte man dann von den Einnahmen pimpen«, schlägt Lene begeistert vor.

»Dat klingt good«, lobt mein Vater.

»Und vernünftig«, ergänzt meine Mutter.

»Ich habe fünfzigtausend, die kann ich geben«, sagt Lene.

»Ich habe siebzigtausend, die könnt ihr auch haben«, ergänze ich.

Meine Eltern sehen sich an. »Oha, dann habt ihr ja alles richtig gemacht, als ihr euch gegen den Hof entschieden habt.«

»Aber wieso habt ihr so viel gespart? Wofür wolltet ihr das viele Geld verwenden?«, erkundigt sich meine Mutter.

»Ich wollte irgendwann etwas Eigenes mit Enno aufmachen. Da bin ich gar nicht auf den Gedanken gekommen, dass ich es auch hier verwirklichen könnte.«

»Und ich wollte reisen, einfach raus in die Welt. Aber das will ich nicht allein«, erkläre ich.

»Sag nicht, du willst jetzt doch hierbleiben?«, fragt meine Schwester erstaunt.

Ich schüttle den Kopf. »Ich weiß es noch nicht, muss mich auch erst sammeln. Eigentlich zieht es mich nicht hierher, ich habe einen tollen Job, den ich nicht gerne aufgebe. Aber du kannst dir sicher sein, dass ich nicht unüberlegt was mit meinem Chef anfange. Und im Gegensatz zu dir habe ich keine Spontaneingebung, wie meine Zukunft aussehen soll.«

»Also hilfst du zumindest mit Geld oder steigst sogar ein?«, kombiniert meine Schwester erfreut.

»Ich bleibe erst mal hier, um meinen Auftrag zu erledigen. Die Idee, Mias und Bens Gäste hier zu bewirten, ist vielleicht gar nicht so schlecht.«

»Ach, neee. Blitzmerkerin«, stöhnt meine Schwester.

Meine Mutter hebt die Hände. »Stopp! Nicht noch mal diesen unfruchtbaren Streit. Ihr seid alt genug, um zu wissen, was ihr tut.«

»Lot us bedder noch wat wieter plonen«, schlägt mein Vater vor.

22

SCHON WIEDER SO EIN KATZE-IN-DER-KISTE-DING

»Kommst du mit nach Kiel in den Club?«, fragt mich meine Schwester. Demonstrativ klappt sie ihren Laptop zu. »Es ist Wochenende. Nach der vielen Arbeit haben wir uns ein bisschen Spaß verdient.«

Ich halte die Hand vor den Mund und gähne herzhaft. »Eher nicht, bin zu müde.«

»Blöde Ausrede. Warum nicht? Wir haben die ganze Woche wie die Irren geschuftet, lass uns Spaß haben!«, fordert sie und steht von ihrem Arbeitsplatz auf.

»Ich bin zu alt für diesen Mist«, rede ich mich heraus.

Ich möchte ihr nicht verraten, dass ich ohne Paul plötzlich schlecht schlafe. Ich wälze mich die halbe Nacht herum, unfähig aus dem Gedankenkarussell auszusteigen, das sich in atemberaubender Geschwindigkeit dreht. Es ist mir einfach zu peinlich. Das Alleinsein hat mir doch bisher nichts ausgemacht.

Lene schüttelt den Kopf. »Das ist Blödsinn! Du sitzt nur trübsinnig rum, das bringt dich nicht weiter.«

»Natürlich tut es das, dafür bin ich ja hier. Außerdem

möchte ich nicht blöd an der Tanzfläche stehen und dabei zusehen, wie du mit Ole turtelst«, gebe ich genervt zurück.

»Du weißt genau, dass ich recht habe. Außerdem fahren wir mit der ganzen Clique.«

Mit mehreren Leuten? Das hört sich schon anders an. Vielleicht ist es wirklich besser, sich auch mal abzulenken. Plötzlich habe ich auch keine Lust mehr zu arbeiten und fahre meinen Computer runter.

Dann kommen mir doch noch Zweifel. »Ich fühle mich trotzdem wie ein Außenseiter. Und ich habe Angst, dass ich noch mal Sylke oder womöglich Jan begegne.«

»Außenseiter? Ich glaube, du spinnst.«

»Eigentlich denke ich die ganze Zeit nach. Womöglich verderbe ich euch die Stimmung.«

»Das schaffst du nicht.« Lene schüttelt den Kopf. »Ich wette, deine Gedanken drehen sich nur im Kreis. Haben meine auch, bis ich mich entschlossen habe, einfach aktiv zu werden und mein Leben wieder in die Hand zu nehmen. Man braucht eine andere Perspektive, nur so kann sich doch etwas Neues ergeben.«

Ich stehe auf und mache eine wegwerfende Handbewegung. »Was soll sich in so einem blöden Club ergeben?«

Sie zuckt mit den Schultern. »Neue Erkenntnisse. Du begegnest einer neuen Liebe oder erkennst, wer dich wirklich liebt. Was weiß ich?«

»Klar«, schnaube ich. Gleichzeitig muss ich mir eingestehen, dass ich gar keine neue Liebe finden will, aber wenn ich Lene das gestehe, habe ich keine ruhige Minute mehr.

»Trotzdem, es ist nicht gut, immer nur hier herumzuhocken. Komm schon, gib dir einen Ruck«, ermuntert Lene mich hartnäckig.

»Deine Energie nervt einfach nur. Ich bin müde. Was kannst du daran nicht verstehen?«, murre ich.

»Dann schlaf doch vorher ein bisschen oder trink einen Energiedrink oder noch besser einen *Flying Hirsch.*«

Ich verdrehe die Augen. »Danach geht es mir bestimmt nicht besser.«

»Sicher tut es das. Sonst brütest du nur immer weiter auf unfruchtbaren Eiern. Ich sag dir was, du kommst nicht voran, weil du deine Gefühle unterdrückst«, warnt sie eindringlich. »Du denkst bestimmt die ganze Zeit an Paul.«

Bingo.

Atmen, Luise. »Ich habe dir doch schon tausendmal erklärt, warum die Sache mit Paul in die Hose gehen musste. Es macht keinen Sinn. Warum verstehst du das nicht?«, grummle ich.

»Oh, ich verstehe es sehr wohl. Aber wenn du keine ernsthafte zweite Chance wollen würdest, wäre das Thema längst durch und du wieder die alte.«

Ich entlasse ein verächtliches Geräusch. »Woher weißt du, dass es nicht so ist? Soll ich lieber gar nichts aus Enttäuschungen lernen, so wie du?«

Lene holt tief Luft. »Wer sagt denn, dass ich nichts daraus gelernt habe? Das Gegenteil ist der Fall. Ich weiß jetzt, ich will mein Leben genießen und …«

»Nicht darüber nachdenken, wenn du dich wie ein Lemming die Klippe hinunterstürzt?«, ergänze ich.

Meine Schwester winkt ab. »Quatsch, du übertreibst. Man muss doch drüberstehen und darf nicht alles von vornherein als zum Scheitern verurteilt erklären. Enno war ein Griff ins Klo. Punkt. Der nächste wird sorgfältiger ausgesucht. Punkt.« Lene stützt ihren Kopf auf den Arm und sieht mich nachdenklich an. »Ich möchte echt wissen, warum du solche Angst hast. Ich wette, du weißt nicht einmal wovor. Ich kann es mir denken, weil ich sie auch überwinden musste, die Furcht, dass einem wieder das Herz gebrochen wird.«

»Vielleicht.« Ich seufze.

Mein Blick flüchtet vor ihrem, schweift durch das Fenster in die Ferne. Draußen ist mal wieder ein Schauer vorbeigezogen. Der Regen bildet blaue Striche am Horizont, die sich von der dunklen Wolke bis auf den Boden ziehen. Die Sonne scheint darauf und ein Regenbogen glänzt in seltener Pracht davor. Unwillkürlich muss ich an Paul denken, wie er davon singt, mir noch einen Regenbogen zu biegen.

Überhaupt, Lene hat recht. Ich denke viel an Paul – zu viel. Denn jedes Mal schleicht sich auch die Sehnsucht nach ihm in meinen Kopf. Oder sogar ins Herz? Egal, er hat etwas in mir ausgelöst, das ich gerne wieder eingefangen hätte, denn vorher habe ich mich sicherer gefühlt.

»Es gibt in der Liebe keine hundertprozentige Sicherheit. Liebe ist immer ein Risiko«, scheint Lene meine Gedanken zu erraten.

Liebe? Spinnt sie?

»Wieso glaubst du zu wissen, was ich denke? Nen Scheiß weißt du«, murre ich.

Auf dem Gesicht meiner Schwester erscheint ein triumphierendes Grinsen. »Also habe ich ins Schwarze getroffen.«

»Lass mich einfach mit deinen Lebensweisheiten in Ruhe, okay?«, grummle ich.

»Nur wenn du mitkommst. Du wirst mir noch dankbar sein«, sprudelt es aus ihr hervor. »Wenn du keinen Alkohol trinken willst, kannst du ja fahren.«

»Nö, danke. Ohne Alkohol ist es noch weniger zu ertragen.«

»Also kommst du mit?« Lene sieht mich erwartungsvoll an.

»Du gibst sonst doch keine Ruhe.« Und vielleicht holt mich die Abwechslung tatsächlich aus meinen Gedankenkreisen– und sei es, weil ich mich über die dämlichen Poser amüsiere.

Meine Schwester klatscht freudig in die Hände. »Supi! Wird auch Zeit, dass du vernünftig wirst.«

»Und wer fährt nun?«

»Julian, mit dem Kleinbus. Jetzt sind wir insgesamt fünf«, erwidert sie grinsend.

»Ole kommt natürlich auch mit.«

»Ich fahr doch nicht nur wegen Ole. Das wäre ja wohl noch schöner. Ich geh dann mal duschen, bis gleich.«

BUNTE LICHTER TANZEN über die schwitzenden Körper. Die dumpfen Bässe bringen auch bei mir die letzte Zelle zum Vibrieren. Ich stehe am Rand, sehe dem Treiben zu und halte mich an meinem Weißwein fest. Jeder, der mit mir tanzen will, wird auf später vertröstet. Schon früher war dieser Club das beliebteste Ziel für uns. Hier trifft man die meisten Leute aus dem Dorf. Es hat sich nicht viel verändert. Genau genommen bin ich ja noch nicht lange weg, auch wenn es sich für mich so anfühlt.

Durch die Universität und wohl auch den Tourismus gibt es in Kiel ein abwechslungsreiches Nachtleben. Der Besuch hier führt mir noch einmal vor Augen, wie trostlos es für einen Teenager in der norddeutschen Einöde sein kann. Um am Wochenende Spaß zu haben, muss man eigentlich immer weit fahren. Wer bei uns keine Freunde hat, ist sehr einsam.

Vielleicht erschien mir Jan deshalb wie eine Oase in der Wüste. Gutaussehend, reich, große Klappe … damit kann man einen pickligen Teenager schon beeindrucken. Möglicherweise ging es ihm ähnlich. Oder ich wurde ihm von seinen Eltern ans Herz gelegt, so nach dem Motto: Die bringt was mit in die Ehe.

Quotenhochzeit nannte man das in der Zeit, als die Milchproduktion für einen Hof von der Politik begrenzt wurde. Doch heute ist alles anders. Kleine Höfe kratzen – wenn überhaupt – am Existenzminimum herum, wenn sie nicht schon von den großen geschluckt worden sind. Man muss wirtschaftlich denken und rechnen können, manchmal reicht nicht einmal das. Da kann einem schon der Spaß an der Landwirtschaft vergehen, doch den hatte ich sowieso nie. Es war richtig, hier wegzugehen. Ich bin keine Bäuerin. Und den Hof touristisch nutzen möchte ich auch nicht unbedingt, obwohl es für mich die reizvollere Alternative wäre.

Wieder schleicht sich die Sehnsucht nach Paul in meine Gedanken. Es war leicht, frei und lustig mit ihm. Je länger ich hier bin, umso mehr neige ich dazu, all die Dinge, die mich bis zum Schluss gestört haben, zu verdrängen. Oder verblassen sie? Oder habe ich sie nur als Nachteile empfunden, weil ich Angst vor meinen Gefühlen hatte? Dem Treiben hier zuzusehen hat etwas Meditatives. Es bringt mich nicht unbedingt auf andere Gedanken, zeigt mir aber tatsächlich neue Ansätze.

Was ist das denn? Bin ich verflucht?

Jan torkelt auf mich zu. Das darf doch nicht wahr sein! Mein Herzschlag erhöht sich, aber nicht in positivem Sinne.

»Moin, Luise«, begrüßt er mich grinsend. »Ganz allein hier? Wo hast du denn deinen Superman gelassen?«

»Der hatte keine Lust«, knurre ich.

»Tatsächlich? Du siehst aber auch nicht so aus, als ob du großen Spaß hast«, erwidert er süffisant. »Kein Regenbogenbiegen mehr?«

»Er ist schon zurückgefahren, aber ich muss hier noch was erledigen.«

Jan schwankt, während er mit dem Zeigefinger pendelt. »Oh oh, sehe ich da Gewitterwolken im siebten Himmel?«

»Wie kommst du darauf?«

»Jaaa … wie komm ich da drauf? Vielleicht weil du hier so knatschig rumstehst? Hat mich sowieso gewundert, dass du auf son Klaugschieter reingefallen bist.«

Klugscheißer?

»Kann ja nicht jeder son Dröhnbüdel sein wie du«, zicke ich verärgert zurück. »Verpiss dich, hau ab!«

»Dröhnbüdel? Ich?« Jan sieht mich beleidigt an und schielt dabei leicht. »Oha! So 'ne Kodderschnut hattest du früher aber nicht.«

Wenn Jan auf Platt lästert, ist er immer voll bis unter die Haarspitzen. Es ist seine Art von Humor. Die bringt mich dazu, mich nach den schrägen Sprücheshirts von Paul zu sehnen. Verrückt.

»Da wusste ich ja auch nicht, was du für ein Idiot bist, Supsack!«, gifte ich. Das mit dem Saufsack kann ich mir einfach nicht verkneifen.

Treffer!

Jan zuckt zurück, als hätte ich ihm eine Ohrfeige gegeben. »Kommst du mit nach draußen?«, fragt er.

Ich schüttle heftig den Kopf. »Wozu? Willst du dich jetzt mit mir prügeln?«

»Ich hab Beschleuniger im Auto. Pfeffi, da stehst du doch drauf. Lass uns doch'n büschen schnacken«, bettelt er.

Ein abfälliges Lachen entfährt mir. »Beschleuniger? Eher Büchsenöffner!«

»Aber nicht doch. Lass uns einfach auf alte Zeiten anstoßen.«

»Wozu? Ich habe weder Lust auf dich noch darauf, mich zu besaufen. Ich hoffe, du willst kein Auto mehr fahren«, lasse ich ihn abblitzen.

Jan schwankt. »Dein Weichei macht sowatt bestimmt nich, wa?«

»Ist dir eigentlich klar, dass du ein Alkoholproblem hast?«, spreche ich meine Gedanken laut aus.

»Ich?«, fragt er entsetzt. »Du kennst doch mien Motto: Halber Brand is rutschmeten Geld. Hab nur ein Problem … nämlich die Frau, die mir mit ihrer Schwangerschaft auf den Sack geht.«

»Es ist *dein* Kind!«, mahne ich entsetzt.

»Ich wär ein Dröhnbüdel, wenn ich das glauben würde. Das ist alles ein großes Kuddelmuddel und Sylke eine Hexe. Ich wollte dich nie betrügen.«

Ich klopfe ihm mit einem süffisanten Lächeln auf die Schulter. »Das war schon gut so, sonst hätte ich dich womöglich noch geheiratet. Ich wusste damals echt nicht, wie gut es das Schicksal mit mir gemeint hat.«

»Schicksal? Was schnackst du da für'n esoterischen Schiet?«

»Lass mich einfach in Ruhe«, brumme ich und schiebe ihn weg.

Ich will nur noch weg hier. Wenn die anderen nicht mitkommen, muss ich mir ein Taxi nehmen.

Mir wird gerade klar, dass es längst Zeit ist, wieder nach Hause zu fahren. Lene schafft den Rest der Planung auch allein. Mir wird immer bewusster, dass die Katze wahrscheinlich lebt. Die Kiste muss unbedingt geöffnet werden. Auch wenn Paul nicht perfekt ist, das Gefühl, das ich hatte, als mit ihm zusammen gewesen bin, war es. Dass er in seinem Elternhaus wohnt, scheint mir auf einmal gar nicht mehr so schlimm. Niemand ist perfekt. Er ist es definitiv wert, ein Risiko einzugehen.

23

DIE KATZE LEBT – ODER DOCH NICHT?

Ich bin zurück in der Firma. Meine Knie zittern fast so sehr wie beim Vorstellungsgespräch damals. Ob ich aufgeregt bin, weil ich gleich Paul begegnen könnte? Gerade werfe ich meine Tasche auf den Schreibtisch, da kommt auch schon Mia in den Raum.

Siedend heiß schießt Blut in meinen Kopf. Ich habe ja noch ihren Verlobungsring am Finger. Mist!

Arglos kommt sie auf mich zu und umarmt mich. »Da bist du ja endlich! Wird echt Zeit, dass du wiederkommst. Ich habe dich so vermisst. Deine Blümchenbluse ist wie eine Oase in der Wüste.«

Ich erwidere die Umarmung, dabei zerre ich hinter ihrem Rücken an dem Schmuckstück. Warum habe ich es nur nicht schon früher abgenommen? Sie soll den Ring auf keinen Fall sehen. Gerade noch rechtzeitig rutscht er herunter, doch ich bin zu fahrig und er gleitet mir aus den Fingern. Ein leises, klirrendes Geräusch sagt mir, dass er auf dem Boden landet. Während ich Mia noch einmal zur Begrüßung mit einem »Ich habe dich auch vermisst« auf den Rücken klopfe, scanne ich möglichst unauffällig den

Fußboden ab. Der Ring glitzert ganz in der Nähe meines Fußes, ich kicke ihn unter den Schreibtisch.

Puh! Ich hoffe, das geht gut.

»Warum hast du dich nur so selten gemeldet?«, erkundigt sie sich ein bisschen vorwurfsvoll.

Ich lächle verlegen, während ich mit den Schultern zucke. »Sorry, aber ich hatte echt viel zu tun.«

Mia ziehtdie Stirn kraus. »Was war das denn nun für eine geheimnisvolle Aktion? Du wolltest es mir erklären, wenn du wieder da bist. Du bist ja echt schnell verschwunden.«

»Hat Ben dir immer noch nichts erzählt?«, sichere ich mich vorsichtshalber ab, obwohl er den Ring noch gar nicht hat, um ihr den Antrag zu machen.

»Nein, ich versteh auch diese Geheimniskrämerei nicht, ehrlich gesagt.«

»Na ja, mein Vater hatte gesundheitliche Probleme … Rücken, um genau zu sein«, beginne ich. Das war zwar nicht der Grund für die Reise, ist aber immerhin die Wahrheit.

»Und deshalb bist du da hingefahren und hast mit den Kühen geholfen?«, fragt sie ungläubig.

Ich nicke. »Auch. Aber auch unser Familienrat hat aus gegebenem Anlass getagt. Wir gehen raus aus der Milchwirtschaft und werden ab jetzt Touristen beherbergen. Da muss vieles umgebaut werden und so. Ich habe ein bisschen dabei geholfen.«

Mia zieht eine Schnute. »Klingt spannend. Aber trotzdem hättest du zwischendurch Zeit gehabt, um dich zu melden.«

»Du kennst meine Familie nicht, die nehmen einen vierundzwanzigsieben in Beschlag. Vor allem meine Schwester«, entschuldige ich mich mit Schulterzucken. Ich weiß, es ist die blödeste Ausrede der Welt. Ich hätte mich wirklich mal melden müssen, aber ich hatte Bedenken, dass ich mich verplappere, weil ich eine so schlechte Lügnerin bin. Und dann noch das Drama mit Paul – nein danke!

Gott sei Dank ist Mia nicht nachtragend, sie lächelt mich an.

»Du kommst von der Ostsee, oder?«

»Ja, ein Stück landeinwärts.«

»Das klingt spannend. Ich liebe das Meer.«

Ich lächle nervös. »Ist Paul eigentlich schon da?«

»Nein, er hat Urlaub. Ist zur gleichen Zeit weg wie du. Ich habe schon mit Ben geschimpft, weil er euch gleichzeitig Urlaub gegeben hat. Aber er meinte nur, dass es für euch beide dringend war.«

»Okay, und was gibt es sonst Neues?«

»Na ja, die Firma läuft immer noch. Aber anstrengend war es schon manchmal. Vor allem weiß ich jetzt, was du mit ›allein unter Nerds‹ gemeint hast. Manchmal fehlt mir das Gespräch mit einem normalen Menschen«, plappert sie fröhlich. »Aber egal, jetzt bist du ja wieder da. Ich gehe mir einen Kaffee holen. Soll ich dir einen mitbringen?«

»Ja, gerne.« Ich sehe ihr hinterher und denke, dass es zu zweit unter Nerds wirklich viel erträglicher ist. Ich habe sie vermisst, denn sie nimmt jeden wie er ist. Wer kann schon von sich sagen, dass er mit seinen Kollegen gut befreundet ist? Es wäre traurig, wenn ich nicht mehr hier arbeiten würde.

»Sonst noch einen Wunsch?«, fragt sie scherzhaft.

»Ein Croissant vielleicht?«, fällt mir ein, damit gewinne ich Zeit und kann Ben schnell den Ring bringen.

Mia zieht erstaunt die Stirn kraus. »Das war eigentlich nur eine rhetorische Frage. Seit wann frühstückst du?«

»Bei uns zu Hause machen das alle, da habe ich es mir wieder angewöhnt«, erkläre ich eilig.

Sie verschwindet und ich hole schnell den Ring unter dem Schreibtisch hervor. Anschließend haste ich zu Bens Büro. Hoffentlich ist er da!

Mir fällt ein Stein vom Herzen, als ein »Ja« auf mein Klopfen folgt.

»Hallo Ben. Ich wollte dir nur schnell den Ring vorbeibringen. Paul hat vergessen, ihn mitzunehmen.«

Ben sieht erstaunt von seinem Laptop auf. »Was für einen Ring?«

»Ich hab jetzt keine Zeit für dumme Spielchen. Mia kann jeden Augenblick vom Kaffeeholen wiederkommen«, erwidere ich nervös.

Ben zieht die Stirn kraus. »Nein, ich weiß wirklich nicht, was das für ein Ring sein soll.«

Verdutzt lege ich den Kopf schief. »Hat Paul dir nichts davon erzählt? Er meinte, wir sollen einen Ring für dich aussuchen. Einen, mit dem der Antrag garantiert klappt. Er hat ihn auf deine Kosten gekauft. Zehntausend Euro hat das gute Stück gekostet«, verrate ich und lege ihn auf den Tisch.

Ben reibt sich am Kinn, sodass die Bartstoppeln knistern.

»Hm, mir ist keine Abbuchung aufgefallen, schon gar nicht in dieser Höhe. Das hätte Paul doch mit mir abgesprochen. Vor allem hätte *ich* ihm dann gesagt, dass ich bereits einen Ring von meiner Oma bekommen habe. Schließlich habe ich Mia schon einen Antrag gemacht, der hat ja diese Aktion erst ausgelöst. Mit dem antiken Prachtstück kann kein neuer Ring mithalten. Alte Schmuck ist genau Mias Ding, da bin ich mir ziemlich sicher.«

»Aber … für einen Irrtum ist er doch viel zu teuer«, entfährt es mir.

»Nimm ihn, fahr zu Paul und klär den Irrtum auf«, rät Ben und schiebt mir den Ring wieder zurück.

»Aber–«

»Nichts aber. Fahr hin.«

»Was ist los? Warum ist er nicht hier?«

»Ich glaube, das erzählt er dir besser selber.«

»Er muss doch gesagt haben, warum er nicht zur Arbeit kommt.«

»Seit er aus Kalifornien zurück ist, hält er sich bedeckt. Was ist passiert? Was hast du nur mit ihm gemacht?«

Ich schnappe empört nach Luft. »Frag lieber, was er mit mir gemacht hat! Dieser Verkupplungsversuch war großer Mist.«

»Das war doch kein Verkupplungsversuch.«

Ich zupfe mein Unterlid herunter. »Nenn es, wie du willst. Paul hat mich jedenfalls gründlich überrumpelt.«

Ben spielt nervös mit einem Kuli. »Aber deswegen bist du doch jetzt nicht mit *mir* böse, oder?«

»Du hast das ermöglicht.«

»Ihr seid euch nähergekommen?«

»Das war doch seine Absicht, oder? Er hat sich in unsere Familie gedrängt. Ich hab schon gedacht, er will sich eine kaufen. Dabei hat er doch selber eine. Einfach lächerlich, dass er noch bei seinen Eltern wohnt!«

Ben holt Luft, als wolle er widersprechen. »Was hat er dir darüber erzählt?«, presst er schließlich heraus.

»Nichts. Ich wollte auch keine peinlichen Fragen stellen, er ist schließlich mein Chef. Aber wieder zu Mama zu ziehen, wenn die Freundin Schluss macht … das ist doch armselig, schließlich verdient Paul genug Geld für eine eigene Wohnung.«

»Okay, da scheint wirklich was aus dem Ruder gelaufen zu sein. Ich schlage vor, du gehst zu Paul nach Hause und redest mit ihm.« Ben schiebt den Ring noch ein Stückchen weiter zu mir. »Nimm ihn mit und gib ihn selbst zurück.«

»Jetzt?«, erkundige ich mich und nehme das kostbare Schmuckstück wieder an mich.

»Je früher, desto besser.«

»Ich muss doch arbeiten«, wehre ich ab.

Ben hebt die Augenbrauen. »Dir stehen noch ein paar Urlaubstage zu.«

»Bist du dir sicher?«

Ben nickt, sein Gesichtsausdruck ist entschlossen.

»Aber …«

»Aber was? Mehr Angst als Vaterlandsliebe? Ich möchte, dass ihr euch aussprecht, damit euch klar wird, was da wirklich zwischen euch ist. Ist eh überfällig«, verlangt er ernst.

»Okay«, antworte ich zögernd.

Ich könnte mich sowieso nicht konzentrieren, wenn so viele Fragen in meinem Kopf herumschwirren.

»Konntest du denn sonst alles erledigen?«, fragt er mich auf einmal.

Erst da wird mir klar, wie eng die Freundschaft von Paul und Ben ist, wenn diese Frage zweitrangig für ihn ist. Dass Ben so besorgt ist, hätte ich nicht geglaubt. Ein komisches Gefühl rührt in meinem Bauch.

»Hat Paul dir gar nichts von der Tour berichtet?«

Ben schüttelt den Kopf. »Ich sag ja, er war seltsam.«

»Wie am Telefon besprochen, ist alles so weit geregelt. Die Handwerker haben schon angefangen. Meine Schwester kümmert sich um die Details. Sie liebt Eventplanung und wird euch sicher etwas ganz besonders Magisches zaubern. Ich habe ihr jede Menge von euch erzählt.«

»Das freut mich zu hören. Aber Termine kannst du noch keine nennen?«

»Das kommt auch auf die Handwerker an, das weißt du ja. Aber wenn nichts schiefgeht, steht im Spätsommer alles bereit. Kommt auch darauf an, wie viel euch noch dazu einfällt. Falls dir das zu spät ist, musst du dich mit normalen Ferienwohnungen zufriedengeben. Das Problem ist, dass das schwer wird, weil viele langfristig ausgebucht sind. Dadurch wäre die Gesellschaft wahrscheinlich ziemlich in der Gegend verstreut.«

»Jaja, das hast du schon mehrfach erwähnt. Nein, eure Idee mit der großen Auswahl an verschiedenen Unterkünften für jeden Geschmack ist fantastisch. Wenn dann noch Mias Opa kommt, lässt sie sich vielleicht überreden.«

»Glaube ich auch.«

»Ich kann es kaum erwarten«, jubelt Ben.

»Ich freue mich auch schon darauf. Es wird sicher toll, egal, ob ihr heiratet oder nicht«, erwidere ich ehrlich.

»Es ist mein letzter Versuch. Wenn sie es dann immer noch nicht will, werde ich es ebenfalls nicht mehr wollen. Ich will mich nicht festbeißen und sie ständig unter Druck setzen. Es ist auch kein Lebensglück für mich, wenn Mia ihres in Gefahr sieht.«

»Klingt sehr vernünftig«, lobe ich.

»Ich hatte viel Zeit, darüber nachzudenken«, erwidert er mit mattem Lächeln.

Nachdenklich gehe ich in mein Büro zurück. Als wir über Paul geredet haben, hat Ben sich seltsam verhalten. Was es wohl damit auf sich hat? Was ist nur mit Paul? Hat er die Trennung nicht verkraftet? So sehr, dass er nicht mehr arbeiten kann? Oh je.

»Da bist du ja. Dein Kaffee wird kalt«, empfängt mich Mia.

»Ich muss gleich wieder weg«, erwidere ich.

»Aber du bist doch noch gar nicht richtig wieder da? Was hast du vor?«

»Ich soll zu Paul, mit ihm reden.«

»Was? Wieso das? Du isst jetzt erst mal dein Croissant.«

»Ja, mach ich. Natürlich«, erwidere ich und beiße hastig ab. Gut, dass der Kaffee schon ein bisschen abgekühlt ist. Mittlerweile kann ich es kaum noch erwarten, Paul wiederzusehen.

»Setz dich. Im Stehen essen ist ungesund.«

»Zu Befehl, Ma'am.«

24

DIE VIELEN LEBEN DER KATZE

Mein Herz schlägt mir bis zum Hals, während ich auf Pauls Elternhaus zugehe. Eine riesige weiße Backsteinvilla mit Schiefer-Walmdach. Zu beiden Seiten des Eingangs wachsen rosa Kletterrosen und geben dem Gebäude etwas Märchenhaftes. Keine Frage, seine Familie hat Geld – zumindest hatten sie es, denn sonst hätte Paul seine Anteile nicht verkaufen müssen. Ob sie ein Unternehmen geführt haben und Pleite gegangen sind? Kann man seinem Sohn zumuten, einen solchen Prunkbau zu erhalten und damit seine Karriere bremsen?

Ich löse meinen Dutt, schüttle mein Haar und steuere auf das Gebäude zu. Der Kies der geschwungenen Auffahrt knirscht unter meinen Füßen. Rosenduft strömt aus den schmalen Beeten, die den Weg begrenzen. Der Rasen wirkt wie mit der Nagelschere geschnitten, die Rhododendren dahinter stehen in voller Blüte. Hier arbeitet entweder ein ambitionierter Hobbygärtner oder ein Profi. Mittlerweile bin ich gespannt, wie es im und hinter dem Haus aussieht.

Pauls Fahrrad steht neben dem Eingang auf dem Ständer und wirkt dort ein wenig verloren. Ich gehe daran vorbei und lächle bei der Erinnerung an unsere erste Begegnung. Er ist damals so verpeilt rübergekommen.

Das Vordach zur edlen, hölzernen Eingangstür ist auf dicke, weiße Säulen gestützt. Ich atme tief durch und steige mit leicht zitternden Knien die drei Stufen hinauf. Eigentlich habe ich so einen Ring mit Löwenkopf erwartet, nach dessen Klopfen ein Butler die Tür öffnet, doch es gibt nur eine Klingel.

Eine hübsche junge Frau öffnet die Tür und lächelt mich freundlich an. Sie trägt ein schlichtes rosa Poloshirt und weiße Jeans. Die langen braunen Haare sind zu einem Pferdeschwanz gebunden. Hat Paul etwa schon eine neue Freundin? Oder ist es sogar die alte? Ich schlucke, mein Mund ist staubtrocken.

»Ja, bitte?«, fragt sie mich mit osteuropäischem Akzent und sieht mich erwartungsvoll an.

»Ähm, ich bin Luise … eine Kollegin von Paul. Ist er da?«, stammle ich aufgeregt.

»Warten Sie bitte«, erwidert sie nüchtern und schließt die Tür.

Kurz darauf öffnet Paul sie wieder. Er trägt ein durchgeschwitztes T-Shirt und hat ein Handtuch um den Hals. Offensichtlich hat er Sport gemacht. Er hat keine Brille auf der Nase und sieht mit seinen verschwitzen Locken verdammt gut aus.

»Hi, Luise … oder besser, Moin«, begrüßt er mich grinsend.

Ich bin immer noch geflasht von seinem Anblick und bekomme kein Wort heraus. Selbst, wenn ich mir bis zu diesem Moment hätte vormachen können, dass er mich kaltlässt, spätestens jetzt würde ich erkennen, dass ich mich selbst belogen habe.

Die Katze lebt – und wie!

»Luise? Alles in Ordnung?«

»Ähm, das wollte ich dich fragen. Ben sagt, du bist so merkwürdig, seit du zurück bist.«

Pauls Gesicht hellt sich auf. »Tatsächlich?«

»Warum?«

Paul hebt die Brauen. »Warum was?«

»Ist alles okay?«, erkundige ich mich.

»Klar.«

»Warum bist du dann nicht auf der Arbeit?«

»Wieso fragst du das? Vermisst du mich?«

»Ich will nur wissen, ob es dir gut geht.«

»Es geht mir gut. Oder sehe ich nicht so aus?«

»Was soll das? Warum lässt du mich so auflaufen? Ich habe mich gewundert, warum du nicht zur Arbeit kommst?«

»Da dachtest du, du wärst die Ursache?«, spekuliert er und stützt sich dabei lässig am Türrahmen ab.

»Hey! Nicht nur ich, Ben auch«, verteidige ich mich und boxe spielerisch gegen seine Brust.

»Echt jetzt? Ihr redet über mich?«

»Ich wollte Ben den Ring zurückgeben und habe erfahren, dass er gar keinen bestellt hat. Wieso hast du das gemacht?«

Paul hebt einen Mundwinkel. »Oh … ja, das frage ich mich auch.«

»Das habe ich auch gesagt. Willst du mir nicht endlich erklären, was es damit auf sich hat?«, fordere ich und ziehe den Ring aus der Hosentasche.

Ich halte ihn ihm vor die Nase. Gespannt warte ich auf seine Antwort. Der Diamant funkelt in der Sonne. Sein Feuer löst so etwas wie Abschiedsschmerz in mir aus, ich liebe das strahlende Blinken.

Doch Paul starrt nur darauf und greift nicht danach.

»Ich brauche ihn wohl nicht mehr. Du kannst ihn behalten«, murmelt er und senkt seufzend den Kopf. »Nimm ihn als Freundschaftsring.«

Nur langsam wird mir bewusst, was er da sagt. »Ich soll ihn behalten? Spinnst du?«

»Das ist mein Ernst. Wenn du ihn nicht tragen willst, verkauf ihn und steck das Geld in den Umbau eures Bauernhauses … oder so.«

Ich ringe um Fassung. »Du spinnst komplett«, murmle ich.

»Nein!«, erwidert er entschieden und sieht mich durchdringend an. »Was soll ich damit? Ihn der nächsten Kandidatin an den Finger stecken? Für wen hältst du mich?«

Irgendwie ist mir schwindelig. Ich kann gar nicht richtig denken.

»Die Frage ist doch, für wen du *mich* hältst«, knurre ich.

»Für wen ich dich halte? Für jemanden, der Angst vor seinen Gefühlen hat, weil er einmal enttäuscht worden ist. Ich habe alles getan, um dir die Sache aus einem anderen Blickwinkel zu zeigen, aber das war wohl zum Scheitern verurteilt.«

Er sieht mich so durchdringend an, dass mir die Luft wegbleibt. Ich weiß nicht, was ich antworten soll.

»Der Ring gefällt dir und ich brauche das Geld nicht. Vielleicht bringt er dir ein bisschen Freude«, fährt Paul mit einem Seufzer fort.

Was redet er da?

Hatte der Ring für ihn eine Bedeutung? War er von Anfang an für mich? Warum hat er das nicht gesagt? War ich ihm so viel wert? Spinnt der! Natürlich hätte ich es abgelehnt. Plötzlich wird mir klar, welche Wichtigkeit dieser Ring hat, wie tief Pauls Gefühle für mich gewesen sind. Gewesen? Er will den Ring nicht der Nächsten anstecken. Das muss die Frau sein, die eben die Tür geöffnet hat. Blut schießt mir in den Kopf.

»Warum hast du dir gleich die nächste Frau geschnappt? Hat sie auch schon einen Ring?«, sprudelt die Eifersucht aus mir hervor.

Paul reißt die Augen auf. »Waaas?«

»Na, war das nicht deine Neue, die gerade die Tür aufgemacht hat? Wie deine Mutter sah sie jedenfalls nicht aus und ein Hausmädchen stelle ich mir auch anders vor.«

»Erst hältst du mich für eine Jungfrau und jetzt wechsle ich die Frauen wie meine Unterhosen. Was denkst du von mir?«, fragt er entsetzt – übertrieben entsetzt.

Ich schnappe nach Luft.

»Was soll ich denn sonst denken? Ben hatte es ganz eilig, mich hierher zu schicken. Er hat mir den Eindruck vermittelt, dass irgendetwas nicht in Ordnung ist. Du bist mysteriöser als die Katze in der Kiste. Erklär's mir«, fordere ich achselzuckend.

Ein schelmisches Lächeln blitzt in seinem Gesicht auf.

»Kann es sein, dass du eifersüchtig bist?«, fragt er süffisant.

Eingeschnappt verschränke ich die Arme. »Kann es sein, dass du eingebildet bist? Ich dachte, wir wollten ausführlich reden, wenn ich zurück bin.«

Paul stößt sich vom Rahmen ab. »Na, komm schon rein. Ich glaube, ich muss dir was erklären.«

Ich stecke den Ring wieder in die Tasche und folge ihm. Durch einen Flur kommen wir in ein großes Wohnzimmer. Riesige Scheiben ermöglichen den Blick in das parkähnlich angelegte Gründstück, dessen gepflegter Rasen wie der Vorgarten mit Rhododendren und Blumenrabatten begrenzt ist. Direkt vor der großen Terrasse befindet sich ein üppiges Rosenbeet in voller Blüte.

»Wow, was für ein toller Garten«, staune ich.

»Ja, nicht? Er war der ganze Stolz meiner Mutter, jetzt pflegt ihn ein Gärtner«, antwortet Paul seufzend.

War?

Sein Blick wandert zu einer Seite des Raumes, den ich noch gar nicht wahrgenommen habe, weil mich der Ausblick so fasziniert hat. Ich folge ihm und höre jetzt erst das Piepen, das von einer Menge medizinischer Geräte mit grün leuchtendem Display ausgeht. Überrascht blicke ich in einen Raum, der durch eine Schiebetür vom restlichen Wohnzimmer getrennt werden kann.

»Komm, ich stelle dich vor.«

Er nimmt mich an die Hand und führt mich zum Krankenbett. Dort wird eine ältere Frau künstlich beatmet. Ihre Augen sind geöffnet, doch sie zeigt keine Regung, als wir ans Bett treten.

»Hallo, Mama. Schau mal, wer dich hier besuchen kommt. Ich habe dir schon viel von Luise erzählt, meiner Traumfrau. Jetzt hast du die einmalige Gelegenheit, sie kennenzulernen. Du musst nur wach werden. Luise, meine Mutter, Mama, Luise.«

Wie angewurzelt bleibe ich stehen und starre auf die reglose Person, die an dem Beatmungsschlauch hängt. Ihre grauen Haare sind so kurz, dass sie nicht aufwendig frisiert werden müssen. Ihre hübschen Gesichtszüge sind entspannt, lange schlanke Finger ragen unter der Bettdecke hervor.

Paul schiebt mir einen Stuhl zu. »Setz dich.«

Zögernd folge ich seiner Bitte. Er nimmt sich einen Hocker und gesellt sich zu mir.

»Vor fast drei Jahren hatten meine Eltern auf dem Weg

in den Urlaub einen Verkehrsunfall. Mein Vater war sofort tot, meine Mutter lag monatelang im künstlichen Koma. Als sie daraus zurückgeholt worden ist, fiel sie in ein Wachkoma. Niemand weiß, was sie in diesem Zustand mitbekommt. Und bis heute können die Ärzte nicht versprechen, dass sie jemals wieder aufwacht.«

Pauls Stimme versagt. Mitgenommen reibt er sich über die Augen und holt tief Luft, bevor er weiterspricht. »Aber sie sind davon überzeugt, dass es hilfreich ist, wenn sie Anregungen von außen bekommt und nicht nur allein herumliegt. Ich wollte sie nicht im Krankenhaus lassen, dachte, wenn sie hier ist, geht es ihr am besten und die Chancen für ihre Genesung sind am größten.«

Ich nicke. »Deshalb hast du umgebaut?«, vermute ich.

»Genau. Darum habe ich mir meine Anteile an der Firma auszahlen lassen. So ein Intenisvbett ist verdammt teuer. Ben hat mir geholfen, wo er konnte, doch meine damalige Freundin fühlte sich nicht mehr genug beachtet. Außerdem passte es ihr nicht, dass so viel Geld für all das draufgeht … und sie wollte auch nicht hier wohnen. Ich habe dir doch erzählt, dass sie mich damals ziemlich schnell verlassen hat.«

Mitfühlend ergreife ich seine Hand.

»Dann war es nicht schade um sie. Aber warum hast du mir das nicht erzählt?«

»Warum sollte ich? Es gab keinen richtigen Moment. Wir haben doch meistens über die Arbeit geredet.«

»Stimmt. Aber spätestens auf der Fahrt hättest du das ändern können.«

Paul sieht mich ernst an. »Glaubst du, das ist so einfach? Was hätte es gebracht? Ich bin kein Typ, der rumjammert. Wenn du nicht mehr oder weniger gezwungen gewesen wärst, hättest du mir doch auch nichts von Jan erzählt.«

»Okay, ich geb's zu. Aber ich dachte …«

Paul grinst. »Dass ich wieder zu Hause bei Mama wohne, stimmt's? Tue ich auch.«

Er hat mich durchschaut, Blut schießt in meinen Kopf.

»Na ja, halt anders, als ich es erwartet hätte«, wiegle ich ab. »Ein bisschen unfair ist das schon.«

»Ich habe am Anfang nicht darüber nachgedacht, was das für einen Eindruck bei dir hinterlässt. Es ist mir erst klar geworden, als ich wieder zu Hause war und über die ganze Aktion durch den Kopf gehen lassen habe. Tut mir leid, aber manchmal tue ich mich schwer mit Gefühlen.«

»Ich habe auch gegrübelt, weil mein Bild über dich hinten und vorne nicht zusammen gepasst hat«, gebe ich zu.

Paul lächelt verständnisvoll.

» Ariana, die Frau von vorhin, ist übrigens eine der drei Krankenschwestern, die Mama im Schichtdienst pflegen. Jana hat gerade frei. Und Elina musste aus familiären Gründen nach Litauen zurück. Deshalb bin ich auch nicht zur Arbeit gekommen und war im Homeoffice, weil ich öfter mal mit anpacken muss. Eine Komapatientin zu pflegen, macht wahnsinnig viel Arbeit.«

Ein mitfühlendes Lächeln zieht aber mein Gesicht. »Also hast du gar nicht wegen mir bei der in der Firma gefehlt?«

Paul hebt überrascht die Augenbrauen. »Jetzt bist du aber eingebildet«, erwidert er grinsend.

So etwas wie Enttäuschung macht sich in mir breit, doch ich kann nicht lange darüber nachdenken, denn Ariana kommt wieder.

»Kaffeepause beendet?«, fragt Paul sie.

Die Schwester nickt.

»Ariana übernimmt wieder. Mama muss ständig überwacht werden, jemand muss regelmäßig ihre Vitalwerte und die Beatmung kontrollieren. Aber wenn die Geräte Alarm schlagen, kann ich auch nur um Hilfe rufen«, erklärt er mir.

Ich lächle voller Bewunderung dafür, wie tapfer er ist und wie aufopferungsvoll er seine Mutter pflegt. Ein bisschen Scham für meine Vorurteile mischt sich auch unter meine Gefühle. Wenn ich mir diese Seite von ihm ansehe, wird mir klar, dass seine Hilfsbereitschaft bei uns zu Hause ohne Hintergedanken war. Darüber hinaus hat er den Anschluss in unserer Familie sicher genossen, das war auch keine Show. Waren meine Emotionen vorher schon verwirrend, sind sie jetzt das komplette Chaos. Es ist so viel passiert, mein Redebedarf wächst ins Unendliche.

»Wollen wir noch ein bisschen auf der Terrasse plaudern?«, zerstreut Paul meine Gedanken.

»Gern. Ich muss mich bei dir entschuldigen«, murmle ich.

»Hat das Zeit, bis ich geduscht habe? Ich mache dir einen Kaffee und dann setzt du dich schon mal. Draußen ist es herrlich«, schwärmt er.

»Okay.«

»Mit Milch?«

Ich sehe ihn irritiert an.

»Den Kaffee«, klärt er lächelnd auf.

»Ja, danke.«

Die sonnengelbe Markise zaubert einen wunderbaren Schatten. Ich nehme in einem der Holzstühle Platz, die mit einem dicken Polster bedeckt sind, und lasse den Blick schweifen. Eine kleine Brise bringt die Blätter der Bäume beruhigend zum Rascheln und weht betörenden Rosenduft in meine Nase. Tief sauge ich die wunderbare Sommerluft in meine Lungen. Ich schließe die Augen, lehne mich zurück und entspanne mich. Pauls reine Anwesenheit scheint das zu bewirken. Ich bin unendlich froh, dass wir jetzt endlich offen reden werden.

»So, hier ist dein Kaffee«, holt mich Paul aus der Meditation. Er stellt die Tasse, mit einem Keks auf der Unterteller, vor mir auf den Tisch. »Ich bin gleich wieder da.«

»Alles klar.«

Auf dem Schaum des Heißgetränks ist ein braun-weißes Herz zu erkennen. Er sieht aus, als käme er aus einem Café.

»Wie hast du das gemacht?«, staune ich.

»Ich habe während des Studiums in einem Café gearbeitet. Mein Vater war der Ansicht, dass ich mir zumindest das Taschengeld selbst finanzieren sollte, wenn er schon das Studium bezahlt. Habe ich das gar nicht erzählt?«

»Nein, hast du nicht. Du bist echt 'ne Wundertüte. Weißt du das?«

Paul grinst breit. »Du aber auch.«

»Was hat deine Familie eigentlich so viel Geld verdient, dass ihr so ein tolles Haus habt?«

»Werbung. So ähnlich wie ich, nur altmodischer. Mein Vater hat ein Werbeblättchen rausgegeben, und einen Betrieb geführt, der Prospekte in Zeitungen packt. Das war früher ein einträgliches Geschäft.« Paul seufzt mit einem Lächeln. »Er war ziemlich stolz auf mich und das GET SMARTER Start-up.«

»Das konnte er auch wirklich sein«, bestätige ich.

»Na ja, ich hüpf dann mal unter die Dusche«, sagt er und lässt mich hier auf der Terrasse allein.

Ich lehne mich zurück und nehme die Tasse in die Hand, der köstliche Duft steigt in meine Nase. Nachdenklich nippe ich an dem Getränk. Meine Einschätzung von

Paul hat sich in kürzester Zeit von verpeilt zu perfekt gewandelt. Fast macht mir das Angst.

»Seine Traumfrau« hat er mich vor seiner Mutter genannt. Als mir das so richtig bewusst wird, platze ich fast vor Stolz. Ich habe so vieles an ihm falsch interpretiert, nur weil er es nicht in den Vordergrund stellt.

Er ist vielleicht kein Superman, aber doch ein Held – irgendwie. Es ist eben immer ein bisschen Unperfektes im Perfekten – wie beim Yin- und Yang-Zeichen. Vor allem ist Paul einfach so, wie er ist. Echt und ohne Allüren. Heute hat er mich schwer beeindruckt. Wenn ich das alles vorher gewusst hätte, dann hätte ich ihm sofort geglaubt, dass seine Hilfsbereitschaft ehrlich gemeint war. Ich war nicht ganz fair. Außerdem habe ich mich hoffnungslos in ihn verliebt. Und zwar bevor meine letzten Bedenken zerstreut worden sind.

25

KATZENSPRUNG IN DIE LIEBE

Nach dem Duschen kommt Paul mit nassen Haaren auf die Terrasse. Fast bin ich enttäuscht, dass er kein schräges Sprücheshirt, sondern das schlichte schwarze T-Shirt und die graue Jogginghose trägt, die wir zusammen in Kiel gekauft haben.

»So, da bin ich wieder«, strahlt er mich an. Er hat seine Kontaktlinsen drin gelassen und verschafft mir damit einen ungehinderten Blick in seine wunderschönen Augen, die so warm funkeln, dass mein Bauch ganz warm wird.

»Es tut mir alles so leid«, stammle ich.

»Was tut dir leid?«, fragt er verblüfft.

»Alles. Alles, was ich dir an den Kopf geworfen habe, und die Art, mit der ich dich weggeschickt habe. Das hast du nicht verdient.«

»Findest du? Ich bin auch noch mal in mich gegangen und denke, dass ich zu viel auf einmal wollte.«

»Du warst so toll und ich so … zickig.«

»So schlimm warst du doch gar nicht, vielleicht etwas neben der Spur, aber das war nachvollziehbar.«

»Du hast alles ertragen und nie den Humor verloren.«

»Jetzt mach aber mal 'nen Punkt. Sonst glaubst du am Ende noch, dass ich wirklich Superman bin«, antwortet er und zwinkert mir zu.

»Auf jeden Fall hast du dich von einer Seite gezeigt, die mich zum … Nachdenken gebracht hat.«

»Ich verstehe deine Vorbehalte mittlerweile, wirklich. Weißt du, die ganze Situation kann man nur mit Demut und viel Dankbarkeit für das, was man hat, ertragen – und natürlich mit Humor, ohne den ist es nicht auszuhalten.«

Er holt Luft. »Ich habe es manchmal etwas übertrieben.«

Ich schüttle den Kopf. »Nein, wenn ich gewusst hätte …«

»Hast du aber nicht und ich wollte nicht damit hausieren gehen.«

Ich lächle ihn aufmunternd an. »Das hast du bestimmt nicht. Dachtest du eigentlich wirklich eben, es ist aus?«

Paul grinst.

»Was grinst du? Sag schon!«

Er kaut auf seiner Unterlippe. »Was, wenn ja?«

Jetzt muss ich wohl Farbe bekennen. »Dann wäre ich schon enttäuscht gewesen.«

»Weißt du, mir war klar, dass da etwas Besonderes zwischen uns passiert ist. Aber ich kann auch verstehen, dass es dich verwirrt hat. Es ging ja echt schnell, zumindest für dich. Trotzdem war ich mir ziemlich sicher, dass es dir irgendwann klar wird. Ich musste nur Geduld haben.«

»Und was ist mit Ben? Wusste der wirklich nichts?«

»Klar habe ich ihm ein bisschen was erzählt, aber nicht zu viel. Er hatte strikte Anweisung, sich nicht einzumischen. Ich wusste, du brauchst Zeit.«

»Du hast mich also bewusst geärgert?«

»Das ist jetzt übertrieben. Komm, such mit mir eine

Blume aus. Ich pflücke Mama jeden Tag eine ihrer duftenden Rosen. Auch Gerüche sollen Reize für Komapatienten sein«, sagt er und hält eine Gartenschere hoch.

»Na schön«, lasse ich es gut sein.

Wir schnuppern zusammen an den Blumenköpfen und überlegen, welche am stärksten duftet.

Unsere Blicke treffen sich. Sein liebevoller Blick geht mir durch und durch. Mein Atem stockt. So hat Jan mich nie angesehen. Das hier mit Paul ist eine ganz andere Hausnummer. Das ist echte Liebe.

Verrückt.

»Ich bin froh, dass du gekommen bist«, flüstert Paul.

»Ich auch«, antworte ich leise. »Kannst du mir verzeihen, dass ich dich so angegangen bin?«

»Kann ich. Und ich kann noch mehr«, verspricht er.

Zärtlich streichle ich über seine Wange. »Ich weiß. Ich war wirklich überfordert, weil ich meine Gefühle plötzlich nicht mehr einordnen konnte.«

»Und du sie nicht mehr unter Kontrolle hattest?«, erkundigt er sich hoffnungsvoll.

»Ja, verdammt. Hast du das immer noch nicht geschnallt?«, grummle ich scherzhaft.

»Na ja, ich bin vorsichtig geworden.«

»Jetzt brauchst du da aber nicht mehr zu sein. Ich weiß jetzt, was ich will«, antworte ich leise. »Mir ist klar geworden, dass du mein Traummann bist. Ich will mit dir zusammen sein, wenn du mich noch willst.«

Ich wundere mich, dass mir das so leicht über die Lippen geht. Bei Paul darf ich so sein, wie ich bin. Hauptsache, ich bin ehrlich. Eine Welle der Liebe schwappt durch meinen Bauch.

»Ich habe ein bisschen Zeit benötigt, um es zu kapieren … um zu begreifen, was du mir die ganze Zeit sagen wolltest«, gestehe ich.

»Ich bin so glücklich«, jauchzt er und zieht mich zu sich heran. Die Schere fällt zu Boden. Er streichelt über meinen Rücken, bis er mein Gesicht zwischen den Händen hält. »Und ich bin genau da, wo ich immer hinwollte.«

Zärtlich verbinden sich seine Lippen mit meinen. Unsere Zungen spielen, erst langsam, dann schneller. Hingebungsvoll schmiege ich mich an ihn, ich bin so gelöst wie seit Ewigkeiten nicht mehr. Das Kribbeln, das vom Bauch aus durch meinen ganzen Körper läuft, besteht aus purem Glück. Wir schweben wie auf rosa Wolken.

»Ich liebe dich«, flüstere ich, als wir uns schließlich doch lösen.

Er streichelt meine Wangen mit den Daumen. »Ich liebe dich auch … so sehr – von dem Moment an, als ich dich das erste Mal gesehen habe.«

»Wirklich?«

Paul nickt versonnen. »Es waren deine traurigen Augen, die mich fasziniert haben. Keine Ahnung. Ich hatte meinen eigenen Kummer noch nicht völlig überwunden, auch wenn ich kapiert hatte, dass sie die falsche Frau für mich war. Vielleicht wollte ich dich deshalb wieder glücklich machen.«

Er nimmt mich zärtlich in den Arm und drückt mich an sich. Ich fühle mich so sicher und geborgen wie nie. Die Angst davor, meine Gefühle freizulassen, ist wie weggeblasen, denn ich weiß, seine sind ehrlich.

Ich hole den Ring aus der Tasche. »Hier, nimm ihn zurück.«

Paul presst unwillig die Lippen aufeinander. »Nein, bitte, behalt ihn. Du magst ihn doch.«

»Ja, ich mag ihn. Aber der Moment, in dem ich ihn bekommen habe, war nicht ehrlich.«

»Von meiner Seite aus schon«, antwortet er und zwinkert.

»Okay, dann war die Show nicht ehrlich.«

»War sie doch, du hast es nur nicht kapiert«, beharrt er und schiebt meine Hand mit dem Ring von sich.

»Das konnte ich gar nicht, weil ich nicht alles wusste«, verteidige ich mich. »Nun nimm schon.«

»Nein!«

»Doch!«

»Nein, verdammt! Nimm ihn zurück und steck ihn mir im richtigen Moment wieder an. Ich finde, jetzt ist es noch zu früh.«

»Ach so!« Pauls Augen leuchten auf. »Okay, wie du meinst«, erwidert er, nimmt ihn und steckt ihn in seine Tasche. »Hauptsache, wir sind zusammen.«

»Genau. Hauptsache, wir lieben uns.«

»Was meinst du, macht Liebe Hunger? Wollen wir uns Pizza kommen lassen?«

»Oh Mann, wie kannst du jetzt nur ans Essen denken?«, stöhne ich.

»Und beim Kauen denke ich an den Nachtisch«, erwidert er grinsend, bevor er mich noch einmal leidenschaftlich küsst. Ich glaube nicht, dass er mit »Nachtisch« eine Süßspeise meint.

»Komm, wir gehen rein. Aber vorher müssen wir noch eine Rose aussuchen«, sagt er und strahlt mit der Sonne um die Wette, während er die Schere wieder aufhebt.

Wir legen die duftende Blume auf das Dekolleté seiner Mutter, dann bestellen wir eine Pizza, bevor wir zurückgehen und ihr in der Wartezeit von Kalifornien erzählen.

Ein Köstlicher Duft steigt mir entgegen, als ich den

Karton öffne. Jetzt merke ich auch, dass ich Hunger habe. Der Käse zieht sich, als ich ein Stück in die Hand nehme und herzhaft hineinbeiße. Wir essen schweigend, bis der größte Appetit gestillt ist.

»Was ist eigentlich aus eurem Projekt mit den Feriengästen geworden?«, erkundigt sich Paul.

»Läuft«, sage ich, wische meinen Mund ab und nehme einen Schluck Rotwein. »Meine Eltern waren ganz angetan von euren Ideen. Sie verkaufen die Kühe und wollen Lene unterstützen.«

Paul legt sein Stück ab. »Habt ihr genug Geld zusammenbekommen?«

»Ja. Anscheinend war das schon immer Lenes Traum. Sie hat lange Geld dafür zurückgelegt und ich habe ja auch einiges gespart.«

»Aber du wolltest es nicht in so ein Projekt stecken, oder?«, fragt Paul, bevor er einen Schluck Rotwein nimmt.

»Nein, ich wollte davon weite Reisen machen. Aber nicht allein.« Ich seufze. »Und irgendwann bekomme ich das Geld ja wieder. Bis dahin mache ich eben in Kalifornien Urlaub.«

»Verstehe. Was sagt Ben zu der Sache? Ist er mit den Vorschlägen zufrieden?«

»Ja, er war ganz angetan. Hast du dich nicht mit ihm darüber unterhalten?«

»Nein, als ich nach Hause kam, war hier schon Ausnahmezustand. Die Schwestern waren kurz davor, mich zurückzuholen. Ich war gar nicht mehr in der Firma, habe nur mit Ben telefoniert.«

»Ich glaube, das Projekt wird richtig gut. Mia gefällt es bestimmt. Wenn sie nicht Ja sagt, liegt es sicher nicht daran.«

»Wir helfen euch natürlich, euren Hof im Netz richtig zu präsentieren. Das wird schon.«.

»Danke«, antworte ich glücklich. Auf einmal macht es mir gar nichts mehr aus, dass er helfen will. Ich kann es annehmen, weil ich weiß, dass er es ohne Hintergedanken anbietet.

»Am besten ihr betont die Nachhaltigkeit, das ist gerade schwer angesagt. Dazu bräuchte es Sonnenkollektoren für die Warmwasseraufbereitung und Solarenergie für den klimaneutralen Strom. Das Dach eurer Scheune eignet sich gut dafür.«

»Paul«, mahne ich und lege den Kopf schief. »Ich dachte, du willst dich nicht mehr einmischen.«

»Aber Vorschläge wird man doch machen dürfen, oder? Schließlich ist das genau mein Thema.«

»Du nutzt selbst nicht mal Solarenergie.«

»Wie kommst du darauf?«

»Weil ich nichts davon gesehen habe, als ich kam.«

»Das ist die Nordseite, die Solarpaneele sind auf diesem Teil des Daches. Überzeug dich selbst.«

Ich lache auf. »Nein, ich glaube dir auch so. Auf jeden Fall wird für Sonnenenergie kein Budget mehr übrig sein.«

»Ich kann nur Hilfe anbieten, annehmen müsst ihr sie.«

»Paul, das macht mir immer noch ein bisschen Angst, wenn du dich so einbringst.«

»Aber warum denn? Es ist eine ganz normale geschäftliche Investition. Ich finanziere und ihr zahlt eine Art Leasinggebühr. Was hältst du davon?«

Ich zucke mit den Schultern. »Keine Ahnung. Klingt schon besser. Am besten fragst du Lene, schließlich ist es ihr Baby.«

»Okay, mache ich.«

Paul nimmt meine Hand und sieht mich intensiv an. »Bereit für den Nachtisch?«

Seine Worte bringen meinem Unterleib zum Kribbeln.

EPILOG

Wer sagt eigentlich, dass Märchen nicht wahr werden können? Es ist nicht nur die Magie, die Paul und mich zueinander geführt hat, sondern auch das kleine Wunder, dass seine Mutter tatsächlich aus dem Koma aufgewacht ist. Die Chance, dass das passiert, hängt von vielen Umständen ab. Paul war von der Tatsache angespornt, dass trotz moderner Diagnostik bei fünf bis fünfzehn Prozent der Komapatienten eine falsche negative Prognose gestellt wird. Diese geringe Wahrscheinlichkeit wollte er auf jeden Fall nutzen und sein Optimismus ist belohnt worden. Seine Mutter ist ihm dankbar dafür. Paul behauptet mit einem Augenzwinkern, dass sie nur neugierig auf mich war und deshalb unbedingt wach werden wollte.

Trotzdem fühlt es sich immer noch fast unwirklich an, dass alles so schnell ging und wir heute mit ihr auf dem Sofa sitzen und das Fotobuch von Mias und Bens Hochzeit zusammen ansehen.

»Ben hat Mia mit einem getarnten Betriebsausflug nach Kalifornien gelockt und ihr am Strand einen total romantischen Antrag gemacht«, erkläre ich.

Ich blättere weiter. »Schau mal, wie toll der Pavillon dort aussah.«

»Das mit dem Antrag war ganz schön mutig von ihm. Schließlich hatte er sich vorher schon ein paar Körbe eingehandelt«, bemerkt Paul grinsend. »Da muss man sich etwas einfallen lassen, wenn man Flugangst hat.«

Ich kichere. »Ja, sie wollte ihn damit abschrecken, dass sie nur in Kalifornien heiratet. Natürlich meinte sie nicht das an der Ostsee. Aber Ben hat sich daran erinnert, dass ich von dort komme.«

»Und was hat sie zu dem Antrag gesagt?«, erkundigt sich Pauls Mutter staunend.

»Ja natürlich, sonst hätten sie doch nicht geheiratet«, antwortet Paul.

»Nein, natürlich dazu, dass es nicht das Kaliforniern war, das Mia sich vorgestellt hat«, stellt sie richtig.

»Mia hat sich totgelacht und Ben Pluspunkte für Originalität zugesprochen. Ich glaube, seine Entschlossenheit hat sie tief beeindruckt«, antworte ich.

»Hartnäckigkeit zahlt sich bei ihr aus. Damit hat Ben sie auch bei ihrem Kennenlernen erobert«, bestätige ich.

»Ja, bei uns hat es sich auch ausgezahlt«, wirft Paul ein und schenkt mir ein zuckersüßes Lächeln.

Ich schicke ein Küsschen durch die Luft zurück. »Lene hat sogar Tauben fliegen lassen. Und Mia war vom Bauernhof meiner Eltern regelrecht begeistert.«

»Es ist wunderschön an der Ostsee. Tolle Fotos«, staunt Pauls Mutter.

»Ja, das ist es. Und der Hof ist der Wahnsinn, richtig romantisch«, bestätigt Paul.

»Waren alle Gäste zufrieden?«, erkundigt sie sich.

»Wie ich schon vermutet habe, entschied sich Mia für das Heuhotel. Aber nur für eine Nacht, dann zog sie um ins

Haus. Dort war auch die Entourage von Mias Großvater eingezogen. Die waren geradezu entzückt darüber, in so einem hübschen, alten Bauernhaus zu wohnen«, erklärt Paul weiter.

»Das erkennt man auf den Bildern. Ich wäre so gerne dabei gewesen.«

»Ja, das wäre schön gewesen.« Paul seufzt.

»Meine Eltern können es gar nicht abwarten, dich kennenzulernen«, bestätige ich.

Nicole, Pauls Mutter, schenkt mir ein warmes Lächeln.

»Sobald die Ärzte das Okay geben, fahren wir hin«, tröstet Paul sie.

»Manche Gäste sind mit einem eigenen Camper gekommen, andere haben im Leihwohnwagen übernachtet. Mias Mutter und Bens Eltern waren von den beiden Tiny-Häuser begeistert und wollen bei Gelegenheit sogar wiederkommen. Bens Schwester hielt im Heuhotel die Stellung«, erzähle ich weiter.

»Und wie war die Zeremonie?«

Paul tauscht einen Blick mit seiner Mutter. »Feierlich und lässig zugleich. Ganz nach unserem Geschmack. Erst kam der Antrag, der als Strandparty getarnt war. Da waren die anderen Gäste noch nicht da, nur die Kollegen, damit Mia sich nicht zu sehr unter Druck gesetzt fühlt.«

»Ach so, sie ist eine Braut, die sich nicht traut«, kombiniert Nicole.

»Genau.«

»Aber sie musste zugeben, dass Ben sich wirklich etwas hat einfallen lassen. Er hat jede einzelne blödsinnige Hürde genommen, die sie ihm gestellt hat. Als dann noch Mias Opa kam war sie gänzlich überzeugt. Der hat ihr erzählt, dass er es ein Leben lang bereut hat, dass er und Mias Oma nicht geheiratet haben. Lene hatte ein traumhaftes Event vorbereitet. Gut, dass die Hochzeit gefeiert wurde, es wäre wirklich schade gewesen, wenn sie nicht stattgefunden hätte«, erzähle ich weiter, während Nicole die Bilder von der Zeremonie betrachtet.

»Das ist meine Schwester Lene mit ihrem Freund Ole. Die haben mit uns das Zimmer des Brautpaars mit Ballons gefüllt. Das war ein echter Knaller.«

Ich scrolle zu einem Bild mit den Frischvermählten. »Ben war überglücklich. Das sieht man ihm an, oder?«

Nicole nickt lächelnd. »Ja, er strahlt richtig.«

»Finde ich auch«, bemerkt Paul und tauscht mit mir einen verschwörerischen Blick.

Ich lächle glücklich zurück. Mein Herz ist so von Liebe erfüllt, wenn ich ihn nur ansehe. In den letzten Monaten habe ich mich komplett auf ihn eingelassen. Wir hatten eine traumhafte Zeit, haben wir noch immer. Bald ziehe ich zu ihm in die Villa. Genauer gesagt in die Wohnung, die Paul für sich im ersten Stock ausgebaut hat. Dort wollen wir zumindest so lange wohnen bleiben, bis Pauls Mutter wieder ganz fit ist. Wer weiß, vielleicht bleiben wir ja auch für immer da, denn auch ich komme mit seiner Mutter prima aus. Man muss sie einfach mögen – genauso wie ihren Sohn.

Paul schenkt mir einen dieser unvergleichlichen Blicke. Seine Augen funkeln so liebevoll, dass mir mal wieder der Atem stockt.

»Ich habe da noch ein Anliegen, Luise.«

Mein Herz schlägt höher, als Paul eine kleine samtene Schachtel hervorzieht. Ich erkenne das Logo des Kieler Juweliers darauf. Feierlich öffnet er die Schachtel, der Diamantring glitzert verlockend.

»Du hast mir gesagt, ich soll auf den richtigen Moment warten. Ich habe mich gefragt, ob der noch vor der Hochzeit von Mia und Ben sein könnte oder lieber danach. Deshalb bin ich auf Nummer sicher gegangen und habe gewartet. Deine Eltern wussten ja ohnehin was Sache ist und wirklich wichtig ist doch nur, dass wir uns lieben. Aber jetzt finde ich, dass es an der Zeit ist. Nun soll alle Welt erfahren, wie sehr wir uns lieben.« Während seiner Worte geht er vor mir auf die Knie.

Meine Augen füllen sich mit Tränen. Ich schlucke gerührt, während ich nicke.

»Genau, die Liebe ist das Wichtigste«, antworte ich heiser.

»Ich liebe dich mit jedem Tag mehr. Und ich möchte ein Leben lang mit dir zusammenbleiben. Bitte, heirate mich.«

»Ja«, krächze ich. »Ja, klar heirate ich dich.« Mehr bekomme ich nicht heraus.

Nicht nur ich heule, während Paul mir den Ring an den Finger steckt, auch Nicole verdrückt ein Tränchen. Selbst Paul wischt sich verstohlen die Augen.

Es ist, als hätte ich es geahnt, deshalb bin ich vorbereitet.

»Ich habe auch eine Überraschung für dich«, sage ich und ziehe ein Superman-T-Shirt hervor.

Er lacht ungläubig. »Ist das dein Ernst?«

»Ich dachte mir, dann haben wir was für ein nettes Foto von der Verlobung«, sage ich und ziehe gleich darauf mein »Schrödingers Katze lebt«-Oberteil aus der Tasche.

Paul grinst. »Oder was für Karneval.«

»Alles für dich – und immer für dich«, summe ich.

Nicole lacht. Sie kennt mittlerweile die Geschichte. »Auf jeden Fall mache ich jetzt das Foto von euch. Zieht die Shirts an.«

»Au ja, für die Einladungskarten zur Hochzeit«, schlägt Paul begeistert vor.

»Darüber reden wir noch«, antworte ich grinsend. »Aber ja, vielleicht, warum nicht? Humor ist schließlich wichtig, erst recht, wenn man heiraten will.«

Paul streichelt liebevoll meine Wange. »Du bist viel lockerer geworden. Ich bin stolz auf dich.«

Pauls Mutter steht auf und schießt die Fotos. Danach verkrümelt sie sich dezent zu ihren Rosen, damit wir uns in Ruhe küssen können.

Ach ja, nach letzten Meldungen ist Sylke nun alleinerziehende Mutter. Aber vielleicht ändert sich das ja noch, denn Jan ist in einer Entzugsklinik. Sein finanzieller Engpass ist überwunden, weil er sein Land für Windräder zur Verfügung gestellt hat. Wir drücken den beiden die Daumen, dass sie für ihr Kind die beste gemeinsame Lösung finden.

ÜBER DIE AUTORIN

Aufgewachsen in Norddeutschland absolvierte Alica H. White dort ein Ingenieursstudium. Nach ein paar Jahren, in denen sie in diesem Beruf in Düsseldorf arbeitete, folgten Hochzeit und Kinder. Heute lebt sie mit ihrer Familie am Niederrhein und arbeitet in ihrer eigenen Osteopathiepraxis. Der Wunsch, ein Buch zu schreiben, schlummerte schon seit der Jugend in ihr. Doch erst, nachdem sie eine Schriftstellerin kennengelernt hatte, wagte sie sich vor ein paar Jahren an ihr erstes Werk.

Aus reiner Neugier brachte sie ihren Erstling als Self-Publisher über BookRix auf den Markt. Er verkaufte sich gut, und die Autorin fing Feuer. Mittlerweile erschienen schon mehrere Liebesromane, als Verlags- oder Eigenverlagstitel.

Alica ist es wichtig, unterhaltsame und spannende Geschichten zu schreiben. Dabei dürfen die Protagonisten ruhig ein paar Ecken und Kanten haben, denn das Leben läuft ja auch nicht immer glatt. Ihre Geschichten sind sehr gefühlvoll, manchmal dramatisch, manchmal witzig oder auch frech. Das Ganze gewürzt mit einem guten Schuss Erotik, einer Prise Tiefgang und einem Happy End.

Wenn die Autorin nicht gerade schreibt, kocht, liest und reist sie gerne oder arbeitet in ihrem großen Garten.